Jojo Moyes est romancière et journaliste. Elle vit en Angleterre, dans l'Essex. Après avoir travaillé pendant dix ans à la rédaction de l'*Independent*, elle décide de se consacrer à l'écriture. Ses romans, traduits dans le monde entier, ont été salués unanimement par la critique et lui ont déjà valu de nombreuses récompenses littéraires. *Avant toi* a créé l'événement et marqué un tournant dans sa carrière d'écrivain. Ce best-seller a rencontré un succès retentissant qui lui a valu d'être adapté au grand écran.

Du même auteur, chez Milady, en grand format :
Avant toi
La Dernière Lettre de son amant
Jamais deux sans toi
Après toi
Sous le même toit
Les Yeux de Sophie
Après tout
Paris est à nous

Au format poche :
Avant toi
La Dernière Lettre de son amant
Jamais deux sans toi
Après toi
Sous le même toit
Les Yeux de Sophie

Jojo Moyes

PARIS EST À NOUS

Traduit de l'anglais (Grande-Bretagne) par Karine Forestier

Milady

Milady est un label des éditions Bragelonne

Titre original : *Paris for One and other stories*

ISBN : 978-2-8112-2801-9

Bragelonne – Milady
60-62, rue d'Hauteville – 75010 Paris

E-mail : info@milady.fr
Site Internet : www.milady.fr

Merci à ceux qui, les premiers, ont cru en ce recueil : Radio 4, *Woman & Home*, *Stylist*, The Orion Publishing Group, Bragelonne et Penguin Books.

À ma mère, Lizzie Sanders.

Sommaire

Paris actually

Chapitre premier

NELL DÉPLACE SON SAC SUR LE BANC EN PLASTIQUE DE la gare et vérifie l'heure pour la quatre-vingt-neuvième fois sur l'horloge du hall de la gare. Elle reporte son attention sur les portes de séparation avec la zone de contrôle des bagages. Une énième famille – manifestement en partance pour Disneyland Paris – entre dans le hall, avec poussette, gamins hurlants et parents surmenés.

Depuis une demi-heure, Nell, le cœur battant, lutte contre un terrible pressentiment.

— Il va venir. Il va venir. Il a encore le temps d'arriver, se répète-t-elle à mi-voix.

« Le train 9051 à destination de Paris partira voie 2. Nous invitons tous les voyageurs à se diriger vers le quai. »

Elle se mordille la lèvre et lui écrit un nouveau SMS, le cinquième.

Où es-tu ? Le train va partir !

Elle lui avait déjà envoyé deux messages en partant de chez elle, pour s'assurer qu'ils se retrouvaient bien à la gare. Elle ne s'était pas inquiétée de ne pas recevoir de réponse : il devait être dans le métro, sans réseau. Elle avait fini par envoyer un troisième texto, puis un quatrième.

Et tout à coup, alors qu'elle se tient là, son téléphone vibre dans sa main, et son soulagement est tel qu'elle manque de s'évanouir.

Désolé, bébé. Coincé au boulot. Je ne vais pas pouvoir.

Comme s'ils avaient prévu de se retrouver pour prendre un verre ensemble. Incrédule, elle est incapable de détacher ses yeux du téléphone.

Tu ne vas pas pouvoir prendre ce train ? Tu veux que je t'attende ?

Quelques secondes plus tard, la réponse :

Non, vas-y. J'essaierai d'en prendre un autre.

Nell est tellement sidérée qu'elle n'arrive même pas à se mettre en colère. Elle reste plantée là, immobile, alors qu'autour d'elle les gens se lèvent, enfilent leur manteau. Elle tape sa réponse.

Mais on va se retrouver où ?

Pas de réponse. « Coincé au boulot. » Il travaille dans un magasin de surf et de matériel de plongée. Comment peut-il y être coincé en plein mois de novembre ?

Elle regarde autour d'elle, comme s'il pouvait s'agir d'une mauvaise plaisanterie. Comme s'il risquait de surgir dans la salle d'embarquement d'un moment à l'autre, avec son grand sourire, et de lui dire que c'était pour rire… il a une fâcheuse tendance à la taquiner. Il la prendrait par le bras, lui déposerait sur la joue un baiser du bout de ses lèvres glacées par le vent et lui dirait une phrase du genre : « Tu ne croyais quand même pas que j'allais rater ça, si ? Ton premier voyage à Paris ! »

Mais les portes vitrées restent obstinément fermées.

— Madame ? Il faut vous rendre sur le quai.

L'agent d'Eurostar tend la main vers son billet. L'espace d'une seconde, elle hésite – *Viendra ? Viendra pas ?* – et puis elle se retrouve au milieu de la foule, avec sa petite valise à roulettes. Elle s'arrête pour taper :

Bon, ben retrouve-moi à l'hôtel.

— Comment ça, tu ne viens pas ? On a planifié ça depuis une éternité !

Ça, c'est la virée entre filles, leur petit voyage annuel à Brighton. Chaque année depuis six ans, elles s'y retrouvent le premier week-end de novembre. Toutes les quatre – Nell, Magda, Trish et Sue – entassées dans le vieux 4 x 4 de Sue ou dans la voiture de fonction de Magda. Elles échappent à leur routine, le temps de deux soirées de beuverie, de flirts avec les gars des enterrements de vie de garçon, et de gueules de bois devant le petit déjeuner dans un hôtel miteux. Car, malgré ce que son nom laisse supposer, le *Brightsea Lodge* arbore une façade craquelée et défraîchie, et son intérieur embaume une décennie de boissons renversées et d'après-rasage bon marché.

La virée annuelle a survécu à deux bébés, un divorce et une poussée de zona ; elles avaient passé la première nuit à festoyer dans la chambre d'hôtel de Magda, cette fois-là. Personne n'en a jamais raté une.

— Ben oui, Pete m'a invitée en week-end à Paris.

— Pete t'emmène à Paris ?

Magda l'avait dévisagée comme si elle venait de lui annoncer qu'elle apprenait le russe.

— Pete… *le* Pete ?

— Il dit qu'il n'en revient pas que je n'y sois jamais allée.

— J'ai visité Paris, une fois, en voyage scolaire. Je m'étais perdue au Louvre, et quelqu'un avait jeté ma basket dans les toilettes à l'auberge de jeunesse, avait raconté Trish. J'avais embrassé un Français parce qu'il ressemblait au mec qui sort avec Halle Berry. Bon, en fait, il était allemand.

— Non, mais Pete-les-cheveux ? Ce Pete-là ? Ton Pete ? Désolée de passer pour une rabat-joie, mais je le prenais plutôt pour un…

— *Loser*, avait suggéré Sue, toujours là pour aider.

— Gland.

—Naze.

—Apparemment, on s'est trompées. Je n'aurais jamais cru qu'il serait du genre à emmener Nell en week-end romantique à Paris. Je trouve ça… super. Je regrette juste que ça tombe pile sur notre week-end à Brighton.

—Ben oui, mais une fois qu'on a acheté les billets, c'était difficile…, avait bredouillé Nell.

Et elle avait ponctué sa vague excuse d'un geste de la main, en espérant que personne ne demanderait qui les avait achetés, en fait, ces billets. (C'était le seul week-end avant Noël où elle pouvait bénéficier d'un tarif réduit.)

Elle avait organisé ce voyage aussi méticuleusement qu'elle rangeait ses papiers au bureau. Elle avait recherché sur Internet les meilleurs endroits où aller, passé en revue TripAdvisor en quête des hôtels les plus abordables, avant de recouper les informations sur Google, et consigné les résultats dans un tableau Excel.

Son choix s'était arrêté sur un hôtel situé derrière la rue de Rivoli – « propre, accueillant et romantique » – et elle avait réservé une « chambre double de luxe » pour trois nuits. Elle les voyait déjà, Pete et elle, enlacés dans un lit confortable, le regard perdu par une fenêtre donnant sur la tour Eiffel, les mains jointes devant des croissants et un café à la terrasse d'un bar. La plupart de ses rêveries lui étaient inspirées par les photos qu'elle avait vues, car elle n'avait pas la moindre idée de ce qu'on était supposé faire au cours d'un week-end à Paris, hormis les trucs évidents.

À l'âge de vingt-six ans, Nell Simmons n'était jamais partie en week-end avec un petit ami, sauf si l'on comptait la fois où elle était allée faire de l'escalade avec Andrew Dinsmore. Il les avait fait dormir dans sa Mini, et elle s'était réveillée si frigorifiée qu'elle n'avait pas pu bouger la tête pendant six heures.

Lilian, sa mère, racontait à qui voulait l'entendre que Nell « n'était pas du genre aventurière ». Elle n'était pas non plus « du genre à voyager », ni « le genre de fille qui pouvait tout miser sur son physique ». Et à présent, si sa mère la croyait hors de portée d'oreille, elle n'hésitait pas à dire de Nell qu'elle n'était « plus un perdreau de l'année ».

C'est ça, le problème, quand on grandit dans une petite ville : tout le monde croit parfaitement vous connaître. Nell, c'était la sensible. La calme. La minutieuse qui ne laissait rien au hasard, à qui l'on pouvait confier ses plantes à arroser pendant les vacances, ses enfants à garder, et à qui il ne viendrait jamais à l'esprit de partir avec le mari d'une autre.

Non, maman. Celle que je suis en réalité, c'est la fille qui part en week-end à Paris, avait songé Nell en imprimant les billets avant de les ranger dans une pochette avec toutes les informations importantes.

À mesure que le grand jour approchait, elle s'était fait un plaisir de l'évoquer, l'air de rien, dans les conversations. « Faut que je vérifie que mon passeport est bien à jour », avait-elle annoncé en quittant sa mère après le déjeuner dominical. Elle s'était acheté de nouveaux sous-vêtements, rasé les jambes, verni les ongles des orteils en rouge vif (en général, elle optait plutôt pour une couleur pastel).

— N'oubliez pas que je pars plus tôt vendredi, avait-elle rappelé à ses collègues de travail. Pour Paris, vous savez.

— Oh, quelle chance ! avaient lancé en chœur les filles de la compta.

— Je suis verte, avait déclaré Trish, la moins anti-Pete du lot.

Nell monte dans le train et range sa valise en se demandant si Trish serait toujours aussi « verte » en voyant la fille assise à côté d'un siège vide en partance pour Paris, et qui ne sait même pas si son petit ami finira par la rejoindre.

Chapitre 2

La gare du Nord, à Paris, grouille de monde. Nell émerge du quai et se fige au milieu de la foule, qui pousse et joue des coudes, cogne les valises à roulettes contre ses tibias. La mine maussade, des groupes de jeunes en survêtements les observent, et elle se rappelle soudain que la gare du Nord est le royaume des pickpockets en France. Se cramponnant à son sac en bandoulière, elle avance timidement dans une direction, momentanément perdue parmi les kiosques vitrés et les escalators qui ne mènent nulle part.

Une sonnerie de trois notes retentit dans les haut-parleurs, et Nell ne comprend pas un mot de l'annonce qui vient d'être faite. Tout le monde marche vite, tout le monde a l'air de savoir où il va. Dehors il fait sombre, et elle sent la panique gonfler comme une bulle dans sa poitrine.

Je suis dans une ville étrangère et je ne parle même pas la langue.

C'est à ce moment précis qu'elle aperçoit le panneau suspendu : « TAXIS ».

Une cinquantaine de voyageurs la précèdent dans la file d'attente, mais peu lui importe. Elle farfouille dans son sac en quête du bon de réservation de l'hôtel et, quand enfin elle atteint le début de la file, elle le tend au chauffeur.

— *Hôtel Bonne Ville*, dit-elle. Euh… *s'il vous plaît**.

L'homme la regarde fixement, comme s'il ne comprenait pas ce qu'elle dit.

— *Hôtel Bonne Ville**, répète-t-elle en tâchant de prendre l'accent français. (Elle s'est entraînée à la maison devant son miroir.) *Bonne Ville.*

Impassible, le chauffeur lui arrache la feuille de papier et la contemple un moment.

— *Ah, l'Hôtel Bonne Ville !** répète-t-il en levant les yeux au ciel.

Il lui balance la feuille et démarre pour se mêler à la circulation dense. Nell se cale dans la banquette et pousse un profond soupir.

Et… bienvenue à Paris !

Le trajet, chaotique à cause de la circulation, prend vingt longues minutes ; et dans ce cas précis, le temps, c'est de l'argent. Elle regarde par la fenêtre les rues noires de monde, les salons de coiffure et les bars à ongles, répétant à mi-voix le nom des rues en français. Les élégants bâtiments gris se dressent vers le ciel de la ville, les bars brillent dans la nuit automnale.

Paris, pense-t-elle.

---

* Les passages en italique suivis d'un astérisque sont en français dans le texte. (*NdT*)

Et dans un soudain accès d'enthousiasme, elle a la certitude que tout va bien se passer. Pete la rejoindra plus tard. Elle l'attendra à l'hôtel, et demain ils riront de l'inquiétude qu'elle éprouvait à l'idée de voyager seule. Il lui reproche toujours de trop s'inquiéter.

Relax, bébé, lui susurrera-t-il. Pete ne se tracasse jamais de rien. Il a parcouru le monde avec son sac à dos et garde toujours son passeport en poche, « juste au cas où ». Quand des voyous ont braqué un pistolet sur sa tempe au Laos, il a affirmé qu'il était resté relax. « À quoi bon se stresser ? Soit ils me tuaient, soit pas. Je ne pouvais rien y faire, de toute façon. Au bout du compte, j'ai fini par aller prendre une bière avec ces types. »

Ou la fois où il s'est retrouvé sur un petit bateau au Kenya, qui a chaviré au beau milieu de la rivière. « On a juste coupé les pneus accrochés aux côtés du bateau et on s'y est accrochés en attendant les secours. Là aussi, j'étais plutôt relax… jusqu'à ce qu'ils m'apprennent qu'il y avait des crocodiles dans l'eau ! »

Parfois, elle se demande pourquoi Pete, avec son bronzage permanent et ses innombrables anecdotes de routard (même si les filles se moquent de lui), l'a choisie, elle. Nell n'est ni tape-à-l'œil ni fofolle. En fait, elle a rarement dépassé les frontières de sa ville natale. Un jour, il lui a confié qu'il l'appréciait parce qu'elle n'était pas contrariante. « Mes ex étaient comme ça tout le temps, avait-il affirmé en mimant un chien en train d'aboyer à son oreille. Toi, eh ben… t'es reposante. »

De temps en temps, Nell se demande si, à force, on ne risque pas de la confondre avec un canapé de magazine de déco ou une plante verte, mais mieux vaut ne pas se poser trop de questions.

Paris…

Elle baisse la vitre et absorbe les sons des rues bondées, les effluves de parfums, de café et de fumée, la brise joue dans ses cheveux. C'est exactement comme elle se l'était imaginé. Les immeubles sont hauts, avec de larges fenêtres et de petits balcons ; il n'y a pas de quartiers réservés aux bureaux. Chaque angle de rue semble pourvu d'un café avec ses tables rondes et ses chaises en terrasse. Et alors que le taxi s'enfonce dans le cœur de la ville, les femmes sont de plus en plus élégantes, et les gens se saluent sur les trottoirs en s'embrassant sur les joues.

Voilà, j'y suis, songe-t-elle.

Tout à coup, elle est ravie de pouvoir profiter de quelques heures pour se rafraîchir avant l'arrivée de Pete. Pour une fois, elle n'a pas envie de ressembler à une touriste qui débarque, les yeux écarquillés.

Je vais être parisienne, se dit-elle en se renfonçant dans la banquette du taxi.

L'hôtel se situe dans une ruelle étroite. Nell tend au chauffeur de taxi la somme indiquée sur le compteur. Au lieu de prendre son argent, l'homme agit comme si elle venait de l'insulter et lui désigne sa valise dans le coffre en gesticulant avec force grimaces.

— Désolée, je ne comprends pas, s'excuse-t-elle.

— *La valise!** hurle-t-il.

Avant de poursuivre dans un français ultra rapide dont elle ne saisit pas un mot.

— Le trajet devrait coûter trente euros maximum. J'ai vérifié dans le guide.

Nouveaux hurlements et gesticulations. Au bout d'un moment, elle hoche le menton, comme si elle avait compris, et puis se hâte de lui tendre dix euros supplémentaires. Il les prend, secoue la tête et dépose sans ménagement sa valise sur le trottoir. Elle reste plantée là tandis qu'il repart, en se demandant si elle ne vient pas de se faire arnaquer.

Mais bon, l'hôtel a l'air joli. Et elle y est! À Paris! Elle décide que rien ne saurait lui gâcher son plaisir. Elle franchit les portes et se retrouve dans un étroit hall d'entrée embaumant la cire d'abeille et une autre odeur dont elle décrète qu'elle a quelque chose de typiquement français. Les murs sont lambrissés de bois, les fauteuils anciens mais élégants. Toutes les poignées de portes sont en laiton. Elle se demande déjà ce que Pete va en penser.

Pas mal, dira-t-il en opinant du chef. *Pas mal, bébé.*

— Bonjour, lance-t-elle, une pointe de nervosité dans la voix.

Et puis, peut-être parce qu'elle n'a pas la moindre idée de comment le dire en français, elle ajoute :

— *Parlez français?** J'ai réservé une chambre.

Une autre cliente est arrivée juste derrière elle, essoufflée, et qui fouille dans son sac à la recherche de sa propre réservation.

— Oui, moi aussi, j'ai réservé une chambre.

Sur ce, elle abat sa feuille sur le comptoir à côté de celle de Nell. Celle-ci s'écarte un peu et tâche de garder son calme.

— Pff. Quel cauchemar, pour venir jusqu'ici. Un cau-che-mar. (Elle est américaine.) La circulation à Paris, c'est l'enfer !

La réceptionniste, la quarantaine et des cheveux joliment coupés en un carré court à la Louise Brooks, lève sur les deux femmes un regard perplexe.

— Vous avez toutes les deux une réservation ?

Elle se penche et examine les feuillets. Puis elle les repousse tour à tour vers leurs propriétaires respectives.

— Il ne me reste qu'une chambre. Nous sommes complets.

— C'est impossible. Vous avez confirmé la réservation, affirme l'Américaine, qui lui tend à nouveau son papier. Je l'ai effectuée la semaine dernière.

— Moi aussi, déclare Nell. En fait, j'ai pour ma part effectué la réservation il y a deux semaines. Regardez la date d'impression de ma confirmation.

Les deux clientes se dévisagent, soudain conscientes qu'elles sont en compétition.

— Je suis navrée. Je ne comprends pas comment vous avez pu toutes les deux obtenir cette réservation. Nous n'avons qu'une seule chambre de libre.

Et à son ton, la réceptionniste parvient à leur donner l'impression qu'elles sont en faute.

— Eh bien, il va falloir nous trouver une autre chambre, rétorque la femme. Vous devez honorer les réservations. Regardez, c'est écrit noir sur blanc.

La Française hausse un sourcil parfaitement épilé.

— Madame, je ne peux pas vous donner ce que je n'ai pas. Il y a une chambre, avec des lits jumeaux. Je peux offrir un remboursement à l'une de vous, mais je n'ai pas deux chambres.

— Moi, je ne peux pas aller ailleurs, j'ai rendez-vous ici avec quelqu'un, explique Nell. Il ne saura pas où me retrouver.

— Je ne bouge pas d'ici, décrète l'Américaine, qui croise les bras d'un air déterminé. Je viens de passer dix heures dans un avion et je dois me rendre à un dîner. Je n'ai pas le temps de chercher une chambre ailleurs.

— Dans ce cas, vous pourriez partager la chambre. Et moi, je vous offre une réduction de cinquante pour cent.

— Partager une chambre avec une inconnue ? Vous plaisantez, j'espère ! gronde l'Américaine.

— Bien, dans ce cas, je n'ai rien d'autre à vous suggérer que de trouver un autre hôtel, conclut froidement la réceptionniste, avant de se détourner pour répondre au téléphone.

Nell et l'Américaine se dévisagent à nouveau.

— Je descends tout juste d'un avion en provenance de Chicago, plaide l'Américaine.

— Je ne suis jamais venue à Paris. J'ignore où je trouverais un autre hôtel, réplique Nell.

Ni l'une ni l'autre n'est prête à céder. Enfin, Nell se résout à émettre une suggestion :

— Écoutez… mon petit ami va venir me rejoindre ici. Nous pourrions monter nos valises pour l'instant, et quand il arrivera, je verrai s'il peut nous trouver un autre hôtel. Il connaît mieux Paris que moi.

L'Américaine la contemple des pieds à la tête lentement, comme pour évaluer la confiance qu'elle peut lui accorder.

— Il est hors de question que je partage ma chambre avec deux personnes.

Nell soutient son regard.

— Croyez-moi, ce n'est pas non plus l'idée que je me fais d'un petit week-end sympa.

— Enfin, visiblement, on n'a pas le choix. Je n'en reviens pas de me retrouver dans une situation pareille.

Elles informent la réceptionniste de leur décision, avec un agacement disproportionné de la part de l'Américaine, selon Nell, puisque, l'air de rien, elle vient plus ou moins de lui laisser la chambre.

— Et quand madame s'en ira, j'exige d'avoir quand même ma réduction de cinquante pour cent, tonne la bonne femme. Tout ceci est honteux. Là d'où je viens, vous ne vous en tireriez pas à si bon compte avec un service aussi déplorable.

Nell se demande si elle a jamais été aussi mal à l'aise, coincée entre le manque évident d'intérêt de la Française et le ressentiment tonitruant de l'Américaine. Elle essaie d'imaginer ce que Pete ferait. Il rirait et prendrait les choses avec philosophie. Elle admire cette faculté qu'il a de rire de tout et de se rendre la vie plus facile ainsi.

Tout va bien, se dit-elle.

Ils en plaisanteront ensemble plus tard.

Nell et l'Américaine prennent la clé et s'entassent dans un ascenseur exigu jusqu'au troisième étage. Nell entre la seconde dans une chambre à l'ancienne, dotée de deux lits.

— Pff, pas de baignoire, se lamente l'Américaine. Je déteste ça, quand il n'y a pas de baignoire. Et puis, c'est vraiment minuscule !

Nell lâche sa valise. Elle s'assied au bout du lit et envoie un SMS à Pete pour lui raconter les récents événements et lui demander de dénicher un autre hôtel.

Je t'attends ici. Peux-tu me dire si tu penses arriver à temps pour le dîner ? J'ai assez faim.

Il est déjà 20 heures.

Pas de réponse de Pete. Peut-être qu'il est dans le tunnel sous la Manche. Dans ce cas, il est encore au moins à une heure et demie de route. Elle reste assise sans un mot pendant que l'Américaine souffle, rouspète et ouvre sa valise sur le lit, avant de suspendre ses vêtements, accaparant tous les cintres.

— Vous êtes ici pour affaires ? lui demande Nell quand le silence devient trop pesant.

— Deux réunions, dont une ce soir. Et puis un jour off. Je n'ai pas pris une seule journée de congé depuis le début du mois.

Au ton de sa voix, on pourrait croire que c'est la faute de Nell.

— Et demain, poursuit-elle, je dois être à l'autre bout de Paris. Bon. Il faut que je sorte maintenant. Soyez sympa, ne touchez pas à mes affaires.

Nell la fusille du regard.

— Je ne souhaite pas me montrer malpolie, mais je ne suis pas habituée à partager ma chambre avec de parfaits inconnus. Quand votre petit ami arrivera, j'apprécierais que vous laissiez vos clés à la réception.

Nell tâche de contenir sa colère.

— Je n'y manquerai pas.

Sur quoi, elle prend son livre et fait mine de se plonger dans sa lecture tandis que l'Américaine quitte la pièce. Et c'est à ce moment précis que son téléphone sonne. Nell s'en empare d'un geste brusque.

Désolé, bébé. Je ne vais pas pouvoir me libérer. Passe un super séjour.

Chapitre 3

Assis sur le toit, Fabien enfonce un peu plus son bonnet sur ses yeux et s'allume une autre cigarette. C'est ici qu'il venait fumer, quand il y avait un risque que Sandrine rentre à la maison de manière impromptue. Elle ne supportait pas l'odeur de la cigarette et, s'il fumait à l'intérieur, elle faisait la grimace et décrétait que la puanteur qui régnait dans ce studio était écœurante.

Le rebord est étroit, mais assez large tout de même pour un homme grand, une tasse de café et trois cent trente-deux pages de manuscrit. En été, il vient parfois faire la sieste ici et, tous les jours, il agite la main à l'intention des deux adolescents de l'autre côté du square. Des jumeaux qui montent, eux aussi, sur leur toit pour écouter de la musique et fumer loin du regard de leurs parents.

Le centre de Paris est rempli d'espaces de ce style. Quand on n'a pas de jardin ni de balcon, on trouve son accès extérieur où l'on peut.

Fabien saisit son crayon et entreprend de rayer des mots. Cela fait six mois qu'il est sur la correction de son manuscrit, et chaque ligne est surchargée de ratures et d'annotations. Chaque fois qu'il relit son roman, il y trouve de nouveaux défauts.

Les personnages sont plats, leur voix sonne faux. Philippe, son ami, lui répète qu'il doit avancer, le faire taper et le confier au premier agent intéressé. Pourtant, dès qu'il se penche sur son roman, Fabien trouve des raisons supplémentaires de ne le montrer à personne.

Il n'est pas prêt.

Sandrine affirmait qu'il ne voulait pas l'envoyer parce qu'en attendant il pouvait toujours se convaincre qu'il restait un espoir. C'est l'une des choses les moins cruelles qu'elle ait dites.

Il jette un coup d'œil à sa montre, sachant qu'il ne lui reste qu'une demi-heure avant le début de son service. Tout à coup, il entend sonner son portable à l'intérieur. Zut ! Il se maudit d'avoir oublié de le fourrer dans sa poche avant de sortir sur le toit. Il pose sa tasse en équilibre sur la pile de feuilles pour les empêcher de s'envoler, puis il pivote pour franchir à nouveau la fenêtre.

Après, il est incapable de se souvenir du déroulement de la catastrophe. Son pied droit glisse sur le bureau sur lequel il prend appui pour rentrer, et son pied gauche est projeté en arrière alors qu'il essaie d'éviter la chute. Il heurte la tasse qui retenait la liasse de papiers sur le rebord. Il se retourne juste à temps pour entendre le mug se fracasser sur les pavés en contrebas et voir les trois cent trente-deux pages, si soigneusement éditées, s'envoler dans le ciel qui commence à s'assombrir.

Il regarde les feuilles se disperser dans le vent et, telles des colombes, flotter au-dessus des rues de Paris.

Chapitre 4

Nell vient de passer une heure allongée sur le lit, et pourtant elle est incapable de se décider sur la suite des événements. Pete ne la rejoindra pas à Paris. Cette fois, c'est sûr. Elle a fait tout le voyage jusqu'à la capitale française, avec ses sous-vêtements neufs et ses ongles de pieds vernis, et Pete lui a posé un lapin.

Les dix premières minutes, elle a regardé fixement son message plein d'entrain – « Passe un super séjour » – en attendant une suite. Mais il n'y en a pas eu.

Elle est allongée sur le lit, son téléphone toujours à la main, les yeux rivés au mur. Au fond d'elle, elle a toujours su que ça finirait ainsi. Elle contemple le portable, allume et éteint l'écran, histoire de s'assurer qu'elle ne rêve pas.

Mais elle sait. D'ailleurs, elle s'en doutait probablement déjà hier soir, quand il n'a pas répondu à ses appels. Elle aurait même déjà pu le deviner la semaine dernière, quand toutes ses suggestions sur les activités à faire ensemble à

Paris ne suscitaient guère qu'un « Ouais, si tu veux » ou un « On verra ».

Le problème, ce n'est pas juste que Pete n'est pas un petit ami fiable ; il arrive assez fréquemment qu'il disparaisse sans prendre la peine de lui dire où il va. À ce stade-là, force lui est d'admettre qu'il ne l'a pas vraiment invitée à Paris. Ils parlaient des endroits où ils étaient allés, et elle lui avait avoué qu'elle n'avait jamais visité Paris, ce à quoi il lui avait vaguement répondu : « Non, c'est vrai ? Oh Paris, c'est génial ! Tu adorerais. »

Deux jours plus tard, en sortant de sa présentation mensuelle sur l'évaluation des risques face à de jeunes diplômés – « L'évaluation des risques joue un rôle vital pour les entreprises, car elle les aide à les comprendre et les gérer, afin d'éviter les problèmes et de capitaliser sur les opportunités. Bonne visite de l'usine, et attention à ne pas trop vous approcher des machines ! » –, elle était tombée sur le chariot à sandwichs dans le couloir. Celui-ci était arrivé avec au moins dix minutes d'avance. Elle avait examiné l'assortiment, pesé le pour et le contre, avant de se décider pour un sandwich saumon fromage aux herbes, alors même qu'on était mardi et qu'elle ne prenait jamais ce type de sandwich le mardi.

— Oh, et puis au diable ! On a reçu une prime cette semaine, pas vrai ? Allez, soyons fous, avait-elle joyeusement lancé à Clara, la vendeuse.

Puis elle s'était dirigée vers la cuisine du bureau, mais s'était arrêtée avant pour se servir de l'eau à la fontaine.

Et pendant que son gobelet se remplissait, elle avait surpris une conversation entre deux de ses collègues de l'autre côté de la cloison.

— Moi, je vais la dépenser dans un voyage à Barcelone. Je le promets à ma femme depuis qu'on s'est mariés.

C'était probablement Jim, du service logistique.

— Shari va s'acheter un super sac à main. Cette fille est capable de claquer sa prime en deux jours.

— Lesley investit dans une voiture. Et Nell ?

— Nell n'est pas du genre à aller à Barcelone.

Ils avaient éclaté de rire. Nell s'était figée, son gobelet en plastique en suspens devant ses lèvres.

— À tous les coups, elle va placer sa prime sur un compte d'épargne. Probablement après avoir effectué de savants calculs sur Excel. Il lui faut une demi-heure rien que pour choisir son sandwich, alors…

— Cette fille-là, elle n'a pas fait une seule folie de toute sa vie.

Elle n'avait mangé que la moitié de son sandwich, et pourtant elle adorait ceux au saumon et fromage aux herbes. Ce jour-là, il lui avait laissé un goût pâteux dans la bouche.

Le soir même, elle s'était rendue chez sa mère. Après des années à repousser l'inéluctable, Lilian avait enfin convenu que la maison était devenue trop grande pour elle seule et avait consenti à déménager. Mais l'arracher à l'endroit où elle avait passé vingt-cinq années de sa vie revenait un peu à ôter un escargot de sa coquille. Alors, deux fois par semaine, Nell lui rendait visite pour passer en revue les cartons de bibelots, de vêtements et de papiers entassés sur des étagères un peu partout dans la vieille maison, et tâcher de convaincre sa mère de se séparer d'au moins quelques-uns de ses trésors. En gros, elle passait une heure à persuader sa mère qu'elle n'avait nul besoin d'un singe rapporté de vacances à Majorque en 1983, pour sortir des toilettes à la fin de la soirée et se rendre compte que Lilian l'avait caché dans la chambre d'amis. Le processus promettait d'être long. Ce soir, c'était le tour des cartes postales et habits de bébé. Perdue dans ses souvenirs, Lilian sortait chacun d'eux l'un après l'autre, se demandant à haute voix s'ils « n'auraient pas droit à une seconde vie un jour ».

— Oh, tu étais ravissante, dans cette petite robe, malgré tes genoux. Ça me fait penser… Donna Jackson, de l'onglerie, tu vois ? Sa fille Cheryl est allée sur l'un de ces sites de rencontres sur Internet. Eh bien, elle est sortie avec un homme et, quand il l'a invitée chez lui, elle a découvert qu'il possédait des centaines de bouquins sur les tueurs en série.

— Et c'en était un ? avait demandé Nell, tout en profitant de la distraction de sa mère pour fourrer dans un sac-poubelle un gilet de bébé à moitié dévoré par les mites.

— Si c'était un quoi ?

— Un tueur en série.

— Comment veux-tu que je le sache ?

— Est-ce que Cheryl est rentrée à la maison ?

Lilian avait plié la robe et l'avait placée sur la pile « à garder ».

— Oui, bien sûr. Elle a raconté à Donna qu'il lui avait demandé de porter un masque, ou une queue en fourrure, ou un truc dans ce genre, alors elle l'a lagué.

— Largué, maman. Larrrgué.

— Oui, bon, quelle différence ? Bref, je suis contente que tu sois une fille sensée qui ne prend pas de risques. Oh, je ne t'ai pas dit ? Mme Hogan a demandé si tu voulais bien nourrir son chat pendant son absence.

— OK.

— Parce que, d'ici là, j'aurai déménagé. Et elle a dit qu'elle a besoin de quelqu'un en qui elle ait toute confiance.

Nell avait longtemps contemplé le petit short qu'elle tenait dans sa main, avant de le jeter dans le sac contenant les affaires inutiles.

Le lendemain matin, elle traversait la galerie marchande sur le chemin du travail, quand elle s'était arrêtée net devant une agence de voyages. Dans la vitrine, une publicité annonçait : « Affaire à saisir, uniquement aujourd'hui – deux pour le prix d'un – trois nuits à Paris, Ville Lumière. » Sans réfléchir, elle était entrée dans la boutique et avait acheté deux billets… qu'elle avait présentés à Pete dès le lendemain soir quand ils étaient rentrés chez lui, les joues rougies par un mélange de gêne et de plaisir.

— Tu as fait quoi ?

Il était soûl, elle s'en souvenait à présent, et il avait lentement cligné des yeux, comme sous l'effet de l'incrédulité.

— Tu m'as acheté un billet pour Paris ?

— Je *nous* ai acheté, avait-elle corrigé tandis qu'il tentait maladroitement de dégrafer les boutons de sa robe. Un long week-end à Paris. Je me suis dit que ce serait sympa. Et qu'on allait faire des folies, quoi !

« Cette fille-là, elle n'a pas fait une seule folie de toute sa vie. »

— J'ai recherché des hôtels et j'en ai trouvé un juste derrière la rue de Rivoli. C'est un trois-étoiles, mais il a une note de quatre-vingt-quatorze pour cent de satisfaction, et puis c'est un quartier où les délits sont peu fréquents. Enfin, je veux dire que, selon eux, le seul truc auquel il faut faire attention, ce sont les vols à l'arraché, du coup j'ai pensé que je prendrais un sac en ban…

— Tu m'as acheté un billet pour Paris !

Il avait secoué la tête, et ses cheveux lui étaient retombés sur un œil, puis il avait ajouté :

— Cool, bébé. Pourquoi pas ? Bonne idée !

Pour la suite, elle ne se rappelait pas du tout, car à ce moment-là ils s'étaient effondrés sur son lit.

Et voilà, maintenant, elle va devoir retourner en Angleterre et admettre devant Magda, Trish et Sue qu'elles avaient raison. Que Pete est exactement celui qu'elles avaient décelé en lui. Qu'elle a été sotte de gaspiller son argent. Pire encore, elle a fichu en l'air la virée entre filles à Brighton pour rien.

Elle ferme les yeux, serre les paupières fort et longtemps, jusqu'à être sûre de ne pas pleurer. Ensuite, elle se redresse, baisse la tête vers sa valise et se demande où elle peut trouver un taxi et si son billet est échangeable. Et à supposer qu'elle parvienne à la gare, que se passera-t-il s'ils lui refusent l'accès à un train ? Devrait-elle demander à la réceptionniste de l'hôtel d'appeler Eurostar à sa place ? Mais cette bonne femme l'effraie, avec son regard glacial. Bref, elle ne sait vraiment pas quoi faire. Tout à coup, Paris lui semble immense, inconnu et hostile, à des milliers de kilomètres de sa maison.

Son téléphone émet un nouveau bip. Elle s'en saisit aussitôt, le cœur battant. Finalement, il vient ! Tout va se passer comme prévu ! Mais non, c'est Magda.

Alors, tu t'éclates bien, petite cochonne ?

Les yeux rivés à l'écran, elle cille et se sent soudain terriblement loin de chez elle. Si seulement elle était là-bas, dans la chambre d'hôtel de Magda, un gobelet en plastique rempli de mousseux bon marché posé sur le rebord du lavabo tandis qu'elles se disputent la place devant le miroir afin de se maquiller. En Angleterre, il est une heure de moins. Les filles doivent être en train de se préparer, à côté de leurs valises qui déversent les habits tout neufs sur la moquette, la musique doit brailler assez fort pour leur valoir des plaintes des voisins.

L'espace de quelques secondes, elle songe que jamais elle ne s'est sentie aussi seule de sa vie.

Ça va super, merci. Amusez-vous bien !

Elle tape le SMS lentement, ensuite elle appuie sur « envoi » et attend le petit son qui lui confirme que le message a traversé la Manche. Après quoi elle éteint son portable, histoire de ne plus avoir à mentir.

Nell examine les horaires de l'Eurostar, sort son carnet de son sac et établit une liste des solutions qui s'offrent à elle. Il est 20 h 45. Même si elle parvient à la gare, elle a peu de chances de trouver un train qui la ramène en Angleterre assez tôt pour rentrer chez elle. Elle va devoir passer la nuit ici.

Dans la lumière impitoyable du miroir de la salle de bains, elle a l'air fatiguée et à bout de nerfs, son mascara a coulé. Autant dire qu'elle a tout à fait la tête de la fille qui vient de se taper le voyage jusqu'à Paris pour se faire poser un lapin par un petit ami sur qui elle ne peut pas compter. Elle s'appuie des deux mains sur les bords du lavabo, prend une profonde inspiration et tâche de réfléchir correctement.

Elle va se dégotter quelque chose à manger, dormir un peu, et ensuite elle se sentira mieux. Demain, elle prendra le premier train pour rentrer à la maison. Bon, ça n'est pas ce qu'elle avait espéré, mais c'est un plan qui tient la route, et Nell se sent toujours mieux quand elle a un plan.

Elle ferme la porte à double tour et redescend, en tâchant de prendre un air désinvolte et confiant, telle la femme qui a l'habitude de se retrouver seule dans une ville étrangère.

— Euh… Vous avez une carte pour le service de restauration en chambre ? demande-t-elle à la réceptionniste. Je n'en ai pas vu dans la chambre.

— Un service de restauration en chambre ? Mademoiselle, vous êtes dans la capitale mondiale de la gastronomie. On ne propose pas de service en chambre, ici.

— OK, d'accord. Dans ce cas, est-ce que vous connaissez un endroit sympa où je pourrais grignoter un morceau ?

La femme la dévisage.

— Vous cherchez un restaurant ?

— Ou un café. N'importe. Un endroit pas loin, où je puisse me rendre à pied. Oh, et… euh… si l'autre cliente revient, vous pourrez lui annoncer que finalement je vais passer la nuit ici ?

La Française hausse un sourcil de manière quasi imperceptible, et Nell imagine ce qu'elle pense : « Alors, comme ça, ton copain ne s'est pas pointé, pauvre petite Anglaise ? Tu parles d'une surprise ! »

— Il y a le *Café des Bastides*, répond la femme en lui tendant un petit plan touristique. Dehors, vous prenez tout de suite à droite, et c'est la deuxième rue sur la gauche. C'est très bien. Parfait pour… manger seul, ajoute-t-elle après une brève hésitation.

— Merci.

— Je vais appeler Michel et lui demander de vous réserver une table. À quel nom ?

— Nell.

— Nell.

Elle a prononcé son prénom comme s'il s'agissait d'une maladie.

Les joues en feu, Nell saisit le plan, le fourre dans son sac à main et s'empresse de quitter l'hôtel.

Le café est bondé, les minuscules tables rondes en terrasse sont remplies de couples ou de groupes assis épaule contre épaule dans leur manteau, qui fument, qui boivent, qui discutent tout en regardant s'écouler la foule de la rue. Nell hésite et lève les yeux vers le panonceau qui annonce le nom du lieu. Là, elle se demande brièvement si elle aura le courage de s'asseoir ici toute seule. Elle pourrait peut-être juste acheter un sandwich dans un supermarché. Oui, ce serait sans doute la meilleure solution. Un énorme bonhomme barbu la regarde, adossé à l'encadrement de la porte.

— Vous êtes l'Anglaise ? Oui ?

Sa voix tonne par-dessus les tables. Nell esquisse un mouvement de recul.

— Vous êtes Nell ? La table pour une personne ?

Une poignée de têtes se retournent pour la dévisager. Et elle redoute de mourir de honte sur-le-champ.

— Euh… oui, marmonne-t-elle.

Il lui fait signe de le suivre à l'intérieur, lui déniche une petite table dans un angle près de la fenêtre, et elle se faufile sur la chaise. Dans la salle, il règne une odeur de renfermé, et les vitres sont couvertes de buée. Autour d'elle, les tables bourdonnent de dames bien habillées, la cinquantaine, qui poussent des exclamations qu'elle ne comprend pas, de jeunes couples qui se contemplent par-dessus leurs verres de vin. Elle se sent mal à l'aise, comme si elle était affublée d'un panneau : « Ayez pitié de moi, je n'ai personne avec qui dîner. » Elle se plonge dans l'étude de l'ardoise, répétant les mots peu familiers dans sa tête à plusieurs reprises avant de devoir les dire à haute voix.

— *Bonsoir.**

Le serveur, le crâne rasé et un long tablier blanc, dépose une carafe d'eau devant elle.

— *Qu'est-ce que…**

— *Je voudrais un steak frites, s'il vous plaît**, débite-t-elle à toute allure.

Son choix n'est pas le moins cher, mais c'est le seul plat qu'elle se juge en mesure de prononcer.

Le serveur hoche la tête et jette un coup d'œil derrière lui, comme s'il était distrait.

— Le steak ? Et comme boisson, *mam'selle** ? demande-t-il dans un anglais parfait. Du vin ?

Elle s'apprêtait à commander un Coca. Au lieu de quoi, elle murmure :

— Oui, s'il vous plaît.

— *À la bonne heure**, acquiesce-t-il.

Quelques minutes plus tard, il est de retour avec une panière garnie et une carafe de vin. Il les pose sur sa table, comme s'il était absolument normal qu'une femme soit assise là, toute seule, un vendredi soir, puis il disparaît à nouveau.

Nell ne se rappelle pas avoir jamais vu une femme assise seule dans un restaurant, hormis la fois où elle était partie faire du shopping à Corby : il y avait une dame, seule à une table près des toilettes, qui lisait un livre et avait commandé deux desserts au lieu d'un plat principal. Là où vit Nell, les filles sortent dîner en groupe, la plupart du temps dans un restaurant indien à la fin d'une longue nuit de beuverie. Les femmes plus âgées peuvent sortir seules pour aller jouer au bingo ou à une fête de famille. Autrement, les femmes ne dînent pas seules au restaurant.

Pourtant, quand elle balaie la salle des yeux en mâchonnant un morceau de pain français croustillant, elle remarque qu'elle n'est pas unique en son genre. Il y a une femme de l'autre côté de la vitre, une carafe de vin rouge sur sa table, qui fume une cigarette en regardant les Parisiens passer devant elle. Il y a aussi un homme, dans un coin, qui lit son journal en mangeant. Une autre femme, cheveux longs et dents écartées, discute avec un serveur, le col remonté haut. Personne ne leur prête particulièrement attention. Nell se détend un peu et dénoue son écharpe.

Le vin est bon. Elle en prend une gorgée et sent la tension se dissiper peu à peu. Alors elle boit une autre gorgée. Le steak arrive, grillé et fumant, sauf que quand elle le coupe, il est saignant à l'intérieur. Elle songe à le renvoyer en cuisine, mais ne souhaite pas se faire remarquer, surtout qu'il risque de falloir s'exprimer en français.

Par ailleurs, la viande a bon goût. Les frites sont dorées et bien chaudes, et la salade verte est délicieuse. Elle mange tout, s'étonnant d'avoir tant d'appétit. Le serveur, en revenant à sa table, sourit de son plaisir manifeste, comme s'il la remarquait pour la première fois.

— C'est bon, hein ?

— Délicieux, admet-elle. *Mer*... euh, *merci**.

Avec un hochement de tête, il lui remplit son verre. Et l'espace d'une brève seconde, aussi inattendu que cela puisse paraître, elle se sent bien. Mais en tendant la main vers le verre, elle évalue mal la distance et renverse la moitié de son contenu sur le tablier et les chaussures du serveur. Par-dessus la table, elle fixe des yeux la tache écarlate.

Aussitôt, elle porte les mains à sa bouche.

— Oh là là, je suis désolée !

Il lâche un long soupir en s'essuyant avec un torchon.

— Non, non, c'est pas grave.

— Pardon, je... oh, je...

— Non, mais vraiment. C'est pas grave. Y a des jours comme ça.

Il lui adresse un vague sourire, comme pour indiquer qu'il comprend, puis il tourne les talons.

Sentant ses joues s'embraser, elle tire son carnet de son sac, histoire de se donner une contenance. Rapidement, elle feuillette sa liste des choses à voir à Paris et tombe sur une page vierge, qu'elle contemple jusqu'à être certaine que personne ne la regarde. Elle prend son stylo et écrit :

Vivre l'instant.

Avant de souligner la phrase de deux traits. C'est quelque chose qu'elle a lu dans un magazine, une fois.

Elle lève les yeux vers la pendule : 21 h 45. Encore à peu près trente-neuf mille six cents instants de gêne en perspective. Après quoi, elle pourra remonter dans le train et faire comme si ce voyage n'avait jamais eu lieu.

La réceptionniste est toujours à son poste derrière le comptoir quand Nell rentre à l'hôtel. Évidemment. Elle glisse la clé sur le plateau dans sa direction et lui annonce :

— *Ze ozer client is not back yet.* Si elle revient avant la fin de mon service, je lui dirai que vous êtes dans la chambre.

Nell grommelle un « merci » et monte.

Elle se fait couler une douche et se glisse sous le jet en espérant évacuer ainsi les déceptions de la journée. Enfin, à 22 h 30, elle se couche et entreprend de lire l'un des magazines disponibles sur la table de chevet. Elle ne comprend pas grand-chose, mais elle n'a pas apporté de livre. Elle n'avait pas prévu qu'elle aurait le temps de bouquiner.

À 23 heures, elle éteint la lumière et reste allongée dans le noir, à écouter le bourdonnement des mobylettes qui filent dans les ruelles étroites, les discussions et les éclats de rire des gens qui rentrent chez eux. Et elle a la sensation d'être à la porte d'une sorte de fête géante.

Ses yeux s'emplissent de larmes, si bien qu'elle songe un instant à appeler les filles pour leur raconter sa déconvenue. Sauf qu'elle n'est pas prête à faire face à leur élan de compassion. Elle s'interdit de penser à Pete et au fait qu'en réalité elle s'est fait larguer. Elle essaie de ne pas se figurer la tête de sa mère quand elle devra lui avouer la vérité au sujet de son week-end romantique à Paris.

Et tout à coup, la porte s'ouvre. La lumière s'allume.

—Je n'y crois pas.

L'Américaine est plantée là, le teint rougi par la boisson, une grande écharpe mauve drapée autour des épaules.

—Je croyais que vous seriez partie.

—Moi aussi, réplique Nell en remontant les couvertures par-dessus son visage. Vous voulez bien baisser la lumière, s'il vous plaît ?

—Ils ne m'ont pas avertie que vous étiez encore là.

—Oui, ben, je suis là…

Elle entend le bruit mat d'un sac à main qu'on pose sur la table, le cliquetis des cintres dans l'armoire.

—Je ne suis pas très à l'aise à l'idée de dormir dans la même pièce qu'une inconnue.

—Vous n'étiez pas mon premier choix comme partenaire de chambre non plus.

Nell reste sous les draps pendant que l'autre s'affaire, entre et sort de la salle de bains. Elle l'entend se brosser les dents, se gargariser. Dans une autre chambre, derrière des murs bien trop minces, on tire la chasse d'eau. Elle tente de s'imaginer ailleurs. À Brighton, par exemple, en compagnie de l'une des filles, en train de rentrer à leur hôtel avec pas mal d'alcool dans le sang.

—Autant vous l'avouer, je ne suis vraiment pas contente, lâche la femme.

— Eh bien, allez dormir ailleurs, rétorque Nell. Parce que j'ai autant le droit d'être dans cette chambre que vous. Plus, même, si l'on prend en considération la date de nos réservations.

— Pas la peine de me parler sur ce ton.

— Pas la peine de me faire sentir plus mal que je ne le suis déjà, merde !

— Chérie, ce n'est pas ma faute si votre petit ami n'est pas venu.

— Et ce n'est pas la mienne si l'hôtel nous a attribué la même chambre.

Un long silence s'ensuit. Nell commence à se dire qu'elle a peut-être été un peu trop brusque. C'est bête, après tout, deux femmes qui se disputent dans un espace aussi réduit.

On est dans le même bateau, songe-t-elle.

Alors elle tente de trouver quelque chose de gentil à dire.

C'est à ce moment que la voix de l'Américaine retentit dans l'obscurité.

— Je vous avertis, je mets mes objets de valeur dans le coffre. Et je prends des cours d'autodéfense.

— Et moi, je m'appelle Georges Pompidou, marmonne Nell.

Elle lève les yeux au ciel dans le noir et attend le « clic » qui lui indiquera que la lumière a été éteinte. Mais la voix de sa compagne d'infortune rompt à nouveau le silence :

— C'est vraiment bizarre, comme nom. Je dis ça, je dis rien.

Nell a beau être épuisée et triste, elle n'arrive pas à trouver le sommeil. Celui-ci s'approche, puis s'éloigne, tel un amant timide. Elle essaie de se détendre, de calmer ses pensées, mais aux alentours de minuit, une petite voix dans son esprit lui annonce avec certitude : « Non. Pas de repos réparateur pour toi, mademoiselle. »

Au contraire, dans son cerveau, ça tournicote et ça mouline comme dans le tambour d'une machine à laver, qui ressasserait les idées noires en guise de linge sale. Est-ce qu'elle s'est montrée trop empressée envers Pete ? Pas assez cool ? Est-ce à cause de sa liste manuscrite des musées français, avec les pour et les contre (durée du trajet *vs* estimation de la file d'attente) ?

Est-ce qu'elle est juste trop ennuyeuse pour être aimée par un homme, quel qu'il soit ?

La nuit n'en finit pas de s'éterniser. Allongée dans la pénombre, Nell tâche de se boucher les oreilles pour ne pas entendre les ronflements de sa voisine de chambre. Elle essaie les étirements, les bâillements, les changements de position. Elle multiplie les inspirations profondes, s'efforce de détendre son corps membre par membre et imagine ses idées noires enfermées dans une boîte cadenassée dont elle aurait jeté la clé.

Vers 3 heures du matin, elle se rend à l'évidence : elle va probablement rester éveillée jusqu'à l'aube. Elle se lève et s'approche de la fenêtre sans bruit, écartant les rideaux de quelques centimètres.

Les toits scintillent dans la lueur des lampadaires. Une légère bruine tombe en silence sur les trottoirs. Un couple, tête contre tête, rentre lentement à la maison en se murmurant des paroles mystérieuses.

Et dire que ça aurait dû être un moment merveilleux !

Les ronflements de l'Américaine redoublent d'intensité. Elle renifle, émet un son guttural étouffé, et puis, après un bref silence porteur d'espoir, elle se remet à ronfler. Nell va chercher des boules Quiès dans sa valise (elle en a apporté deux paires, au cas où) et retourne au lit.

D'ici un peu plus de huit heures, je serai à la maison, se dit-elle. Et, sur cette pensée réconfortante, elle finit par sombrer dans le sommeil.

Chapitre 5

Au restaurant, Fabien est assis près du passe-plat de la cuisine, un grand café à la main et les épaules basses, occupé à regarder Émile récurer les énormes casseroles en acier, avec un sous-chef qui travaille en silence à ses côtés. La pendule indique 12 h 45.

— Tu en écriras un autre. Et il sera encore mieux, déclare Émile.

— J'avais mis tout ce que j'avais dans ce livre. Maintenant, c'est foutu.

— Allons, allons, tu te prétends écrivain. Tu dois bien avoir plus d'un livre dans la tête. Sinon, tu seras un écrivain fauché. Et puis, la prochaine fois, tu devrais peut-être effectuer les modifications sur ordinateur, non ? Comme ça, il te suffira d'en imprimer une nouvelle copie.

Fabien a retrouvé cent quatre-vingt-trois pages sur les trois cent trente-deux qui se sont envolées. Certaines abîmées par la saleté et l'eau de pluie, piétinées par les passants. D'autres ont tout bonnement disparu dans la nuit parisienne. En parcourant les rues adjacentes, il a repéré une page, ici ou là, prisonnière d'un balcon ou prenant un bain dans le caniveau, sans que les passants y prêtent la moindre attention. Voir son travail exposé ainsi, ses pensées les plus intimes révélées au tout-venant, cela lui a donné la désagréable impression de sortir nu dans la rue.

—Je suis un imbécile, Émile. Sandrine m'a répété si souvent de ne pas emporter mon manuscrit sur le toit...

—Oh non... pas encore Sandrine, s'il te plaît !

Émile vide l'eau graisseuse de l'évier et le remplit à nouveau.

—Si on doit subir une énième histoire de Sandrine, il me faut un cognac.

—Tu as déjà éclusé la bouteille, lui fait remarquer René.

—Qu'est-ce que je vais faire ?

—Ce que te conseille ton grand héros, l'écrivain Samuel Beckett : « Essayer. Rater. Essayer encore. Rater encore. Rater mieux. »

Émile lève les yeux vers lui, sa peau luisante de sueur.

—Et je ne parle pas seulement du livre. Tu dois recommencer à sortir. Rencontrer des femmes. Boire un peu, danser un peu... bref, rassembler de quoi écrire un autre livre !

—Je le lirai, ce livre-là, commente René.

—Tu vois ? René lira ton livre. Et pourtant, il ne lit que du porno !

—Je me contente de regarder les images, précise René.

—Oui, ça, on est au courant.

— Je ne sais pas trop. Je ne suis pas vraiment d'humeur, conclut Fabien.

— Eh bien, motive-toi ! (Pareil à un radiateur, Émile sait comment vous réchauffer.) Au moins, ça te donnera une raison de bouger de ton appartement, pas vrai ? Sors, vis ! Pense à autre chose.

Il termine la dernière casserole, qu'il range avec le reste, avant de jeter le torchon à vaisselle par-dessus son épaule.

— Bon, c'est Olivier qui est de service demain soir, OK ? Alors toi et moi, on en profite pour aller boire quelques bières. Qu'est-ce que tu en dis ?

— Je ne sais pas…

— Qu'est-ce que tu as d'autre de prévu ? Passer la soirée dans ton minuscule studio ? M. Hollande, notre cher président, va te dire à la télé que les caisses sont vides. Et ton appartement vide te dira qu'il y manque une femme.

— Pas très encourageant, ta façon de voir les choses, Émile.

— Mais si ! Je suis ton ami ! Je te donne un million de raisons de profiter de la vie. Allez, on va bien rigoler. Draguer quelques filles. Se faire arrêter.

Fabien finit son café et tend la tasse à Émile, qui la pose dans l'évier.

— Tu sais, il faut que tu vives, si tu veux avoir quelque chose à écrire.

— Peut-être. Je vais y réfléchir.

Émile secoue la tête alors que Fabien s'en va après leur avoir adressé un dernier signe de la main.

Chapitre 6

C'EST LE COUP FRAPPÉ À LA PORTE QUI LA RÉVEILLE. LE bruit lui parvient d'abord de loin, et puis il augmente, si bien qu'elle remonte les couvertures par-dessus son visage. Au bout d'un moment, elle entend une voix.

— Ménage.

Ménage ?

Nell se redresse, cligne des yeux. Une sonnerie résonne faiblement à ses oreilles, et l'espace de quelques secondes elle n'a aucune idée de l'endroit où elle se trouve. Elle contemple ce lit inconnu, puis le papier peint. Un son étouffé lui parvient du couloir. Elle ôte ses boules Quiès, et soudain le bruit devient assourdissant.

Elle se lève et va ouvrir la porte en se frottant les yeux.

— Bonjour ?

La personne qui se tient devant elle, en uniforme de femme de ménage, s'excuse et recule d'un pas.

— *Ah, je reviendrai plus tard.**

Ne comprenant pas ce qu'elle a dit, Nell hoche la tête et laisse la porte se refermer. Elle a l'impression qu'un camion lui a roulé dessus. Elle cherche du regard l'Américaine, mais n'aperçoit qu'un lit vide, des draps froissés et la porte de l'armoire ouverte révélant une rangée de cintres solitaires. Paniquée, elle balaie la pièce des yeux en quête de sa valise, qui heureusement est toujours là.

Elle n'avait pas compris que l'autre femme devait partir aussi tôt, mais elle est soulagée de ne pas avoir à subir la vision de son visage rouge et furibond. Au moins, elle va pouvoir prendre sa douche tranquillement et…

Elle jette un coup d'œil à son téléphone : 11 h 15.

Pas possible.

Elle allume la télévision et fait défiler les chaînes jusqu'à tomber sur un programme d'information en continu. Il est vraiment 11 h 15.

Voilà qui achève de la réveiller. Elle commence à rassembler ses affaires, les entasse dans sa valise et enfile ses vêtements. Ensuite, ayant saisi sa clé et ses papiers, elle se précipite en bas. La Française est à son poste derrière le comptoir, aussi impeccable que la veille. Nell regrette tout à coup de n'avoir pas pris le temps de se brosser les cheveux.

— Bonjour, *mademoiselle.*

— Bonjour. Je me demandais si vous pourriez… si… En fait, j'ai besoin de changer mon billet de train.

— Vous souhaitez que j'appelle Eurostar ?

— S'il vous plaît. Je dois rentrer aujourd'hui. J'ai… une urgence familiale.

Son interlocutrice ne cille même pas.

— Bien sûr.

Elle lui prend le billet et compose le numéro, avant de parler dans un français rapide. Nell se passe les doigts dans les cheveux et se frotte les yeux, encore pleins de sommeil.

— Ils n'ont rien avant 17 heures. Ça vous conviendrait ?

— Rien du tout ?

— Non, tout est complet jusqu'à ce soir.

Nell se maudit d'avoir dormi si tard.

— Très bien.

— Et vous allez devoir racheter un billet.

La femme lui tend le sien, que Nell fixe du regard. Et elle lit la mention bien écrite noir sur blanc : « Non échangeable ».

— Un autre billet ? Et ça va me coûter combien ?

La réceptionniste parle à nouveau en français, puis elle pose la main sur le combiné.

— Cent soixante-dix-huit euros. Vous souhaitez réserver ?

Cent soixante-dix-huit euros. Environ 140 livres sterling.

— Euh… hum… Je… je vais réfléchir.

Elle n'ose plus regarder son interlocutrice en face tandis qu'elle lui reprend le billet des mains. Elle se sent bête. Un billet à tarif réduit, pas étonnant qu'il ne soit pas échangeable.

Alors, après avoir marmonné un « merci beaucoup », elle se précipite vers le havre de paix qu'est sa chambre, sans prêter attention aux appels de la femme.

Nell s'assied au bout de son lit en jurant à mi-voix. Il lui reste donc deux solutions : soit elle dépense la moitié d'une semaine de salaire pour rentrer à la maison, soit elle continue deux jours et deux nuits de plus le « pire week-end romantique au monde ». Seule. Elle peut rester cachée dans cette chambre sous les toits à regarder la télévision française sans rien y comprendre. Ou alors elle peut s'asseoir dans un bar, en tâchant de faire abstraction de tous les couples épanouis autour d'elle.

Elle décide de se préparer un café, mais constate qu'il n'y a pas de bouilloire dans la chambre.

— Et merde ! lâche-t-elle à haute voix.

Bon, c'est officiel : elle déteste Paris.

C'est à cet instant-là qu'elle aperçoit une enveloppe à moitié ouverte sur le sol, presque sous le lit, dont dépasse un morceau de papier. Elle se penche et la ramasse. Il s'agit de deux billets pour l'exposition d'une artiste dont elle a vaguement entendu parler. Elle retourne les cartons. Ils devaient appartenir à l'Américaine. Elle les repose, songeant qu'elle décidera quoi en faire plus tard. Pour le moment, l'urgence, c'est de se maquiller, de se brosser les cheveux et de boire une tasse de café.

Une fois dehors, à la lumière du jour, elle se sent mieux. Elle marche jusqu'à trouver un endroit qui lui plaît et commande un café au lait et un croissant. Elle s'installe dans la rue, bien pelotonnée entre d'autres personnes qui, comme elle, affrontent le froid. Elle caresse le petit chien d'une vieille dame assise non loin d'elle, au foulard noué avec la précision d'un origami japonais. Elle prend quelques photos. Un homme incline son chapeau à son intention, et elle ne peut s'empêcher de sourire.

Le café est bon, le croissant délicieux. Elle note le nom du bar dans son carnet, au cas où l'envie lui prendrait de revenir un jour. Elle laisse un pourboire et retourne tranquillement à l'hôtel.

Bon, j'ai connu des petits déjeuners pires que celui-là.

De l'autre côté de la rue, elle aperçoit une maroquinerie et s'arrête devant la vitrine pour admirer les sacs à main, les coupes précises, le cuir élégant, les sublimes tons pastel. Le magasin ressemble à un décor de cinéma. Tout à coup, elle tend l'oreille au son d'un violoncelle et lève les yeux jusqu'à localiser sa provenance, une fenêtre entrouverte donnant sur un balcon. Elle s'assied un instant sur une marche pour écouter la musique, mais se relève brusquement et reprend son chemin, plongée dans ses pensées.

Elle n'arrive pas à décider quoi faire. Elle marche lentement, en plein débat intérieur, tout en dressant dans son petit carnet la liste des avantages et des inconvénients du train de 17 heures. Si elle prenait cet Eurostar, elle pourrait attraper le dernier train en partance pour Brighton et faire la surprise aux filles. Bref, elle sauverait ce fichu week-end en se soûlant sans retenue et elle leur raconterait sa mésaventure. Ses amies la consoleraient. Après tout, ça sert à ça, les copines.

Pourtant, l'idée de dépenser 50 livres de plus lui serre le cœur. Sans compter qu'elle n'a pas envie que son week-end à Paris s'achève sur cette note désastreuse. Elle ne veut pas se rappeler sa première visite de la capitale française comme « la fois où elle s'est fait larguer avant de rentrer à la maison, sans même prendre le temps d'aller voir la tour Eiffel ».

Elle est toujours absorbée dans ses réflexions quand elle atteint l'hôtel. Du coup, c'est en plongeant la main dans sa poche pour récupérer sa clé qu'elle s'en souvient : les tickets de l'Américaine.

— Excusez-moi ! interpelle-t-elle la réceptionniste. Savez-vous ce qui est arrivé à la dame qui partageait ma chambre ? La numéro 42 ?

La femme compulse une liasse de papiers.

— Elle a quitté la chambre de bonne heure ce matin. Une… urgence familiale, je crois. On dirait qu'il y en a pas mal, ce week-end.

— Elle a oublié des tickets dans la chambre. Pour une exposition.

Nell les tend à la réceptionniste, qui les étudie.

— Elle est repartie directement à l'aéroport… Oh, mais c'est une exposition très courue. Ils en ont parlé aux informations hier soir. Les gens font la queue plusieurs heures pour s'y rendre.

Nell repose les yeux sur les billets.

— À votre place, j'irais à l'exposition, *mademoiselle*, suggère la femme avec un sourire. Enfin, si votre urgence familiale peut attendre.

— Oui, je vais peut-être faire ça, chuchote Nell, les yeux toujours rivés sur les billets.

— *Mademoiselle ?*

Nell se retourne.

— Nous ne vous ferons pas payer la chambre, si vous décidez de rester. Pour nous faire pardonner le dérangement.

Et de nouveau elle lui sourit, l'air contrit.

— Oh, merci ! répond Nell, agréablement surprise.

Deux nuits, ça n'est pas bien long, après tout.

Chapitre 7

Sa tasse de café vide à côté de lui, Fabien est assis sur son toit, en tee-shirt et bas de pyjama. Songeur, il observe la petite photo de Sandrine qu'il tient dans sa main. Au bout d'un moment, quand l'air devient trop froid pour rester dehors, il rentre par la fenêtre – avec précaution, cette fois – et contemple son appartement. Elle avait raison. C'est le bazar. Il attrape un sac-poubelle et entreprend de ranger.

Une heure plus tard, le petit studio est en partie transformé : les vêtements sales sont confinés au bac à linge, les vieux journaux posés près de la porte en attendant d'être jetés dans le conteneur approprié, la vaisselle faite et mise à sécher dans l'égouttoir. Tout est en ordre, à sa place. Fabien est douché, rasé, habillé. Plus rien désormais ne peut l'empêcher d'écrire. Il dépose les pages restantes, soigneusement placées dans l'ordre, près de son ordinateur portable et soulève le premier feuillet… qu'il regarde fixement.

Le temps s'étire. Il relit certains passages. Il prend une page, l'examine un moment, pose les doigts sur les touches du clavier. Il vérifie son téléphone, observe les toitures grises par la fenêtre. Il va aux toilettes, revient, regarde fixement son écran. Enfin, il jette un coup d'œil à sa montre, se lève et attrape sa veste.

Personne ne fait la queue devant le petit kiosque situé face à Notre-Dame. Fabien coupe le moteur de sa mobylette, retire son casque et admire la Seine quelques secondes. Une énorme péniche passe, pleine à craquer de touristes qui prennent des photos à travers les immenses baies vitrées. La petite *Rose de Paris*, avec sa poignée de sièges en bois, attend patiemment, amarrée contre le quai, vide. Fabien prend un paquet dans le coffre de sa mobylette et s'approche du kiosque, où son père, assis sur son tabouret, lit le journal.

— Tourte au saumon de la part d'Émile, annonce-t-il en tendant le paquet à son père.

Clément embrasse son fils sur les deux joues, puis il déballe le trésor et mord dedans avec gourmandise.

— Pas mal. Moins d'aneth, la prochaine fois, tu lui diras. On n'est pas des Russes. La pâte feuilletée est délicieuse, en revanche.

— Tu n'as personne ?

— C'est à cause de ce nouveau gros bateau, là. Il pique tous les touristes.

Ils observent la Seine ensemble. Un couple qui se promène sur le quai semble hésiter à quelques pas du kiosque, avant de se raviser. Fabien se gratte la cheville.

— Bon, si tu n'as pas besoin de moi, j'ai bien envie d'aller faire un tour à l'expo Kahlo.

— Au cas où tu y croiserais Sandrine, n'est-ce pas ?

Fabien secoue la tête.

— Non ! J'aime beaucoup Frida Kahlo.

— C'est sûr, acquiesce Clément, les yeux posés sur l'eau. Tu parles rarement d'autre chose, d'ailleurs.

— Elle a dit que je ne faisais jamais rien de ma vie. Alors... je vais lui montrer. Je peux me cultiver. Je peux changer. Oh, et puis j'ai rangé l'appartement.

Un bref silence s'ensuit. Fabien lance un regard interrogateur à son père tandis que ce dernier se tape les poches, comme s'il cherchait quelque chose.

— J'essayais de te trouver une médaille, explique-t-il.

Un sourire désabusé aux lèvres, Fabien se lève.

— Je reviens à 16 heures, papa. Au cas où tu aurais besoin d'aide à ce moment-là.

Clément termine sa quiche au saumon, replie soigneusement l'emballage et s'essuie la bouche. De sa main libre, il tapote le bras de son fils.

— Fiston, lui lance-t-il alors que Fabien s'apprête à partir. Laisse-la tomber. Ne prends pas cette histoire trop au sérieux, d'accord ?

Sandrine disait toujours qu'il se levait trop tard. Là, alors qu'il se tient proche de la fin d'une file d'attente parsemée de panneaux annonçant : « Temps d'attente estimé : 1 heure », il s'en veut de ne pas être venu plus tôt.

Il s'est joint à la file quarante-cinq minutes auparavant, plein d'enthousiasme, en pensant que ça avancerait vite. Sauf que, depuis, il n'a guère bougé que d'une dizaine de pas. L'après-midi est clair mais froid, et Fabien est frigorifié. Il enfonce son bonnet de laine un peu plus sur sa tête.

Il pourrait renoncer, s'en aller et retourner aider son père, comme promis. Il pourrait aussi rentrer et terminer le ménage de l'appartement. Il pourrait faire le plein de sa mobylette et vérifier la pression des pneus. Il pourrait enfin se débarrasser de la paperasse qu'il repousse au lendemain depuis des mois. Mais personne n'a quitté la file d'attente, alors lui non plus.

Il ne sait pas trop pourquoi, mais il se dit en ajustant son bonnet sur ses oreilles que peut-être il se sentira mieux s'il va jusqu'au bout de son idée. Au moins, il aura fait quelque chose de sa journée. Il n'aura pas baissé les bras, comme Sandrine l'accuse de le faire à tout bout de champ.

Évidemment, tout cela n'a rien à voir avec le fait que Frida Kahlo soit l'artiste préférée de Sandrine. Il remonte son col et s'imagine tomber sur elle par hasard au bar. « Oui, oui, je suis allé voir l'expo Diego Rivera et Frida Kahlo », dirait-il d'un ton nonchalant. Elle aurait l'air surprise, peut-être même impressionnée. Il envisage alors d'acheter le catalogue et de le lui offrir.

Alors même qu'il y songe, il sait que c'est une idée ridicule. Sandrine ne risque pas de passer près du bar où il travaille. Depuis qu'ils ont rompu, elle l'évite. Qu'est-ce qu'il fabrique ici, en fait ?

En relevant les yeux, il remarque une fille qui se dirige lentement vers la fin de l'interminable file de gens, son bonnet bleu marine enfoncé bas sur sa frange. Elle affiche le même air consterné que tous ceux qui découvrent la file d'attente interminable.

Elle s'arrête près d'une femme, à quelques personnes de lui. Elle tient entre ses doigts deux cartons.

— Excusez-moi, vous parlez anglais ? Est-ce que c'est la queue pour l'exposition Kahlo ?

Elle n'est pas la première à poser la question. La femme à qui elle s'est adressée hausse les épaules et répond quelque chose en espagnol. Fabien comprend soudain ce qu'elle a dans sa main et s'approche.

— Vous avez déjà les billets, lui dit-il. Vous n'avez pas besoin de faire la queue ici. Regardez, ajoute-t-il en désignant l'avant de la file, si vous avez les billets, c'est là-bas.

— Ah, merci, dit-elle avec un sourire. Quel soulagement !

C'est à cet instant qu'il la reconnaît.

— Vous étiez au *Café des Bastides* hier soir, non ?

Elle paraît quelque peu étonnée. Et puis elle porte une main à sa bouche.

— Oh ! Vous êtes le serveur sur qui j'ai renversé mon verre de vin. Encore toutes mes excuses…

— Y a pas de quoi, répond-il. Ce n'est rien.

— Désolée quand même. Et… merci.

Elle est sur le point de s'en aller, mais finalement elle se retourne et le regarde, ainsi que les gens qui l'entourent. Elle semble réfléchir.

— Vous attendez quelqu'un ? lui demande-t-elle.

— Non.

— Est-ce que… vous voulez mon autre entrée ? J'en ai deux.

— Vous n'allez pas l'utiliser ?

— Ce sont… des cadeaux. Je n'ai pas besoin du second billet.

Il la dévisage, s'attend à ce qu'elle lui explique, mais elle se tait. Alors il tend la main et se saisit du ticket offert.

— Merci !

— C'est le moins que je puisse faire.

Ils avancent côte à côte en direction de la courte file d'attente, où les billets sont vérifiés. Fabien ne peut s'empêcher de sourire en songeant à la tournure inattendue des événements. La fille pose les yeux sur lui et elle sourit aussi. Il remarque que ses oreilles ont rosi.

— Alors, reprend-il, vous êtes ici en vacances ?

— Juste pour le week-end. J'ai… j'ai eu envie d'une petite virée.

Il incline la tête sur un côté.

— Sympa. De partir comme ça, à l'improviste.

— Vous… travaillez au restaurant tous les jours ?

— Presque. Je veux devenir écrivain. (Il baisse le nez sur ses pieds et shoote dans un caillou.) Mais au fond, je risque de rester serveur toute ma vie.

— Oh non ! réplique-t-elle d'une voix soudain claire et forte. Je suis certaine que vous y arriverez. Avec tout ce qui se déroule devant vous. La vie des gens, je veux dire. Au restaurant. Vous devez déborder d'idées.

Il hausse les épaules.

— C'est… un rêve. Et je ne suis pas persuadé que ce soit raisonnable.

Et en discutant, ils parviennent au bout de la file. Les agents de sécurité la guident vers le comptoir pour vérifier le contenu de son sac. Fabien voit qu'elle est mal à l'aise et il hésite à l'attendre.

Mais alors qu'il est planté là, elle lève la main comme pour lui dire « au revoir ».

— Bon, dit-elle. J'espère que vous apprécierez l'exposition.

Il enfonce les poings dans ses poches et hoche la tête.

— Salut.

Elle a les cheveux presque roux et des taches de rousseur. De nouveau, elle lui sourit, et ses yeux espiègles se plissent. Il se rend compte qu'il ne connaît même pas son prénom. Mais avant qu'il ait le temps de le lui demander, elle se dirige vers les marches et disparaît dans la foule.

Depuis des mois, Fabien est comme coincé dans un sillon infernal, incapable de penser à autre chose qu'à Sandrine. Chaque bar où il va lui rappelle un moment passé avec elle. Chaque chanson qu'il entend le ramène à elle, à la forme de sa lèvre supérieure, à l'odeur de sa peau. Il a l'impression de vivre avec un fantôme.

Pourtant, là, dans la galerie, un changement se produit. Il se sent saisi aux tripes par les peintures, les immenses toiles colorées de Diego Rivera, les minuscules autoportraits angoissés de Frida Kahlo, la femme dont celui-ci était amoureux. Fabien remarque à peine la foule qui s'agglutine devant les œuvres.

Il s'immobilise devant une petite toile parfaite, où elle a peint sa colonne vertébrale sous la forme d'une ligne craquelée. Une tristesse si profonde se lit dans ses yeux qu'il ne parvient pas à en détourner le regard.

Ça, c'est de la souffrance, songe-t-il.

Il pense au temps qu'il a passé à se lamenter sur sa rupture avec Sandrine et il se sent honteux de son auto-apitoiement. Leur relation n'avait rien de l'histoire d'amour épique entre Diego et Frida, sans doute.

Il se surprend à revenir plusieurs fois devant les mêmes œuvres, à lire les anecdotes concernant la vie du couple, leur passion dévorante, leur amour de l'art, leur combat en faveur des droits des travailleurs. Il sent grandir en lui un appétit de quelque chose de plus vaste, de plus beau, de plus profond. Il veut vivre comme eux. Il doit améliorer son écriture, il doit travailler dur. Oui, il le faut.

Il éprouve soudain une urgence à rentrer chez lui et à écrire quelque chose de nouveau, de frais, qui contienne un peu de l'honnêteté de ces images. Par-dessus tout, il a envie d'écrire. Mais quoi ?

C'est là qu'il la voit, debout devant la fille à la colonne vertébrale brisée, les yeux rivés sur les grands yeux tristes de Frida. Son bonnet bleu marine, elle le tient serré dans sa main droite. Alors qu'elle observe la toile, une larme lui glisse le long de la joue. Elle lève la main gauche et, sans quitter la peinture des yeux, elle l'essuie de sa paume. Soudain, elle se retourne (peut-être a-t-elle senti son regard posé sur elle ?), et leurs regards se croisent. Avant de comprendre vraiment ce qu'il est en train de faire, Fabien s'approche.

— Je n'ai pas eu le temps de vous le proposer, mais… ça vous dirait qu'on prenne un café ?

Chapitre 8

À 16 HEURES, LE *CHEVAL BLEU* EST BONDÉ, POURTANT la serveuse dégotte à Fabien une table à l'intérieur. Nell a la sensation qu'il fait partie de ces hommes à qui l'on trouve toujours une bonne table à l'intérieur. Il commande un café noir, et Nell dit : « La même chose », car elle ne tient pas à ce qu'il entende son accent atroce en français.

S'ensuit un bref silence embarrassé.

— C'était bien, l'exposition, hein ?

— Je ne pleure pas devant les images, en général, précise-t-elle. Je me sens un peu bête, maintenant qu'on est sortis.

— Non, non, c'était très émouvant. Et puis, la foule, les photos…

Il se met à parler de l'exposition, raconte qu'il connaissait le travail de l'artiste, mais n'aurait jamais pensé qu'il le toucherait autant.

— Je le ressens là, tu comprends ? ajoute-t-il en se frappant la poitrine. C'est tellement… puissant.

— Oui, acquiesce-t-elle.

Elle ne connaît personne qui parle ainsi, lui avoue-t-elle. Les gens qu'elle fréquente parlent de la tenue que Tessa portait au travail, de *Coronation Street* ou de qui s'est pris une cuite le week-end passé.

— Nous aussi, on discute de ce genre de trucs. Mais je ne sais pas… Je pense que là, ça m'a inspiré. Je voudrais écrire comme ils peignent. Tu vois ce que je veux dire ? Je veux que quelqu'un me lise et tout à coup… pouf !

Elle ne peut s'empêcher de sourire.

— Tu trouves ça drôle ?

Il a l'air vexé.

— Oh non. C'est juste la manière dont tu as dit : « pouf ».

— Pouf ?

— Ce mot n'existe pas en anglais, c'est… (Elle secoue la tête.) C'est un mot amusant, voilà. *Pouf.*

Il la dévisage quelques secondes, avant de lâcher un énorme rire.

— Pouf !

Et la glace est brisée. Le café arrive. Nell fait fondre deux sucres dedans, histoire de ne pas grimacer quand elle le boira.

Fabien avale le sien en deux gorgées.

— Alors, comment tu trouves Paris, Nell d'Angleterre ? C'est la première fois que tu viens ?

— J'aime bien. Du moins, ce que j'en ai vu. Car je n'ai pas visité les lieux incontournables. Je n'ai pas vu la tour Eiffel, ni Notre-Dame, ni même ce pont où les amoureux vont accrocher de petits cadenas. Il ne me reste plus assez de temps.

— Ce sera pour la prochaine fois ! Tu reviendras. Les gens reviennent toujours. Qu'est-ce que tu as prévu, ce soir ?

— Je ne sais pas. Je vais peut-être essayer de trouver un autre endroit où dîner. Ou rentrer à l'hôtel, dit-elle en riant. Tu travailles au restaurant ?

— Non, pas ce soir.

Elle tâche de ne pas montrer sa déception.

Il jette un coup d'œil à sa montre.

— *Merde !** J'ai promis à mon père de l'aider à faire un truc. Il faut que j'y aille. (Il relève les yeux.) Mais je dois retrouver des amis dans un bar au cours de la soirée. Tu es la bienvenue, si tu as envie de te joindre à nous.

— Oh, c'est très gentil, mais…

— Mais quoi ? (Son expression est joyeuse, ouverte.) Tu ne peux décemment pas passer ta dernière nuit à Paris dans ta chambre d'hôtel.

— Non, vraiment, ça va aller.

Elle entend la voix de sa mère : « On ne sort pas avec des inconnus. Cet homme pourrait bien être n'importe qui. Il a le crâne rasé. »

— Nell, s'il te plaît, laisse-moi t'offrir un verre. Histoire de te remercier pour le billet.

— Je ne sais pas…

— Vois ça comme une tradition parisienne.

Il ponctue sa phrase du sourire le plus incroyable qui soit. Et elle se sent vaciller.

— C'est loin ?

— Rien n'est loin, répond-il en riant. Tu es à Paris !

— OK. On se retrouve où ?

— Je passe te prendre. Tu es à quel hôtel ?

Elle lui donne l'adresse, avant de demander :

— Et on va où, du coup ?

— Là où la nuit nous entraînera. Tu verras bien !

Sur quoi, il la salue et il disparaît sur sa mobylette.

Nell retourne à sa chambre d'hôtel, les événements de l'après-midi tourbillonnant dans son esprit. Elle revoit les peintures de la galerie. Les grandes mains de Fabien autour de sa petite tasse de café, les yeux tristes de la minuscule femme sur la toile. Elle revoit les vastes jardins au bord de la Seine. Elle entend le sifflement des portes coulissantes qui s'ouvrent et se referment dans le métro. Elle a l'impression qu'une partie d'elle-même est en ébullition. Comme si elle sortait tout droit d'un livre.

Elle prend une douche et se lave les cheveux. Puis elle passe en revue le peu de vêtements qu'elle a apportés avec elle – Pete n'est pas très fan des tenues sophistiquées – et se demande si l'une d'elles est assez parisienne. Tout le monde est tellement stylé, ici. Personne ne s'habille comme son voisin. En tout cas, personne ne s'habille comme les Anglaises, ça c'est sûr.

Elle descend à la réception. La femme, occupée à étudier des chiffres, lève la tête dans une cascade de cheveux brillants.

— Excusez-moi. Est-ce que vous savez où je pourrais trouver une jolie tenue ? Enfin, quelque chose qui ait l'air français ?

L'employée attend une fraction de seconde avant de lui donner sa réponse.

— Qui ait l'air français ?

— Il se peut que je sorte avec quelqu'un ce soir, et je voudrais avoir l'air un peu plus… française.

La réceptionniste repose son stylo.

— Vous voulez ressembler à une Française ?

— Ou peut-être juste ne pas trop me démarquer ?

— Pourquoi avoir envie de ne pas se démarquer ?

Nell prend une inspiration et explique à voix plus basse :

— Je voudrais… Écoutez, mes vêtements ne vont pas, d'accord ? Et vous n'imaginez pas l'effet que ça fait d'être l'étrangère entourée de Françaises très élégantes. À Paris, qui plus est.

Son interlocutrice l'observe un instant, avant de se pencher par-dessus le bureau pour regarder ce que porte Nell. S'étant redressée, elle griffonne quelques mots sur un morceau de papier, qu'elle lui tend.

— La rue des Archives n'est pas très loin, à pied. Dites-leur que Marianne vous envoie.

Nell fixe le papier des yeux.

— Oh, merci beaucoup. Marianne, c'est vous ?

La femme hausse un sourcil. Nell se dirige vers la porte et lève la main.

— OK, OK ! Merci… Marianne.

Vingt minutes plus tard, Nell se tient devant un miroir, vêtue d'un sweat-shirt ample et d'un jean cigarette noir. La vendeuse – cheveux savamment décoiffés et bras orné d'une volée de bracelets cliquetants – lui drape une écharpe autour du cou, l'arrangeant d'une manière que Nell trouve très française, sans qu'elle sache dire pourquoi. La boutique embaume la figue et le bois de santal.

— Très chic, *mademoiselle*, commente-t-elle.

— Est-ce que j'ai l'air… parisienne ?

— Tout droit descendue de Montmartre, *mademoiselle*, affirme la vendeuse avec une expression trop sérieuse pour être honnête.

Nell la soupçonnerait bien de se moquer d'elle en réalité, sauf que ces femmes-là ne font pas dans l'humour. De crainte que cela ne leur donne des rides, sans doute.

Nell prend une profonde inspiration.

— Bon, ce sont des affaires que j'aurai l'occasion de remettre. (Un léger frisson d'excitation la parcourt.) Je pourrais porter le haut au travail… OK, je les prends !

Alors qu'elle est à la caisse, en train de payer ses achats en tâchant de ne pas trop penser à la somme qu'elle va dépenser, ses yeux se posent sur une robe dans la vitrine : une robe d'été de style années 1950, d'un vert émeraude incroyable avec des ananas imprimés. Elle l'avait remarquée en passant devant ce matin, cette soie shantung qui étincelait sous le timide soleil parisien. Elle lui avait fait penser aux anciennes stars des films hollywoodiens.

— J'adore cette robe.

— Elle vous irait bien au teint. Vous désirez l'essayer ?

— Oh non, ce n'est pas vraiment mon…

Cinq minutes plus tard, elle se tient à nouveau devant le miroir, dans la robe verte. Elle se reconnaît à peine. Cette robe la transforme : elle rehausse la couleur de ses cheveux, lui affine la taille. Bref, elle la change en une version plus sophistiquée d'elle-même.

La vendeuse arrange l'ourlet, se relève, et les commissures de sa bouche s'abaissent dans une expression très gauloise d'approbation.

— Elle vous va à la perfection. *Magnifique !**

Nell se dévisage dans la glace. C'est une véritable métamorphose. Elle a même l'impression de se tenir différemment.

— Vous la voulez ? C'est la dernière… Je peux vous faire une petite remise.

Ayant jeté un coup d'œil à l'étiquette, Nell revient à elle.

— Non, je ne la porterai jamais. J'aime calculer le rapport coût/nombre d'utilisations, quand j'achète. Et pour cette robe, ça s'élèverait probablement à… 30 livres par occasion. Non. Je ne peux pas.

— Vous ne faites donc jamais rien juste parce que ça vous rend heureuse ? (La vendeuse hausse les épaules.) *Mademoiselle*, il faut passer plus de temps à Paris.

Vingt minutes plus tard, Nell est de retour dans sa chambre d'hôtel, un sac à la main. Elle enfile le jean ajusté, les escarpins et le sweat-shirt ample. Elle aperçoit le magazine français sur son lit et, après avoir feuilleté quelques pages, elle plaque une photo contre le miroir pour se coiffer et se maquiller les yeux comme le mannequin. Puis elle observe son reflet et sourit.

La tête lui tourne. Elle est à Paris, dans des vêtements parisiens, et elle se prépare à sortir avec un Français qu'elle a rencontré dans une galerie d'art !

Elle s'attache les cheveux en un chignon lâche, applique du rouge à lèvres, s'assied sur le lit et éclate de rire.

Vingt minutes plus tard, elle est toujours assise sur le lit, le regard dans le vide.

La tête lui tourne. Elle est à Paris, dans des vêtements parisiens, et elle se prépare à sortir avec un Français qu'elle a rencontré dans une galerie d'art…

Elle est devenue folle.

C'est la chose la plus dingue qu'elle ait faite de sa vie.

Encore plus stupide que d'offrir un billet pour Paris à un homme qui lui avait quand même dit un jour qu'il ne savait pas si son visage lui évoquait plus un cheval ou un pain aux raisins.

Elle va finir en première page des journaux ou, pire, dans l'un de ces entrefilets minuscules, même pas assez importants pour faire la une.

Jeune femme retrouvée morte à Paris : un week-end en amoureux tourne au drame.

« Je lui ai toujours interdit de sortir avec des inconnus », déclare la mère.

Nell se contemple dans le miroir. Qu'est-ce qu'elle a fait ?

Elle attrape sa clé et court jusqu'à l'étroit escalier descendant à la réception. Marianne est là, et Nell attend qu'elle raccroche le téléphone avant de se pencher par-dessus le comptoir d'accueil pour lui souffler à mi-voix :

— Si un homme me demande, pourriez-vous lui dire que je suis souffrante ?

La femme fronce les sourcils.

— Il ne s'agit pas d'une urgence familiale, j'espère ?

— Non, je… J'ai mal au ventre.

— Mal au ventre ? Je suis vraiment désolée, *mademoiselle.* Et il ressemble à quoi, cet homme ?

— Cheveux très courts, il se déplace en mobylette. Enfin, pas à l'intérieur, évidemment. Je… Il est grand. Jolis yeux.

— Jolis yeux.

— Bon, écoutez, c'est le seul homme qui soit susceptible de me faire appeler.

La réceptionniste acquiesce à cette remarque fort judicieuse.

— Je… Il veut que je sorte avec lui ce soir et… ce n'est pas une bonne idée.

— Parce que… il ne vous plaît pas ?

— Oh si, si, il est charmant. C'est juste que… eh bien, je ne le connais pas très bien.

— Mais comment pourriez-vous mieux le connaître si vous refusez de sortir avec lui ?

— Je ne le connais pas assez bien pour sortir avec lui dans une ville étrangère et dans un endroit inconnu. Probablement aussi avec d'autres gens que je ne connais pas.

— Ça fait beaucoup d'inconnues, en effet.

— Voilà.

— Donc vous allez rester dans votre chambre ce soir.

— Oui. Non. Je ne sais pas.

Elle est plantée là, bien consciente de la cocasserie de la situation.

Marianne la regarde lentement de haut en bas.

— Jolie tenue.

— Oh, merci.

— Quel dommage. Votre mal de ventre. Quand même…

Elle sourit, retourne à sa paperasse et conclut :

— Peut-être une autre fois.

Nell est assise dans sa chambre, occupée à regarder la télévision française. Un homme discute avec un autre. L'un des deux secoue la tête si fort que son menton tremblote au ralenti.

Elle regarde souvent la pendule, dont l'aiguille avance lentement vers 20 heures. Son estomac gargouille. Elle se rappelle quelque chose que Fabien a dit au sujet d'un petit stand de falafels dans le quartier juif. Elle se demande comment ça aurait été de circuler dans les rues de Paris à l'arrière de sa mobylette.

Elle sort son carnet et saisit le stylo de l'hôtel sur la table de chevet. Et elle écrit :

Raisons pour lesquelles je dois rester dans ma chambre ce soir :

- C'est peut-être un psychopathe.

- Il va sans doute vouloir coucher avec moi.

- *Peut-être qu'il est psychopathe et a l'intention de coucher avec moi.*
- *Je risque d'atterrir dans un quartier de Paris que je ne connais pas.*
- *Je serai peut-être obligée de parler à un chauffeur de taxi.*
- *J'aurai peut-être des soucis pour rentrer à l'hôtel tard dans la nuit.*
- *Ma tenue est ridicule.*
- *Je vais devoir faire semblant d'être impulsive.*
- *Je vais devoir parler français et manger de la nourriture française devant des Français.*
- *Si je me couche tôt, je serai levée tôt demain pour le train du retour.*

Elle reste assise là un bon moment, à fixer des yeux sa liste. Et puis, de l'autre côté de la page, elle note :

- *Je suis à Paris.*

Elle continue à observer sa feuille. Et quand l'aiguille se cale sur 8 heures, elle range le carnet dans son sac, attrape son manteau et se précipite vers l'escalier pour gagner la réception.

Il est là, accoudé au comptoir, à discuter avec la réceptionniste, et, en le voyant, Nell sent le rouge lui monter aux joues. Tout en s'approchant de lui, le cœur battant, elle essaie de réfléchir au moyen de se justifier. Tout ce qui lui vient à l'esprit est stupide. Il va deviner qu'elle avait peur de sortir avec lui.

—Ah, *mademoiselle* ! J'étais justement en train d'expliquer à votre ami que vous risquiez d'avoir quelques minutes de retard, dit Marianne.

Fabien sourit.

— Tu es prête ?

Elle ne se rappelle pas à quand remonte la dernière fois où quelqu'un a eu l'air aussi content de la voir… à l'exception, peut-être, du chien de son cousin quand il s'est frotté de façon obscène sur sa jambe.

— Si vous rentrez après minuit, *mademoiselle*, vous devrez utiliser ce code d'accès.

La réceptionniste lui tend une petite carte. Et alors que Nell la prend, Marianne ajoute doucement :

— Je suis ravie que votre mal de ventre soit passé.

— Tu ne te sens pas bien ? demande Fabien en lui donnant un casque.

La soirée parisienne est froide et sèche. Nell n'est jamais montée sur une moto. Elle se rappelle avoir lu quelque part le nombre de gens qui meurent d'accidents de deux-roues. Mais le casque est déjà sur sa tête, et Fabien se décale sur l'avant de son siège en lui faisant signe de grimper derrière lui.

— Non, ça va mieux, répond-elle.

S'il vous plaît, faites que je ne meure pas, pense-t-elle.

— Super ! On va commencer par boire, et ensuite on mangera peut-être un morceau, mais d'abord on va te faire visiter Paris, OK ?

Tandis qu'elle noue les bras autour de sa taille, la petite mobylette bondit dans la nuit. Et dans un crissement de pneus, ils partent à l'aventure.

Chapitre 9

Fabien fonce à travers la rue de Rivoli, se faufile entre les voitures et sent les mains de sa passagère se resserrer autour de sa taille chaque fois qu'il accélère. Au feu rouge, il s'arrête et lui demande, d'une voix étouffée par son casque :

— Ça va ?

Elle sourit. La pointe de son nez est toute rouge.

— Oui !

Et il se surprend à sourire aussi. Sandrine posait toujours un regard froid sur lui, quand il la prenait sur sa mobylette, désapprouvant sa conduite. La jeune Anglaise, elle, crie et rit, ses cheveux voltigent derrière elle, et parfois, quand il se penche pour éviter une voiture qui débouche d'une rue perpendiculaire, elle hurle :

— Oh là là, oh là là, oh là là !

Il l'emmène sur des avenues bondées, dans des ruelles adjacentes, il franchit le pont de la Tournelle, passe sur l'île Saint-Louis afin qu'elle voie le fleuve scintillant en contrebas. Ils roulent jusqu'au pont de l'Archevêché, pour qu'elle admire la cathédrale Notre-Dame éclairée dans la nuit, avec les visages assombris de ses gargouilles qui veillent au sommet des tours gothiques.

Puis ils remontent les Champs-Élysées, zigzaguent au milieu des véhicules, klaxonnent les piétons qui posent le pied sur la chaussée. À un moment donné, Fabien ralentit et lève l'index vers le haut, pour lui indiquer l'Arc de Triomphe. Il la sent qui se penche un peu en arrière alors qu'ils passent devant le monument. Il lève le pouce, et elle l'imite en guise de réponse.

Il traverse un pont à vive allure et tourne pour longer la Seine. Il esquive les bus et les taxis, ignore les Klaxons des conducteurs, jusqu'à repérer le point qu'il cherchait. Alors il ralentit et coupe le moteur sur l'allée principale. Les bateaux de touristes flottent sur le fleuve, toutes lumières allumées, et des étals proposent des porte-clés en forme de tour Eiffel et de la barbe-à-papa. Et soudain elle est là. La tour surgit au-dessus d'eux, un million de pièces de fer pointées vers le ciel infini.

Nell relâche son étreinte autour de sa veste et descend de la mobylette avec précaution, à croire que, durant le trajet, ses jambes sont devenues flageolantes. Elle retire son casque, et il remarque qu'elle ne prend pas la peine de se recoiffer, comme l'aurait fait Sandrine. Elle est trop occupée à regarder en l'air, bouche bée.

Il retire son casque à son tour et se penche en avant sur le guidon.

— Voilà, maintenant tu peux dire que tu as vu les plus beaux endroits de Paris, le tout en… vingt-deux minutes !

Elle tourne vers lui des yeux brillants.

—Alors ça, c'était le truc le plus incroyable et le plus extra que j'aie jamais fait de toute ma vie.

Il rit.

—C'est la tour Eiffel ! s'exclame-t-elle.

—Tu veux y monter ? Il y a sans doute la queue.

Elle réfléchit un instant.

—Je pense qu'on a eu notre dose de file d'attente pour la journée. Non, ce qui me ferait vraiment plaisir, c'est un bon remontant.

—Un quoi ?

—Du vin ! dit-elle en grimpant de nouveau sur la mobylette. Un verre de vin !

Il sent sa main se glisser autour de sa taille tandis qu'il redémarre et s'enfonce dans la nuit avec elle.

Les ruelles de Brighton grouillent de monde : enterrements de vie de jeunes filles bruyants, jeunes hommes qui les observent avec perplexité, eux qui n'ont pas encore basculé dans les excès de l'ivresse. Magda, Trish et Sue marchent en ligne, et tant pis si leur position oblige les gens à descendre du trottoir. Elles tentent de trouver le bar dont Magda a entendu dire qu'on y pratique des *happy hours* pour toutes les femmes non accompagnées.

—Oh, zut ! grommelle Magda en fouillant dans son sac à main. J'ai oublié mon téléphone.

—Il est sans doute plus en sécurité à l'hôtel, commente Trish. Sinon, tu te serais soûlée et tu l'aurais perdu une fois de plus.

— Oui, mais si je rencontre quelqu'un ? Comment je prends son numéro ?

— Tu pourras toujours lui demander de te l'écrire sur ton... Pete ?

— Sur mon quoi ?

— Pete ? Pete Welsh ?

Les trois amies s'immobilisent pour dévisager le gars dépenaillé, planté devant le *Mermaid's Arms*, qui les regarde en clignant des yeux.

Magda s'approche de lui, sidérée.

— Qu'est-ce que tu... Tu n'es pas censé être à Paris ?

Pete se frotte le sommet du crâne, visiblement gêné. La quantité d'alcool qu'il a ingurgité doit probablement ralentir sa capacité à débiter des excuses.

— Oh, ça. Ouais. Ben, c'était un peu compliqué de m'échapper du boulot.

Les filles se regardent, médusées.

— Et où est Nell ? demande Sue. Oh, mon Dieu, où est Nell ?

Nell est serrée sur la banquette, au fond du *Café Noir*, dans la rue Montmartre, au centre de Paris. Cela fait un bon moment déjà qu'elle a cessé d'essayer de deviner où elle se trouve. Quelqu'un a parlé de manger, il y a quelque temps, mais apparemment l'idée a été abandonnée. Elle s'est détendue, assise là entre Émile et René, et l'amie d'Émile, la rousse dont Fabien ne parvient jamais à se rappeler le prénom. Nell a retiré son bonnet et son manteau, et ses cheveux ondulent autour de son visage chaque fois qu'elle rit. Tout le monde parle en anglais pour elle, mais Émile tente de lui apprendre à jurer en français. La table est couverte de bouteilles, et la musique est si forte qu'ils doivent crier pour s'entendre.

—*Merde!** lâche Émile. Mais il faut aussi tirer la tronche. *Merde!**

—*Merde!**

Et elle lève les mains, comme Émile, avant d'éclater de rire de plus belle.

—Non, je n'y arrive pas, avec l'accent.

—*Shiiiit.*

—*Shiiiit*, répète-t-elle, imitant sa voix grave. Celui-là, j'y arrive.

—Pourtant, quand tu jures, on n'y croit pas. Et moi qui m'imaginais que les Anglaises juraient comme des charretiers. Je me trompais ?

—*Pouf!* lance-t-elle, avant de se tourner vers Fabien.

—*Pouf?* s'étonne Émile.

—*Pouf*, répète René.

—Encore à boire ! décrète Émile.

Fabien se rend compte qu'il ne cesse de la regarder. Non qu'elle soit belle, du moins pas au sens où Sandrine l'était, mais elle a un charme fou. Sa façon de plisser le nez quand elle rit. Le petit air coupable qu'elle prend quand elle le fait, comme si elle commettait quelque impair. Son sourire, et ses dents, petites et blanches comme celles d'une enfant.

Leurs regards se croisent et s'accrochent un moment, et il voit une question, puis une réponse, passer entre eux. « Émile est amusant, dit le regard, mais on sait tous les deux pourquoi on est là. » Quand Fabien détourne les yeux, il sent un drôle de nœud se former au creux de son ventre. Il se rend au bar, commande une autre tournée de boissons.

—Alors, tu as fini par tourner la page ? lui demande Fred, derrière le comptoir.

—C'est juste une amie. Une Anglaise en goguette.

—Si tu le dis, commente Fred en alignant les verres. (Il n'a pas besoin de demander ce qu'ils prennent : on est samedi soir.) Au fait, je l'ai vue.

—Sandrine ?

—Ouais. Apparemment, elle a un nouveau boulot. Dans un atelier de design ou un truc du genre.

Fabien ressent un bref pincement au cœur, à l'idée qu'un changement aussi majeur soit survenu dans la vie de Sandrine sans qu'il soit au courant.

—C'est bien que tu passes à autre chose, ajoute Fred en évitant de croiser son regard.

Fabien comprend alors qu'elle a rencontré quelqu'un d'autre.

Tandis qu'il rapporte les boissons à leur table, un constat le frappe : il éprouve un inconfort, mais qui n'est pas de la douleur. Ça n'a plus d'importance. Il est temps pour lui de l'oublier.

—Je croyais que tu allais nous chercher du vin, s'étonne Nell, les yeux écarquillés, quand il les rejoint avec leurs verres.

—C'est l'heure de la tequila, déclare-t-il. Juste une. Juste... parce que.

—Parce que tu es à Paris et qu'on est samedi soir, complète Émile. Et puis, qui a besoin d'un prétexte pour boire de la tequila ?

Il perçoit la lueur qui passe sur son visage : elle hésite. Mais, finalement, elle relève le menton.

—OK, c'est parti.

Elle suçote la tranche de citron vert, avale le contenu du petit verre et ferme les paupières très fort avec un frisson.

—Oh, bon sang !

—Voilà, conclut Émile. Maintenant, on est vraiment samedi soir. Que la fête commence ! On continue après ?

Fabien en a envie. Il se sent vivant et téméraire. Il veut voir Nell rire jusqu'au bout de la nuit. Il veut aller en discothèque et danser avec elle, une main plaquée dans son dos humide de sueur, qu'elle rive ses yeux aux siens. Il veut être éveillé aux petites heures du jour pour une bonne raison, reboosté par la boisson, le plaisir et les rues de Paris. Il veut baigner dans cet espoir qui accompagne l'arrivée d'une nouvelle personne, quand elle voit en vous le meilleur, et pas le pire.

—Bien sûr, si Nell est d'accord.

—Nell, répète René. C'est bizarre, ce prénom. C'est typiquement anglais ?

—C'est le pire prénom qui soit, admet-elle. Ma mère m'a appelée comme un personnage d'un roman de Dickens.

— Ça aurait pu être pire. Tu aurais pu t'appeler… comment c'est, déjà ? Miss Havisham.

— Mercy Pecksniff.

— Fanny Dorrit.

Ils éclatent de rire en chœur. Nell se colle une main sur la bouche, hilare.

— Comment vous en connaissez autant sur Dickens, vous ?

— On est allés à la fac ensemble. En littérature anglaise. Fabien passe son temps à lire. C'est terrible. On doit se battre pour le convaincre de sortir de sa tanière. (Émile lève son verre.) C'est un véritable… un… comment on dit ça ? Un ermite. C'est un ermite. J'ignore comment tu as réussi à le traîner dehors ce soir, mais j'en suis ravi. *Santé!**

— *Santé!** répète-t-elle.

Soudain, elle plonge la main dans sa poche et en tire son téléphone, qu'elle regarde fixement. Les yeux écarquillés par la surprise, elle observe l'écran de plus près, comme pour vérifier qu'elle a bien lu.

Tout va bien ??????

C'est un message de Trish.

— Un problème ? demande Fabien, voyant qu'elle ne dit plus rien.

— Non, non, ça va. Juste mes copines qui font les bécasses. Alors… où on va ?

Il est 2h30 du matin. Fabien n'avait pas autant bu depuis des semaines. Et il a mal aux côtes à force de rire. Le *Wildcat* est plein à craquer. L'une de ses chansons préférées retentit, un morceau qu'il écoutait en boucle au restaurant pendant qu'il faisait le ménage de la salle, avant que le patron ne finisse par l'interdire. Émile, qui est passé en mode fêtard de l'extrême, saute sur le bar et se met à danser, un index pointé vers son torse, souriant aux clients qui sont à ses pieds. Une acclamation lui répond.

Fabien sent les doigts de Nell sur son bras et il lui prend la main. Elle rit, des mèches de ses cheveux humides de sueur sont collées à son visage. Elle a enlevé son manteau depuis un moment, et elle n'est pas près de le retrouver. Cela fait des heures qu'ils dansent.

La rouquine d'Émile monte sur le comptoir à ses côtés, avec l'aide de quelques fêtards, et se met à danser, elle aussi. Ils se déhanchent ensemble, tout en buvant de la bière au goulot de leur bouteille. Les barmans s'écartent sans toutefois les quitter des yeux, éloignant un verre de temps à autre pour éviter un drame. Ce n'est pas la première fois que le comptoir du *Wildcat* se transforme en piste de danse, et ce ne sera pas la dernière non plus.

Nell essaie de lui dire quelque chose. En se penchant pour l'entendre, Fabien perçoit son parfum.

— Je n'ai jamais dansé sur un bar, avoue-t-elle.

— Ah non ? Ben vas-y ! lui répond-il.

Elle éclate de rire et secoue la tête. Il soutient son regard, et soudain c'est comme s'il se produisait un déclic dans son cerveau. Elle lui pose une main sur l'épaule, et il l'aide à monter. Voilà, elle y est, au-dessus de lui. Nell se redresse avant de se mettre brusquement à danser. Émile lève sa bouteille en guise de salut, et elle est partie, emportée par le rythme, les yeux fermés, les cheveux ondulant. Elle essuie la sueur à son front et boit à même une bouteille. Trois autres personnes les rejoignent sur leur perchoir.

Fabien n'est pas tenté. Il se contente de rester là, à sentir la musique qui vibre à travers son corps, au milieu de la foule, et à l'admirer, elle, à se délecter de son plaisir, ravi de n'y être pas tout à fait étranger.

Tout à coup, elle rouvre les yeux et le cherche dans la mer de visages. Aussitôt qu'elle le repère, elle sourit, et Fabien se rend compte qu'il éprouve un sentiment qu'il croyait avoir oublié.

Il est heureux.

Il est 4 heures du matin, peut-être 5. Elle a cessé de s'en préoccuper depuis longtemps. Elle marche à côté de Fabien dans une rue silencieuse, d'un pas mal assuré sur les pavés, les mollets douloureux après avoir dansé toute la nuit. Elle est parcourue d'un petit frisson, et Fabien ralentit pour ôter sa veste et la lui poser sur les épaules.

— J'appellerai au *Wildcat* demain, promet-il, pour leur demander si quelqu'un n'aurait pas retrouvé ton manteau.

— Oh, ne t'inquiète pas pour ça, répond-elle, appréciant le poids de sa veste sur elle, ainsi que l'odeur masculine qui s'en dégage à chaque mouvement. Il était vieux, ce manteau. Oh… zut ! J'avais le code dans la poche.

— Le code ?

— Pour l'hôtel. Je ne vais pas pouvoir entrer sans.

Fabien lui répond sans la regarder :

— Eh bien… tu pourrais… venir… chez moi.

Il a lâché ça d'un ton désinvolte, comme si ce n'était rien du tout.

— Ah non, répond-elle aussitôt. C'est très gentil, mais…

— Mais…

— On se connaît à peine. Mais merci, hein.

Il jette un coup d'œil à sa montre.

— Bon… l'hôtel ouvrira ses portes dans un peu moins de deux heures. On peut chercher un café ouvert toute la nuit. Ou bien marcher. Ou…

Elle se tait pendant qu'il réfléchit. Tout à coup, le visage de Fabien s'éclaire d'un sourire. Il lui tend la main, et après une brève hésitation elle la prend, et ils poursuivent leur déambulation dans la rue.

Il y a un instant, pile quand Fabien s'engage sur la pente qui mène jusqu'au bord du fleuve, où Nell sent son courage l'abandonner. C'est sûr, cette fois, elle va finir en message d'avertissement à l'intention des touristes imprudents, songe-t-elle en contemplant les eaux d'encre, les ombres des arbres et l'absence totale de gens sur le quai en contrebas. Et pourtant, quelque chose – peut-être une prédisposition typiquement anglaise à ne pas se montrer malpolie, à ne pas faire d'esclandre, même si ça doit lui coûter la vie – la pousse à le suivre. Il marche devant elle, du pas détendu de qui a parcouru ce chemin un million de fois.

Ce n'est pas la démarche d'un tueur en série, se rassure-t-elle en descendant derrière lui.

Non qu'elle ait une idée très arrêtée de ce à quoi ressemble la démarche d'un tueur en série. En tout cas, pas comme ça. Il se tourne et lui fait signe de le suivre, avant de s'immobiliser près d'un petit bateau en bois pourvu d'un alignement de bancs et amarré à un énorme anneau d'acier. Nell ralentit et l'observe.

— C'est à qui, ça ?

— À mon père. Il emmène des touristes se promener sur le fleuve.

Il lui tend une main pour l'aider à monter à bord. Fabien lui désigne le banc le plus proche, puis il ouvre un coffre, dont il sort une couverture en laine qu'il tend à Nell. Une fois qu'elle l'a dépliée sur les genoux, il démarre le moteur du bateau, et les voilà partis, dans un ronronnement doux qui les emporte contre le courant jusqu'au milieu du fleuve.

Tandis qu'ils fendent les eaux noires, Nell lève les yeux vers les rues silencieuses de Paris, dont la lumière des lampadaires scintille à la surface, et elle songe qu'elle doit être en train de rêver. Ça ne peut pas être elle, qui vogue là sur l'eau parisienne, en compagnie d'un inconnu, au beau milieu de la nuit. Pourtant, elle n'a plus du tout peur. Elle est enchantée, presque au point d'en avoir la tête qui tourne. Fabien lui jette un coup d'œil par-dessus son épaule, perçoit peut-être son sourire et lui fait signe de se lever. Il lui passe le gouvernail, qu'elle prend, et elle sent le petit bateau fendre les eaux.

— On va où ? demande-t-elle.

En même temps, elle se rend compte qu'elle s'en fiche un peu.

— Tiens la barre, se contente-t-il de lui indiquer. J'ai quelque chose à te montrer.

Ils remontent le fleuve en silence. Paris est illuminé tout autour d'eux, ses bruits qui semblent beaux sont tellement distants qu'ils ont l'impression d'être seuls dans son épicentre, dans une bulle sombre et scintillante.

— Bon. On a deux heures pour tout découvrir. Demande-moi n'importe quoi. Tout ce que tu veux ! annonce Fabien.

— Oh là là, je suis nulle pour ce genre de trucs. Euh… qu'est-ce que tu aimais le plus au monde, quand tu étais enfant ?

— Enfant ? Le foot. J'étais capable de réciter le nom de tous les joueurs du Paris-Saint-Germain : Casagrande, Algérino, Cissé, Anelka…

— OK, l'interrompt-elle, songeant que la première division risque de tuer son humeur romantique. Alors… le nom de la première fille dont tu sois tombé amoureux.

— Facile, répond-il sans hésiter. Nancy Delevigne.

— Super, comme nom. Elle ressemblait à quoi ?

— Longs cheveux bruns, tout frisés. *Comme ça**, précise-t-il en faisant tournoyer les doigts près de son visage pour figurer des boucles. Grands yeux sombres. Très joli rire. Elle est sortie avec mon copain Gérard. J'aurais dû m'en douter, conclut-il en la voyant grimacer. Il avait un plus gros…

Il fait mine de sauter sur place. Nell écarquille les yeux.

— Comment tu dis… *trampoline** ? On était sept sur les rangs. Tiens, par là, tourne un peu. Il y a pas mal de courant sur cette partie.

Il pose la main sur le gouvernail tandis qu'ils passent sous un pont. Elle sent sa chaleur et tâche de dissimuler le rouge qui lui monte aux joues.

— Personne de plus récent ? demande-t-elle.

— Si. J'ai vécu deux ans avec Sandrine. On s'est séparés il y a trois mois.

— Qu'est-ce qui s'est passé ?

Il hausse les épaules.

— Qu'est-ce qui ne s'est pas passé, plutôt ! Je n'ai pas trouvé de meilleur boulot, je n'ai pas terminé mon livre, je ne suis pas devenu le nouveau Jean-Paul Sartre. Je n'ai pas grandi, pas changé, pas révélé mon potentiel…

— Pas encore ! corrige Nell, incapable de se retenir.

Et quand Fabien se retourne, elle ajoute :

— Pourquoi faut-il absolument qu'il y ait une limite temporelle stricte qui encadre ce genre de choses ? Non, c'est vrai, tu as un travail sympa, avec des gens que tu apprécies. Tu écris un livre. Tu vas à des expos de peinture tout seul, quand même ! Ce n'est pas comme si tu passais tes journées vautré sur ton lit en caleçon.

— Bon, j'ai peut-être aussi passé du temps vautré sur mon lit en caleçon…

Nell hausse à son tour les épaules.

—Soit. C'est plus ou moins l'étape numéro un en cas de rupture : traîner en caleçon, à se lamenter sur son propre sort.

—Et l'étape numéro deux ? demande-t-il, tout sourire.

—Oh, on s'inflige quelques humiliations. Et puis vient l'étape numéro trois, du genre passer la nuit avec quelqu'un qui ne te convient pas du tout ; quatre, tu te rends compte que tu reprends goût à la vie ; et cinq, juste au moment où tu as décidé que tu n'avais pas besoin d'être en couple, « boum ! », ça arrive. Mlle Parfaite pointe le bout de son nez.

Fabien se penche en avant sur le gouvernail.

—Intéressant. Et il faut vraiment que je franchisse toutes les étapes ?

—Je pense, oui. Enfin, tu pourrais peut-être en sauter une ou deux.

—Alors, l'humiliation, ça, c'est déjà fait.

Il ponctue son aveu d'un large sourire.

—Allez, l'encourage Nell. Tu peux bien me raconter. Je vis dans un autre pays. On ne se reverra plus jamais !

Fabien fait la grimace.

—OK... eh bien, pendant des semaines après le départ de Sandrine, j'ai rôdé autour de son bureau, avec ce style de tronche...

Et il imite ce que Nell ne peut décrire que comme « le pauvre petit Français triste ».

—... en pensant que, si elle me voyait, elle retomberait amoureuse de moi.

Nell essaie de réprimer un éclat de rire.

—Ouais. Exactement la tête qui va faire craquer n'importe quelle fille à tous les coups. Pardon. Je te promets que je ne me moque pas.

—Non, tu as raison de rigoler. Moi, je pense qu'il s'agissait d'une forme de folie.

—Une folie romantique… Quand tu es français, tu peux t'en tirer avec ce genre d'excuses, je parie. Enfin, tant que tu ne vas pas jusqu'à poser un système de géolocalisation sur sa voiture ou un truc comme ça.

—Bon, OK, Nell. À mon tour de te poser une question.

Elle attend. Il a retiré sa main, et elle en ressent l'absence comme un manque.

—Pas sur les relations, dit-elle. Ce n'est pas un hasard si je suis experte en ruptures amoureuses.

—D'accord, alors raconte-moi… la meilleure chose qui te soit jamais arrivée.

—La meilleure ? Eh bien, j'espère bien qu'elle ne m'est pas encore arrivée.

—Alors la pire.

Et nous y voilà. Nell perçoit soudain la fraîcheur de l'air.

—Oh ça, ça ne va pas t'intéresser.

—Tu n'as pas envie d'en parler ?

Elle sent le regard de Fabien posé sur elle, mais elle garde les yeux braqués droit devant, les doigts serrés sur le gouvernail.

—C'est un peu… oh, je ne sais pas. OK. Le jour où mon père est mort. Renversé par une voiture, dont le chauffeur a pris la fuite. J'avais douze ans.

Elle parvient très bien à le raconter, maintenant, comme si c'était arrivé à quelqu'un d'autre. Même sa voix, légère, donne l'impression qu'il s'agit d'une histoire complètement sans importance. À croire que ce drame n'a pas fait voler en éclats son existence, telle une météorite écrasée sur sa mère et elle, encore radioactive des années plus tard, brûlant la terre. Elle en parle rarement, désormais. À quoi bon ? Ça fausse le jugement des gens, ça modifie la manière dont ils se comportent face à elle. Et elle se rend compte, dans une sorte de brouillard, qu'elle ne l'a jamais dit à Pete.

— Il était sorti courir, il courait trois fois par semaine, et le vendredi, il allait au café du coin de la rue prendre un petit déjeuner, ce qui faisait dire à ma mère que, du coup, son sport ne servait plus à grand-chose. Bref, il a traversé la route, et un type dans un pick-up a grillé le feu et lui a brisé la colonne vertébrale en trois endroits. Le jour de son quarante-deuxième anniversaire. Maman et moi, on l'attendait au café pour lui faire la surprise. Je m'y revois encore : assise sur cette banquette, affamée, à essayer de ne pas regarder le menu, sans comprendre pourquoi il n'était pas encore là.

Je t'en supplie, ne dis rien d'idiot, lui intime-t-elle sans un mot. *S'il te plaît, ne me fais pas le coup de je penche la tête et je te sors l'histoire inspirée qui est arrivée à un voisin à moi.*

Mais non. Il ne dit rien. Et au bout d'un moment, la voix de Fabien résonne doucement dans l'obscurité.

— C'est terrible. Je suis désolé.

— Ma mère a été pour le moins perturbée, après ça. Elle ne sort plus beaucoup, maintenant. J'essaie de la convaincre de déménager, parce que la maison est bien trop grande pour elle seule, mais elle est plus ou moins coincée là-bas.

— Et toi, tu as choisi le chemin inverse.

Elle se tourne face à lui.

— Pardon ?

— Tu as décidé… comment on dit, déjà ? D'aller de l'avant ?

Elle déglutit.

— Ah. Oui. Fabien, il faut vraiment…

Mais son attention est attirée par une masse, devant eux.

— Attends. Il faut qu'on ralentisse.

Avant qu'elle puisse reprendre la parole, il a abaissé la vitesse du bateau et tendu le bras. Distraite du fil de ses pensées, Nell suit la direction indiquée par son doigt.

— C'est quoi ?

— Le pont des Arts. Tu vois les trucs dorés ? Ce sont les « cadenas d'amour ». Tu te rappelles ?

Nell lève les yeux vers les cadenas brillants, accrochés si près les uns des autres que les grilles du pont sont devenues gonflées et scintillantes. Tout cet amour. Tous ces rêves. Elle se demande brièvement combien, parmi ces couples, sont encore ensemble. Combien sont heureux, brisés ou morts. De nouveau, elle sent le regard de Fabien sur elle et, tout à coup, elle a le cœur lourd. Elle perçoit soudain le poids du cadenas dans son sac.

— J'avais prévu d'en ajouter un, dit-elle. C'était l'un des trucs que je voulais faire pendant qu'on… que j'étais ici.

Elle plonge la main pour le retrouver. Et puis elle le dépose sur le banc à côté et l'observe un moment.

— Mais tu sais quoi ? reprend-elle. C'était ridicule, comme idée. J'ai lu un article qui expliquait que les gens étaient si nombreux à y accrocher leur cadenas que le pont est en train de se casser la figure. Du coup, c'est complètement nul, non ? C'est vrai, quoi… c'est stupide.

Sa voix, forte, a pris une tonalité furieuse qui la surprend.

— Ça revient à détruire ce qu'on aime. En faisant peser un poids supplémentaire. Non ? Les gens qui font ça sont idiots.

Fabien lève les yeux alors qu'ils passent lentement sous le pont. Et puis, il tend à nouveau le doigt.

— Je pense que le mien doit être… par là. (Il hausse les épaules.) Tu as raison. Ce n'est qu'un morceau de métal sans importance. Ça ne veut rien dire.

Sur quoi, il jette un coup d'œil à sa montre, avant d'ajouter :

— *Alors**… Il est presque 6 heures. On va pouvoir rentrer.

Une demi-heure plus tard, ils sont devant l'hôtel. Ils sont plantés là, dans l'aube froide, tous les deux un peu embarrassés à la lumière du jour.

Nell ôte sa veste d'un mouvement d'épaule, et aussitôt, sa chaleur lui manque.

— Tout ce discours sur le cadenas, dit-elle en la lui tendant tout de même, c'est une longue histoire. Mais je ne voulais pas insinuer que tu étais…

Fabien l'interrompt.

— Ne t'en fais pas. Ma petite amie me répétait toujours que j'avais la tête pleine de rêves. Elle avait raison.

— Ta petite amie ?

— Ex-petite amie, précise-t-il.

Nell ne peut pas s'empêcher de sourire.

— Eh bien, moi aussi, j'ai la tête pleine de rêves, là. Je me sens… J'ai l'impression que je viens de tomber dans la vie de quelqu'un d'autre. Merci, Fabien. C'était génial, comme nuit. Et comme matin.

— Tout le plaisir était pour moi !

Il avance d'un pas vers elle. Ils sont face à face, à quelques centimètres l'un de l'autre. Tout à coup, le portier apparaît, déverrouille la porte bruyamment et traîne une cale sur le trottoir.

— *Bonjour, mademoiselle !**

Le téléphone de Nell vibre dans son sac. Elle baisse les yeux.

Appelle-moi.

C'est Magda.

— Tout va bien ? lui demande Fabien.

Elle enfonce l'appareil dans sa poche arrière.

— C'est… euh, oui, ça va.

Mais le charme est rompu. Nell jette un coup d'œil derrière elle. Dans un coin éloigné de son cerveau, elle se demande pourquoi Magda cherche à la joindre à cette heure.

— Tu ferais mieux d'aller dormir, lui conseille gentiment Fabien.

Une ombre de barbe souligne son menton, et il a les traits tirés, mais l'air heureux. Pour sa part, elle redoute de ressembler à un cheval triste et se frotte le nez, gênée.

— Nell ?

— Oui ?

— Est-ce que tu voudrais… enfin… Pour parfaire ton expérience parisienne, est-ce que je pourrais t'inviter à dîner ce soir ?

Elle sourit.

— J'aimerais beaucoup.

— Dans ce cas, je passe te prendre à 19 heures.

Nell le regarde enfourcher sa mobylette. Et quand elle franchit les portes de l'hôtel, elle sourit encore.

Depuis quarante-cinq bonnes minutes, Pete est coincé entre Trish et Sue, sur la banquette arrière de la voiture de Magda. Il a presque complètement dessoûlé, ayant été traîné de force du pub jusqu'à la voiture, soit une vingtaine de minutes de marche sur le front de mer, empêché de parler par la colère conjuguée de trois femmes bien trop sobres.

— Je n'ai jamais rien entendu de pareil. Et pourtant, crois-moi, j'en ai connu des mecs nuls. Je peux même me vanter d'être la reine des plans foireux en matière de relations amoureuses.

Magda ponctue sa phrase d'un grand coup de volant, qui envoie valser la voiture sur la voie du milieu.

— Tu sais que Nell est d'un tempérament anxieux. Elle ne prend jamais le dernier train sans avoir vérifié deux fois où il s'arrête exactement.

Magda pivote sur son siège pour regarder derrière.

— Tu l'as laissée partir jusqu'à Paris toute seule ? Non, mais qu'est-ce qui t'est passé par la tête ?

— Je n'avais pas demandé à aller à Paris, moi, risque Pete.

— Ben dans ce cas, tu réponds « non » ! intervient Sue, sur sa gauche. Tu lui dis : « Non, Nell. Je n'ai pas envie d'aller à Paris avec toi. » C'est très simple.

Pete regarde par la vitre.

— Vous m'emmenez où, là ?

— Ta gueule, Pete ! intime Trish.

— Je ne suis pas un salaud, ose-t-il tout de même répliquer dans un geignement pitoyable.

— Beurk, dit Trish. La vieille rengaine du « Je ne suis pas un salaud », y a rien qui me gonfle plus. Combien de fois tu l'as entendu, ce couplet, Sue ?

— Au moins un milliard de fois, répond l'intéressée, les bras croisés. En général, après avoir couché avec un type. Ou après avoir fait piquer ma saucisse sur pattes.

— Je n'ai jamais piqué la saucisse de personne, marmonne Pete.

— Ta petite amie t'achète des billets pour Paris, et toi, au lieu de l'accompagner, tu vas boire des coups à Brighton avec tes potes. D'après toi, jusqu'où il faut aller pour mériter l'appellation de « salaud », Pete ?

— Ben, je sais pas, tuer un chaton, par exemple, suggère-t-il.

Les lèvres crispées, Magda bifurque sur la voie de droite.

— Tuer des chatons, c'est de la gnognotte, comparé à ce que tu as fait, Pete.

— Et dans le classement, c'est moins grave que la saucisse sur pattes, ajoute Sue.

Pete voit passer le panneau indiquant l'aéroport de Gatwick.

— Et donc, euh… on va où finalement ?

Dans le rétroviseur, Magda et Sue échangent un regard.

Nell se réveille à 13 h 15, l'heure du déjeuner. Elle cille, les paupières lourdes, et s'étire avec volupté quand elle se rappelle où elle se trouve. Elle se sent presque chez elle dans sa petite chambre sous les toits, maintenant, avec ses achats parisiens soigneusement suspendus dans l'armoire, son maquillage éparpillé partout sur l'étagère depuis la veille. Elle sort lentement du lit, écoute les bruits de la ville en contrebas et, malgré le manque de sommeil, elle se sent soudain transportée de joie, comme si quelque chose de magique lui était arrivé.

Une heure et quart, songe-t-elle.

Et elle hausse les épaules d'une manière qui lui paraît assez française. Il lui reste quelques heures devant elle pour profiter de Paris. Et ensuite, elle retrouvera Fabien pour sa dernière soirée. Elle entre dans la douche en fredonnant et se met à rire quand l'eau encore froide lui coule dessus.

Elle a l'impression de parcourir tout Paris à pied. Elle arpente les arrondissements numérotés, erre dans un marché de quartier, admirant les produits brillants sur les stands, à la fois familiers et différents, accepte une prune d'un marchand insistant, puis en achète un petit sachet en lieu et place de déjeuner. Elle s'assied sur un banc au bord de la Seine et observe les bateaux-mouches qui transportent les touristes. En mangeant trois de ses prunes, elle se rappelle comme il était agréable de tenir le gouvernail, de contempler les eaux éclairées par la lune. Elle coince le sachet sous son bras comme s'il s'agissait d'un geste habituel pour elle et prend le métro jusqu'à une brocante recommandée dans l'un de ses guides. Pendant une heure, elle s'autorise à flâner parmi les étals, à ramasser de petits objets que des gens ont aimés jadis, en calculant mentalement leur prix en livres sterling, avant de les reposer. Et alors qu'elle marche dans une ville peuplée d'étrangers, les narines remplies des odeurs de nourriture cuisinée dans la rue, les oreilles pleines d'une langue peu familière, une sensation inattendue la submerge : elle a l'impression d'appartenir au monde, d'exister. Elle se sent vivante.

Sur le chemin du retour à l'hôtel, elle entend de nouveau la personne qui joue du violoncelle, une mélodie grave, sonore et belle. Nell s'arrête sous la fenêtre ouverte, puis elle s'assied sur le trottoir pour l'écouter encore, ignorant les regards curieux des passants. Cette fois, quand la musique cesse, elle ne résiste pas à l'envie de se relever pour applaudir. Le bruit de ses mains frappées l'une contre l'autre résonne, et une jeune fille émerge sur son balcon. Baissant les yeux, elle a la surprise de découvrir Nell, qui la regarde en souriant. Au bout d'un moment, la fille lui rend son sourire et esquisse une révérence. Nell garde la musique dans ses oreilles sur tout le trajet qui la ramène à l'hôtel.

Au comptoir de la compagnie aérienne, l'employée dévisage les trois femmes qui entourent l'homme quelque peu décoiffé.

Magda lui adresse un sourire rassurant.

— Ce monsieur voudrait un billet pour Paris. Sur le prochain avion, s'il vous plaît.

La femme vérifie son écran.

— Certainement, monsieur. Nous avons… une place sur un vol British Airways qui décolle pour Roissy-Charles-de-Gaulle dans une heure dix.

— Il va le prendre, répond aussitôt Magda. Ça fera combien, s'il vous plaît ?

— L'aller simple ? Il est à… 148 livres.

— C'est une blague, là ! lâche Pete, qui n'avait pas ouvert la bouche depuis leur arrivée au terminal de l'aéroport.

L'employée de la compagnie aérienne commence à avoir l'air vraiment inquiète, à ce stade. Magda ouvre le portefeuille de Pete et entreprend de compter son argent sur le comptoir, à côté de son passeport.

— Cent dix livres. C'est tout ce que j'avais mis de côté pour ce week-end ! proteste Pete.

Magda plonge la main dans son sac.

— Voilà. Moi, j'ai vingt. Et il va lui falloir du liquide pour la fin du trajet jusqu'au centre de Paris. Les filles ?

Elle attend que les autres sortent à leur tour des billets de leur sac et les compte soigneusement jusqu'à ce que la somme désirée soit atteinte. L'hôtesse tire l'argent vers elle, d'un geste lent, les yeux rivés sur Pete.

— Monsieur, vous êtes… d'accord pour prendre ce vol ?

— Oui, répond Magda.

— C'est complètement dingue, intervient Pete, l'air renfrogné et mal à l'aise.

L'employée de la compagnie aérienne commence visiblement à en avoir assez.

— Je ne suis pas certaine de pouvoir produire ce billet si ce monsieur ne voyage pas de son plein gré.

S'ensuit un bref silence. Les filles échangent des regards. La file d'attente est en train de s'allonger derrière elles.

— Oh, et puis zut ! Explique-lui, Mags, lance Sue.

Magda se penche vers la femme.

— Mademoiselle, notre meilleure amie, Nell, n'arrive pas à voyager l'esprit tranquille.

— Elle a toujours été très anxieuse, précise Trish.

— Oui, c'est ça, elle s'inquiète pour toutes sortes de choses, reprend Magda. La découverte d'endroits inconnus, la possibilité d'une invasion extraterrestre, des objets qui pourraient tomber du haut d'immenses gratte-ciel, ce genre de trucs. Bref, elle et ce monsieur devaient partir en week-end romantique à Paris. Étape importante aux yeux de notre amie. Énorme. Sauf qu'en parfait gentleman, cet enfoiré a décidé de ne pas se pointer au rendez-vous, préférant partir se soûler à Brighton avec la bande de nazes qui lui servent de copains. Résultat : notre amie se retrouve seule dans une ville étrangère, sans doute trop effrayée pour quitter sa chambre d'hôtel, sachant qu'elle ne parle pas un mot de français, et doit se répéter en boucle qu'elle est la dernière des idiotes. En conséquence de quoi, je pense qu'il serait judicieux d'enregistrer Pete ici présent sur votre vol afin de lui donner l'occasion de réparer ses torts. Alors OK, la démarche est quelque peu coercitive, mais ça part d'une bonne intention. (Elle recule d'un pas.) C'est fait avec amour.

Nouveau silence. L'hôtesse les dévisage tous les quatre.

— Bon, dit-elle enfin. J'appelle la sécurité.

— Oh non ! s'exclame Magda, les bras en l'air. Vous êtes sérieuse, là ?

L'espace d'un instant, Pete reprend du poil de la bête, l'air content de lui.

La femme porte le téléphone à son oreille tout en composant un numéro, sans le quitter des yeux.

— Oui, je pense qu'il serait préférable de faire escorter votre ami, histoire de s'assurer qu'il embarque bien à bord de cet avion. (Elle s'adresse ensuite à son interlocuteur au téléphone.) Comptoir onze. Pouvez-vous m'envoyer un agent de sécurité, s'il vous plaît ?

À la suite de quoi elle renseigne les dernières informations pour le billet, qu'elle tend à Pete avec son passeport. Un agent de sécurité à la mine patibulaire approche déjà.

— Nous devons nous assurer que ce monsieur atteigne la porte nº 56 sans encombre. Tenez, monsieur, votre carte d'embarquement.

Et alors que Pete se retourne, elle marmonne :

— Connard.

Une odeur d'herbes coupées émane de la fenêtre de la minuscule cuisine. Tandis que Fabien et Clément préparent à manger, côte à côte, Émile transporte une table et des chaises par les baies vitrées qui donnent sur une petite cour pavée.

— Pas ces chaises-là, Émile. Tu n'as rien de plus confortable ?

Fabien est stressé, ce qui ne lui arrive presque jamais. Sa peau a rosi sous l'effort.

— Elles feront très bien l'affaire, argue Émile.

— Et le canard, papa… tu n'as pas oublié la marinade, au moins ?

Émile et Clément échangent un coup d'œil entendu. Puis son père se dirige vers le frigo.

— C'est la meilleure ! Mon fils qui croit m'apprendre à cuisiner le canard. Oui, j'ai bien préparé la marinade.

Fabien ouvre un tiroir et fouille à l'intérieur.

— Je tiens juste à ce que ce soit parfait, explique-t-il. Un dîner inoubliable. Et si on installait des lumières dans l'arbre ? Émile, il te reste des lumignons de Noël ? Les blancs, pas ceux de couleur.

— Dans la boîte sous l'escalier.

Ils regardent Fabien disparaître, puis reparaître quelques minutes plus tard, chargé d'une guirlande lumineuse emmêlée.

Il est comme possédé. Il sort et entreprend de dérouler la guirlande entre les branches au-dessus, grimpant sur la table afin d'atteindre le point le plus élevé. Ensuite il se met à réarranger la table et les chaises, les examinant sous plusieurs angles jusqu'à être enfin satisfait du résultat… avant de les déplacer de nouveau, au cas où.

Clément l'observe sans ciller.

— Tout ça pour une femme qu'il n'a vue que deux fois ! murmure-t-il.

— Ne te moque pas, Clément, réplique Émile en lui passant de l'ail. Tu sais ce que ça signifie…

Ils se tournent face à face pour proclamer, la mine réjouie :

— Plus de Sandrine !

Clément réfléchit à cet état de fait et, soudain, il retire prestement son tablier de cuisine.

— OK, je file à la poissonnerie acheter des huîtres.

Émile se remet à trancher avec une vigueur renouvelée.

— Bonne idée. Et moi, j'ajouterai du calvados à ma tarte Tatin.

Le carillon résonne gaiement quand Nell ouvre la porte.

— *Bonjour !** lance-t-elle. Il me faut cette robe. Celle aux ananas.

La vendeuse se souvient d'elle immédiatement.

— *Mademoiselle**, répond-elle avec précaution, le prix n'a pas changé. Elle va vous coûter… Comment vous avez formulé ça, déjà ? Trente livres à chaque occasion !

Nell referme la porte derrière elle, rayonnante. Et elle a encore le goût des prunes bien mûres dans la bouche.

— Eh bien, j'ai réfléchi à ce que vous m'avez dit. Parfois, il faut se faire plaisir !

La vendeuse a quitté son comptoir avant que Nell ait le temps de faire un pas vers la caisse.

— Dans ce cas, *mam'selle*, il vous faut la lingerie qui va avec…

Un peu plus d'une heure plus tard, Nell descend l'escalier de bois de l'*Hôtel Bonne Ville*, ravie de la manière dont le jupon de sa robe ananas gonfle légèrement à chacun de ses pas. Elle s'immobilise au bas des marches pour vérifier qu'elle a bien tout ce qu'il faut dans son sac à main et relève les yeux sur Marianne, qui l'observe depuis son guichet. La réceptionniste hoche la tête d'un air approbateur.

— Vous êtes très jolie, *mademoiselle** !

Nell s'approche d'elle et s'appuie sur le comptoir.

— J'ai aussi acheté les dessous, lui confie-t-elle d'un ton de conspiratrice. Bref, je vais devoir manger des pâtes pendant deux mois.

Marianne arrange ses papiers, un sourire aux lèvres.

— Dans ce cas, vous voilà officiellement « Parisienne d'honneur ». Félicitations, bienvenue au club !

Elle sort dans la rue pile au moment où Fabien arrive sur sa mobylette. Il s'arrête et l'observe quelques secondes fixement. Elle se laisse admirer, consciente de l'effet qu'elle produit. Il lui tend son manteau, qu'il a retrouvé, et elle le lui prend des mains. C'est là qu'en baissant les yeux elle remarque ses chaussures – en daim bleu marine, avec une touche française indéfinissable.

—J'adore tes chaussures !

—Je viens de les acheter.

—Aujourd'hui ?

—Je ne pouvais pas mettre celles que je porte d'habitude au travail.

—Parce que je les ai trempées de vin ? demande-t-elle avec une grimace.

Fabien la regarde, comme si elle n'avait rien compris à ce qu'il venait de lui dire.

—Non… parce que je sors dîner avec une Anglaise à Paris !

Et il la dévisage jusqu'à ce qu'elle lui rende son sourire. Alors seulement, il descend de sa mobylette, l'attache à un poteau et lui donne son bras.

—Ce soir, on marche. Ça n'est pas loin. D'accord ?

Paris bourdonne doucement dans la soirée d'automne. Nell porte son manteau à la main, même s'il fait juste un petit degré de moins pour que ce soit agréable, mais elle aime trop sa robe ananas et, en plus, elle est persuadée qu'une Parisienne en ferait autant. Ils avancent lentement, comme s'ils avaient tout le temps devant eux, s'arrêtant pour admirer les vitrines des boutiques ou pointer du doigt quelque détail architectural particulièrement beau au-dessus de leur tête. L'espace d'un instant, Nell songe qu'elle voudrait mettre cette soirée en bouteille. Cette sensation de plénitude qu'elle ressent.

— Tu sais, dit-elle. J'ai repensé à la nuit dernière.

— Moi aussi.

Elle le regarde. Il enfonce la main dans sa poche et en tire un petit cadenas.

— Tu as oublié ça, sur le bateau.

Elle hausse les épaules en voyant le cadenas.

— Oh, jette-le. Ça n'a plus vraiment de sens, maintenant, pas vrai ?

En se penchant pour caresser un chien qui passe, elle ne voit pas Fabien le glisser dans sa poche.

— Et toi, alors ? Tu as repensé à quoi ? demande-t-il.

— À ton père et à son bateau. (Elle se redresse.) Je me disais qu'il ne devrait pas essayer d'entrer en compétition avec ces grosses péniches à touristes. Il devrait au contraire proposer quelque chose de différent. Vous pourriez faire équipe tous les deux afin d'organiser des visites sur mesure de Paris, pour les amoureux. Vous pourriez faire de la publicité en ligne, présenter aux gens tous les endroits que tu m'as montrés, raconter leur histoire. Peut-être même offrir un panier garni de produits gastronomiques et de champagne ? Ce serait le paradis. Rien que toi et moi, hier soir, c'était très…

Elle laisse sa phrase en suspens.

— Tu as trouvé ça romantique ?

Tout à coup, elle se sent bête.

— Non, je ne voulais pas dire…

Ils marchent sans oser se regarder, mal à l'aise.

— C'est une bonne idée, Nell, déclare-t-il enfin, peut-être pour briser le silence. J'en parlerai à mon père.

On pourrait peut-être établir un partenariat avec le restaurant.

— Et il vous faudrait un chouette site Internet pour que les gens puissent réserver directement depuis l'étranger. Paris est la ville des amoureux, non ? Tu pourrais raconter ça de manière si jolie…

Elle est étrangement volubile, tout à coup, elle parle fort, agite les mains.

— Une visite sur mesure, comme il y a des séjours sur mesure, réfléchit-il tout haut. J'aime bien. Nell, à t'écouter, on a l'impression que tout est possible. Ça y est, nous y sommes. OK, alors ferme les yeux et prends-moi le bras…

Il s'immobilise à l'angle d'une petite place pavée. Nell ferme les yeux, mais les rouvre brusquement, car son sac se met à vibrer. Elle tente de ne pas y prêter attention, sauf que Fabien lui fait signe de consulter ses SMS. Il ne veut pas que cet instant soit interrompu. Avec un sourire penaud, elle sort l'appareil… et écarquille les yeux en découvrant l'écran.

— Tout va bien ? lui demande Fabien au bout d'un moment.

— Ça va, répond-elle, avant de porter une main à sa bouche. Non, en fait, reprend-elle. Je crois que je dois y aller. Je suis vraiment désolée.

— Y aller ? répète-t-il. Tu ne peux pas t'en aller maintenant, Nell. La soirée ne fait que commencer !

Elle est comme pétrifiée.

— Je suis… je suis vraiment navrée. Quelque chose s'est…

Elle serre son sac et son manteau.

— Pardon. Quelque chose… Quelqu'un est arrivé pour me voir. Je dois…

En observant son visage, il y lit la vérité.

— Tu as un petit ami.

— En quelque sorte. Oui.

Elle se mordille la lèvre.

Fabien est sidéré de la déception qu'il ressent.

— Il s'est présenté à l'hôtel.

Ils restent plantés là plusieurs secondes, paralysés. Et puis il tend le bras et lui montre le chemin :

— OK. Alors, tu vas jusqu'à l'église, là-bas, ensuite tu tournes à gauche et tu es dans la rue de ton hôtel.

Elle ne parvient pas à le regarder dans les yeux, mais finit quand même par lever la tête.

— Je suis vraiment désolée, répète-t-elle. J'ai passé un si bon moment. Merci.

Il hausse les épaules.

— *De rien.**

— Ce n'était rien, traduit-elle.

Et pourtant si, c'était quelque chose. Fabien se rend compte qu'il ne peut pas lui demander son numéro. Plus maintenant. Il la salue d'un geste de la main. Elle lui jette un dernier regard. Et puis, presque à contrecœur, elle se tourne et s'en va, au pas de course, dans la rue qui mène à l'église.

Fabien la regarde s'éloigner, avant de partir dans l'autre sens. Dans la minuscule cour, Émile l'attend en livrée de serveur près de la petite table dressée pour deux. Une bouteille de champagne trempe dans un seau de glace. Et au-dessus, les jolies lumières scintillent dans l'arbre.

— Les voilà ! s'exclame Émile. Je commençais à croire que vous n'arriveriez jamais ! Vite, le canard va sécher. (Il fouille du regard la pénombre autour de Fabien.) Quoi ? Où elle est ?

— Elle a dû partir.

— Mais… où ça ? Tu ne lui as pas dit qu'on avait tout préparé…

Fabien s'assied lourdement sur une chaise. Au bout d'un moment, il se penche et souffle la bougie sur la table. Émile observe son ami, puis il jette son torchon par-dessus son épaule et tire la seconde chaise.

— OK. Toi et moi, on va en boîte.

— Je ne suis pas d'humeur.

— Eh bien, dans ce cas, tu boiras, et moi je danserai. Après quoi, tu rentreras à la maison et tu écriras des pages incandescentes et remplies de rage sur la nature inconstante des Anglaises.

Fabien tourne les yeux vers lui. Il lâche un soupir abattu. Émile lève un doigt.

— Mais avant, laisse-moi remettre toute cette nourriture au frigo. On la mangera plus tard. Allez, ne me regarde pas comme ça ! Le canard, ça coûte cinquante euros le kilo !

Il empoigne la chaise pour la rapporter à l'intérieur.

— Et je dois bien admettre que la marinade de ton père est excellente.

Chapitre 10

Il attend à la réception, assis, jambes écartées, les bras reposant sur le dossier du canapé. Il ne se lève pas en la voyant arriver.

— Bébé !

Elle est pétrifiée. Elle tourne la tête vers Marianne, très occupée à trier des papiers.

— Surprise !

— Qu'est-ce que tu fiches ici ?

— Je me suis dit qu'on pourrait transformer un week-end à Paris en une nuit à Paris. Ça compte quand même, pas vrai ?

Elle est plantée au milieu du hall d'accueil.

— Mais tu as dit que tu ne venais pas.

— Tu me connais, je suis plein de surprises. Et puis, je ne pouvais pas t'abandonner toute seule avec ces bouffeurs de fromage qui pue !

Elle a l'impression de découvrir un étranger. Il a les cheveux trop longs, et son ensemble jean et tee-shirt délavés, qu'elle trouvait si cool avant, lui paraît ringard et usé dans l'enceinte élégante de l'hôtel.

Arrête ça, se morigène-t-elle.

Il est venu jusqu'ici. Il a fait exactement ce qu'elle attendait de lui. Ça n'est tout de même pas rien.

— Tu es splendide. Sympa, la robe ! Alors, j'ai droit à un accueil digne de ce nom ?

Elle s'avance et l'embrasse. Son haleine a une odeur de tabac.

— Pardon. Je… je suis un peu sous le choc.

— J'aime bien te surprendre, tu le sais. Alors, on monte poser mes affaires et on sort boire un verre ? Ou on passe la soirée là-haut et on se fait livrer de quoi dîner ?

Tout sourire, il hausse un sourcil canaille. Du coin de l'œil, Nell aperçoit la réceptionniste, qui le dévisage comme elle regarderait une saleté qu'un client aurait rapportée de la rue sous sa semelle.

Il n'est pas rasé, songe Nell. *Il ne s'est même pas rasé.*

— Il n'y a pas de service de restauration en chambre, ici. Rien que le petit déjeuner.

— Quoi ?

— Ils ne font pas ça ici. Dans cet hôtel.

— Tous les hôtels proposent le service en chambre. C'est quoi, cet endroit ?

Nell n'ose pas regarder l'expression de Marianne.

— Écoute, c'est comme ça. Et puis… qui voudrait rester manger dans sa chambre, à Paris ?

Il hausse les épaules et se lève de son siège.

— OK, peu importe.

C'est alors qu'elle remarque ses pieds.

— Quoi ? demande-t-il en surprenant son regard insistant.

— Tu n'as pas changé de chaussures. Tu es venu en week-end romantique à Paris en tongs, précise-t-elle quand il fronce les sourcils.

— Et alors ? On va refuser de me servir dans un restaurant chic parce que je porte des tongs maintenant ?

Sa voix trahit une certaine irritation. Nell s'efforce de faire abstraction de son accoutrement.

— Qu'est-ce qui se passe, Nell ? Bon sang, ce n'est pas l'accueil auquel je m'attendais.

Elle tente de se ressaisir, prend une inspiration et esquisse un sourire faiblard.

— OK, admet-elle d'un ton qu'elle veut conciliant. Tu as raison. C'est cool que tu sois venu. Viens, montons dans la chambre.

Ils s'apprêtent à traverser le hall d'accueil lorsque Nell s'immobilise, songeuse. Pete se retourne, ostensiblement agacé cette fois.

— Explique-moi une chose, quand même, reprend-elle. Je voudrais... j'aimerais bien savoir : comment ça se fait que tu aies pu venir, finalement ? Tu avais dit que tu ne pouvais pas te libérer. Dans ton SMS. C'était très clair.

— Oui, ben... je n'aimais pas l'idée de te laisser seule ici. Je sais que tu as tendance à t'inquiéter pour un oui ou pour un non. Surtout quand tout ne se déroule pas comme prévu.

— Pourtant, ça ne t'a pas dérangé de me laisser seule vendredi soir. Et hier soir.

Il a l'air embarrassé.

— Oui. Ben…

Un long silence s'installe.

— Ben… quoi ?

Il se gratte la tête et lui décoche un sourire charmeur.

— Écoute, on est vraiment obligés d'avoir cette conversation maintenant ? Je descends tout juste de l'avion, là. Montons dans la chambre, mettons-nous au pieu, et ensuite on ira découvrir les coins branchés de Paris. OK ? Allez, bébé. Le billet m'a coûté une petite fortune, alors on va en profiter au maximum, d'accord ?

Nell le dévisage tandis qu'il lui tend la main. Presque à contrecœur, elle lui passe la clé de sa chambre, et il se retourne pour entreprendre l'ascension des marches de bois, son fourre-tout jeté sur son dos.

— *Mademoiselle ?**

Nell pivote, comme dans un épais brouillard. Elle avait oublié jusqu'à la présence de Marianne.

— Votre camarade a laissé un message.

— Fabien ?

Elle n'a pas réussi à masquer l'impatience qui transparaît dans sa voix.

— Non, une dame. Pendant que vous étiez sortie.

Elle lui tend une feuille à en-tête de l'hôtel.

Pete est en chemin. On lui a botté les fesses. Dsl, on savait pas. On espère que la fin du week-end sera bonne. Trish XXX

Nell garde les yeux rivés sur le mot, puis les relève vers Pete, avant de reporter son attention sur la réceptionniste. Elle réfléchit quelques secondes, alors que les pas de Pete résonnent dans la cage d'escalier, et soudain elle glisse le morceau de papier tout au fond de son sac.

— Marianne, vous pourriez m'indiquer où prendre un taxi ?

— Avec plaisir.

Nell a quarante euros. Elle en tend vingt au chauffeur, avant de bondir dehors sans se préoccuper de la monnaie.

Le bar est une masse sombre de corps, de bouteilles et de lumières tamisées. Les narines emplies des odeurs de sueur et de parfum, elle se fraie un chemin parmi eux, tout en passant en revue les visages en quête d'une figure connue. La table à laquelle ils étaient assis la veille est occupée par des gens qu'elle ne parvient pas à identifier. Il n'est pas là.

Elle monte à l'étage, plus calme, où les clients sont assis sur des canapés à discuter tranquillement, mais il n'y est pas non plus. Elle redescend et joue des coudes pour atteindre le comptoir où on l'avait servie.

— Excusez-moi !

Elle doit attendre que le barman lui accorde son attention.

— Bonsoir ! Mon ami, celui qui était ici hier, vous l'avez vu ?

Le serveur plisse les yeux, puis il hoche la tête comme s'il se rappelait.

— Fabien ?

— Oui. Oui !

Évidemment, tout le monde le connaît.

— Il est parti.

Un nœud se forme dans son ventre. Elle l'a raté. Et voilà, c'est fichu. Le barman s'écarte pour servir une consommation à un client.

— *Merde**, lâche-t-elle à mi-voix.

Elle est si déçue qu'elle se sent complètement vide. Le barman réapparaît à ses côtés, un verre à la main.

— Vous pourriez essayer le *Wildcat.* C'est là qu'ils finissent, en général, Émile et lui.

— Le *Wildcat* ? C'est où ?

— Rue des Gentilshommes des…

Sa voix est noyée dans un éclat de rire, et il se détourne pour prendre la commande de quelqu'un d'autre.

Nell se précipite dans la rue et arrête un taxi.

— C'est une urgence ! s'écrie-t-elle.

Les yeux plantés dans le rétroviseur, le chauffeur, un Asiatique, attend ses instructions.

— Au *Wildcat*, indique-t-elle. Rue des Gentilshommes quelque chose. S'il vous plaît, dites-moi que vous connaissez.

Il pivote sur son siège.

— *Quoi ?**

— Le *Wildcat.* Un bar. Une boîte. *Wildcat*, articule-t-elle en détachant chaque syllabe.

Alors qu'elle hausse le ton, il secoue la tête. Nell se cache le visage dans ses mains pour réfléchir. Et puis elle baisse sa vitre et hèle deux jeunes gens sur le trottoir devant le bar.

— Excusez-moi ! Vous connaissez le *Wildcat* ? Le bar le *Wildcat* ?

L'un des deux opine du chef et lève le menton.

— Vous voulez nous y emmener ?

Elle observe leur visage – soûl, joyeux, ouvert – et prend sa décision.

— Si vous connaissez, pas de problème. C'est où ?

— On va vous montrer !

Les deux hommes grimpent dans le taxi, s'ensuit un échange de sourires et de poignées de main avinées. Nell décline l'offre de s'asseoir sur les genoux du plus petit et accepte un bonbon à la menthe du second. Elle se retrouve compressée entre les deux compères, à renifler leurs relents d'alcool et de fumée de cigarette.

— C'est une boîte sympa. Vous connaissez ?

Le premier à lui avoir parlé se penche vers elle et lui prend la main gaiement.

— Non, répond-elle.

Et tandis qu'ils indiquent le chemin au chauffeur de taxi, elle se cale contre la banquette d'une voiture pleine d'étrangers, sans avoir la moindre idée de ce qui l'attend.

Chapitre 11

— Encore un verre. Oh, allez ! On commence juste à s'amuser.

Émile assène une claque dans le dos de Fabien.

— Je ne suis pas vraiment d'humeur.

— Bon, elle avait un petit ami, et alors ? Ça arrive. Dis, tu ne vas pas te laisser abattre pour si peu. Tu l'as rencontrée il y a deux jours.

— En fait, tu la connaissais à peine, ajoute René.

Sans un mot, Fabien descend sa bière.

— Tu prends tout trop au sérieux, tu sais ? Mais regarde le bon côté des choses, ça signifie que tu as oublié Sandrine. Donc c'est bien ! Et puis, tu es beau gosse…

— Très beau, renchérit René.

Fabien hausse un sourcil.

— Quoi ? proteste Émile. Je n'ai pas le droit d'apprécier la beauté masculine ? Fabien, mon pote ! Si j'étais une gonzesse, je te sauterais dessus ! Je nagerais dans les eaux troubles de Fabien. Je grimperais à l'arbre de Fabien. Quoi ?

— C'est trop, lui indique René.

— OK. Bref, heureusement pour la gent féminine, je n'ai pas ce genre d'inclination. Mais allez, quoi ! Viens, on va se trouver d'autres nanas. Au moins, maintenant, on n'a plus un prénom interdit, on en a deux.

— Merci, Émile, mais je vais terminer cette bière et je rentre. Demain, je bosse, tu sais.

Émile hausse les épaules, lève sa bouteille et se retourne vers sa voisine avec qui il discutait.

Ça devait arriver. Fabien regarde son ami rigoler avec la rousse. Émile en pince pour elle depuis une éternité, sauf qu'il ne sait pas trop à quel point elle l'apprécie, elle. Il n'est pas malheureux, pourtant. Il se contente de sauter sur la prochaine qui passe, tel un chiot. « Et hop, on s'amuse ! »

Ne le juge pas, se gronde-t-il. *C'est toujours mieux que d'être un loser comme toi.*

Une sorte d'abattement l'étreint à la perspective de ce qui l'attend. De longues soirées chez lui. Un travail sur un livre dont il n'est plus très sûr qu'il vaille la peine d'être poursuivi. La déception que Nell ait disparu, comme ça. Il s'en veut d'avoir envisagé un avenir à leur histoire. Il ne peut pas la blâmer, il ne lui avait même pas demandé si elle était célibataire. Évidemment, une fille comme elle, c'était certain qu'elle avait un petit ami.

Le moral en berne, il comprend qu'il est temps pour lui de rentrer. Pas question d'entraîner quelqu'un d'autre dans sa déprime. Il donne une tape dans le dos d'Émile, lance un « au revoir » à la cantonade et enfile son bonnet. Une fois dehors, il grimpe sur sa mobylette en se demandant s'il est bien prudent de conduire avec tout ce qu'il a bu.

D'un coup de pied, il démarre le petit engin et s'engage sur la chaussée.

Il s'est arrêté au bout de la rue pour rajuster sa veste quand il entend un cliquetis. En baissant les yeux, il découvre qu'il s'agit du cadenas de Nell, qui est tombé de sa poche. Il le ramasse, le regarde fixement en essuyant la poussière sur la surface de bronze. Il y a une poubelle, de l'autre côté de la rambarde métallique, et il envisage de l'y jeter. Mais un sifflement interrompt son geste… suivi d'un second.

Il se retourne. Émile est sur le trottoir près d'un groupe de personnes. Il désigne quelqu'un du doigt, tout en agitant la main à l'intention de Fabien pour lui faire signe de revenir.

Fabien reconnaît la manière dont elle incline la tête, dont elle se tient, un talon levé, l'éclat d'une robe verte à côté de son ami. Il reste assis quelques secondes sur sa selle, puis, un sourire aux lèvres, il fait demi-tour et la rejoint.

— Bon, intervient Émile tandis que Fabien et Nell se dévorent des yeux. Est-ce que ça veut dire que je ne pourrai pas manger le canard ?

Chapitre 12

ILS MARCHENT BRAS DESSUS, BRAS DESSOUS DANS LES rues désertes, passent devant des galeries et de vieux immeubles massifs. Il est presque 4 heures du matin. Nell a mal aux jambes à force de danser, les oreilles qui bourdonnent encore, et pourtant il lui semble n'avoir jamais été aussi en forme de toute sa vie.

En quittant le *Wildcat*, ils vacillaient un peu, enivrés de bière, de tequila et de plaisir, mais au cours de l'heure qui s'est ensuivie, elle a dessoûlé.

— Nell, je n'ai pas la moindre idée d'où on va.

Elle s'en moque. Elle pourrait marcher ainsi jusqu'à la fin des temps.

— Oui, mais bon, je ne peux pas retourner à l'hôtel. Je risque de me retrouver nez à nez avec Pete.

Il la pousse gentiment du coude.

— Tu as bien partagé ta chambre avec une Américaine, rien ne t'empêche de la partager avec lui.

— Je préférerais encore dormir avec l'Américaine. Même si elle ronflait.

Elle lui a raconté toute l'histoire. Au départ, Fabien avait l'air prêt à casser la figure à Pete. Et elle s'est rendu compte, un peu honteuse, que sa réaction lui plaisait.

—Au fond, je le plains un peu, ton Pete. Il vient jusqu'à Paris pour te retrouver, et toi tu t'enfuis avec un « bouffeur de fromage qui pue ».

Nell sourit de toutes ses dents.

—Le truc, c'est que je n'arrive même pas à me sentir coupable. C'est affreux, non ?

—Tu es manifestement une femme très cruelle.

Elle se pelotonne un peu plus contre lui.

—Oh oui, épouvantable.

Il lui passe un bras autour des épaules.

—Tu sais quoi, Nell ? Je suis certain que tu vas refuser, mais j'ai quand même envie de te le proposer à nouveau : tu peux venir chez moi, si tu veux.

Tout à coup, elle entend la voix de sa mère.

Aller passer la nuit chez un inconnu ? À Paris ?

—J'en serais ravie. Cela dit, pour que les choses soient claires, je préfère te prévenir que je ne coucherai pas avec toi. Je te trouve merveilleux, mais…

Ses paroles restent suspendues dans l'air nocturne.

—… on se connaît à peine. Et on en est tous les deux à un stade délicat de notre rupture.

Elle referme la main sur le petit morceau de papier dans la poche de son manteau, avec le code d'entrée de l'hôtel écrit dessus.

—Comme tu voudras, c'est ton week-end à Paris, Nell.

Il lui explique que son appartement se situe à dix minutes de marche. Elle n'a aucune idée de ce qui va se passer ensuite. C'est hyper excitant.

Fabien vit au dernier étage d'un immeuble étroit, avec vue sur une cour. Les marches de l'escalier de service sentent le vieux bois et la cire. Ils montent en silence. Il l'a avertie que les autres appartements étaient occupés par des personnes âgées : s'il fait le moindre bruit après 22 heures, elles viennent frapper à sa porte à la première heure du jour pour se plaindre. Mais ça ne le dérange pas, a-t-il ajouté. Son loyer n'est pas cher parce que le propriétaire est trop fainéant pour rénover l'appartement. Sandrine le détestait.

Alors qu'ils atteignent le haut des marches, Nell se fige.

— Fabien ? lui demande-t-elle, le sourire aux lèvres. Tu ne collectionnes pas les bouquins sur les tueurs en série au moins ?

Il ouvre la porte et la fait entrer. Elle s'immobilise sur le seuil, les yeux écarquillés.

L'appartement se compose d'une seule pièce, vaste, avec une grande fenêtre qui donne sur les toits de Paris. Il y a un bureau, couvert de paperasse, au-dessus duquel est accroché un miroir ancien. Au sol, le parquet a peut-être été ciré jadis, mais il est à présent pâle et délavé. Un lit double occupe une extrémité de la pièce, un petit canapé un pan de mur, et le troisième mur est couvert de photos découpées dans des magazines.

— Oh, j'ai fait ça quand j'étais étudiant, se justifie-t-il en la voyant regarder dans cette direction. J'ai la flemme de les enlever.

Tout – le bureau, les chaises, les photos – est étrange et fascinant. Nell fait le tour, observe un corbeau empaillé sur une étagère, la lampe d'atelier suspendue au plafond, la collection de galets près de la porte de la salle de bains. La télévision est une minuscule boîte d'au moins vingt ans d'âge. Six verres et une pile d'assiettes dépareillées trônent sur le manteau de la cheminée.

Il se passe une main sur le crâne.

— C'est encore le bazar. Je n'attendais pers…

— C'est beau. C'est… c'est magique.

— Magique ?

— Je… j'aime beaucoup. Ta façon d'assembler les objets. On se croirait déjà dans un roman.

Il cligne plusieurs fois des paupières, comme s'il voyait son appartement à travers des yeux nouveaux.

— Tu veux bien m'excuser un instant ? dit-il. J'ai besoin…

Il désigne la salle de bains.

C'est sans doute aussi bien comme ça. Car Nell se sent téméraire, une autre personne. Elle ôte son manteau, rajuste sa robe et se déplace lentement dans la pièce, jusqu'à se retrouver à regarder par la fenêtre. Les toits de Paris, éclairés par la lune, scintillent comme une promesse.

Elle baisse les yeux sur une liasse de feuilles comportant des annotations griffonnées sur un texte tapuscrit. Certaines pages sont sales, marquées par des empreintes de chaussures. Elle en saisit une et la lit en diagonale, en quête de mots qu'elle connaîtrait.

Quand il ressort enfin de la salle de bains, elle en est à sa quatrième page et elle fouille dans la pile à la recherche de la cinquième.

— Traduis-le-moi, demande-t-elle.

— Non. Ça ne vaut rien. Je ne veux pas lire ce…

— Juste quelques pages. S'il te plaît ! Que je puisse raconter : « Quand j'étais à Paris, j'ai rencontré un écrivain qui m'a lu un extrait de son roman. » Ça fera partie de mon aventure parisienne.

Il la regarde comme s'il était incapable de lui refuser quoi que ce soit. D'autant qu'elle lui lance un de ces regards implorants auxquels il ne peut résister.

— Je ne l'ai encore fait lire à personne.

Elle tapote la place sur le canapé à côté d'elle.

— Justement, c'est l'occasion.

Fabien s'approche de la fenêtre et l'ouvre.

— Alors viens avec moi ! Ton aventure parisienne mérite la visite d'un toit parisien.

— Tu veux qu'on aille s'asseoir sur le toit ?! (Nell jette un coup d'œil dehors, mais déjà Fabien franchit le rebord de la fenêtre.) Bon, d'accord !

Nell et Fabien sont sur le toit, une bouteille de vin posée entre eux. Il lui fait la lecture, d'une voix hésitante quand il traduit en anglais. Nell repose sa tête sur son épaule.

— « Parce qu'elle savait déjà que cela marquerait la fin de leur relation. Et au plus profond d'elle-même, elle le savait depuis le début, comme on détourne obstinément les yeux d'une plante, jusqu'à ce qu'elle ait tellement poussé qu'elle obstrue toute la lumière. »

— Tu ne peux pas t'arrêter là, lui dit Nell quand il se tait.

— J'ai perdu les autres pages. De toute façon, ça ne vaut rien.

— Non, tu ne peux pas t'arrêter. Tu te souviens forcément de ce que tu avais écrit, des pages que tu as perdues, et tu dois l'envoyer à un éditeur. C'est vraiment bon. Tu vas devenir écrivain, à coup sûr. Ou plutôt tu es un écrivain. Sauf que tu n'es pas encore publié.

Il secoue la tête.

— Mais si. C'est… c'est plein de charme. Je trouve ça… La manière que tu as d'écrire sur cette femme, sur ses sentiments, sa façon de voir les choses… Je me suis reconnue en elle. Elle est…

Il pose sur elle un regard surpris. Presque sans se rendre compte de son geste, elle lui prend le visage entre ses paumes et l'embrasse. Elle est à Paris, dans l'appartement d'un inconnu, et elle n'a jamais rien fait d'aussi risqué de toute sa vie. Il referme ses bras autour d'elle, et elle se sent attirée vers lui.

— Tu es… *magnifique**, Nell.

— Et tout ce que tu dis sonne mieux parce que c'est en français. Je vais peut-être devoir prendre un faux accent français jusqu'à la fin de mes jours.

Un verre de vin à la main, ils restent assis là et se regardent en souriant. Ils parlent du travail, de leurs parents, leurs genoux se touchent, ils s'appuient l'un contre l'autre. Il lui avoue que cette soirée l'a libéré de Sandrine. Elle lui parle de Pete et rigole en l'imaginant en train de se retourner et de s'apercevoir qu'elle n'est plus là. Ils imaginent l'Américaine qui débarque dans la chambre alors que Pete y est, et ils rient de plus belle.

— Tu sais, quand Sandrine m'a quitté, j'ai cru que j'étais foutu. La nuit dernière, pendant qu'on dansait, j'ai compris qu'en fait j'étais juste perdu. Que j'avais pris mes émotions contradictoires pour de la tristesse.

Nell mêle ses doigts aux siens.

— Eh bien, quand Pete ne m'a pas rejointe, ce week-end, j'ai eu envie de mourir. Je me suis dit que tout le monde allait se foutre de ma gueule jusqu'à Noël prochain. Nell, la fille qui s'est fait larguer dans la Ville Lumière.

— Et maintenant ? demande-t-il doucement.

— J'ai l'impression… (Elle dessine les contours de sa paume du bout de l'index.) J'ai l'impression d'être tombée amoureuse d'une ville tout entière.

À un moment donné, il l'aide à rentrer par la fenêtre. Elle va aux toilettes et se contemple dans la glace. Elle est grise d'épuisement. Ses cheveux sont coiffés n'importe comment, son mascara a coulé. Et pourtant, elle rayonne littéralement, elle a l'air emplie de malice et de joie.

Quand elle revient, il est en train de lire son carnet. Son sac est posé au sol.

Elle se fige.

— Qu'est-ce que tu fais ?

— C'est quoi ?

Il lui montre sa liste : « Raisons pour lesquelles je dois rester dans ma chambre ce soir ».

— Je suis un psychopathe ? Armé d'une hache ? Je risque de vouloir coucher avec toi ?

Il rit, mais il semble aussi un peu sous le choc.

— Oh non ! Tu n'étais pas censé voir ça.

Elle a rougi jusqu'aux oreilles.

— C'est tombé de ton sac, j'allais le remettre dedans. « Je vais devoir faire semblant d'être impulsive. »

Il tourne les yeux vers elle, surpris.

Elle va mourir de honte.

— OK. Je ne suis pas celle que tu crois. Ou, du moins, je ne l'étais pas. Je ne suis pas impulsive. J'ai failli ne pas venir, ce soir, parce que la seule idée d'avoir affaire à un chauffeur de taxi me terrifiait. Je t'ai laissé penser que j'étais différente. Je... je suis désolée.

Il scrute sa liste, avant de relever la tête. Il se retient de rire.

— Qui a dit que tu étais différente ?

Elle attend.

— C'était quelqu'un d'autre qui est monté danser sur le bar ? Qui m'a poursuivi dans un taxi avec des inconnus ? Qui a abandonné son petit ami dans un hall d'hôtel sans même lui dire où elle allait ?

— Ex-petit ami, corrige-t-elle.

Il lui tend la main, et elle la prend. Elle se laisse attirer vers lui. Elle s'assied à califourchon sur ses cuisses et observe de près son beau visage, si doux.

— Je crois au contraire que tu es exactement cette femme-là, Nell d'Angleterre. Tu es qui tu choisis d'être.

Dehors, le jour commence à se lever. Ils s'embrassent encore, pendant une éternité peut-être, elle ne sait pas trop en fait. Elle se rend compte qu'en fait elle est complètement soûle. Assise sur ses genoux, les lèvres presque sur les siennes, elle caresse son visage avec tendresse.

— J'ai passé la meilleure nuit de ma vie, chuchote-t-elle. J'ai l'impression que je viens juste de me réveiller.

— Moi aussi.

Ils s'embrassent de plus belle.

— Mais je pense qu'on va devoir s'arrêter, là, poursuit-il. Je m'efforce de me comporter en gentleman et de me rappeler ce que tu as dit. Et je ne tiens pas à ce que tu me prennes pour un psychopathe ou un obsédé sexuel. Ou…

Nell entremêle les doigts avec les siens.

— Trop tard, répond-elle en le relevant du canapé.

Chapitre 13

Avant même d'avoir complètement ouvert les yeux, Fabien sait que quelque chose est différent. Que quelque chose a changé, un poids qui ne lui pèse plus sur les épaules à la seconde où il se réveille. Il cligne des paupières, la bouche sèche, et se hausse sur un coude. Dans la pièce, rien n'a changé, en revanche, si ce n'est qu'elle tangue un peu, car il a une sacrée gueule de bois. Il tente d'éclaircir le brouillard qui lui embue la cervelle et soudain il entend le bruit de l'eau qui coule dans la douche.

C'est alors que les souvenirs de la nuit précédente lui reviennent.

Il s'appuie un instant contre l'oreiller, le temps de se remémorer les événements. Il se rappelle une fille qui danse sur un bar, une longue promenade à travers Paris, le petit jour entre ses bras. Il se souvient des éclats de rire, d'un carnet rempli de listes, de son doux sourire, de sa jambe par-dessus la sienne.

Il se met debout, enfile son jean et le premier sweat-shirt qui lui tombe sous la main. Il se dirige vers la cafetière et la met en marche, puis il descend à la boulangerie, où il achète un sachet de croissants. Quand il revient, il ouvre la porte au moment précis où Nell émerge de la salle de bains, dans la robe verte qu'elle portait la veille, ses cheveux mouillés ondulant sur ses épaules. Ils restent immobiles et muets un instant.

— Bonjour, dit-il.

— Bonjour !

Nell répond timidement à son sourire.

— Je dois rentrer à l'hôtel et prendre mon train. Il est… tard.

Il jette un coup d'œil à sa montre.

— En effet. Et moi, je dois aller au travail. Mais tu as le temps de boire un café ? J'ai acheté des croissants. Tu ne peux pas quitter Paris sans un café et des croissants.

— J'ai du temps, si tu en as.

Ils sont un peu mal à l'aise, aujourd'hui, la complicité évidente de la veille s'estompe. Ils remontent sur le lit, s'assoient sur les couvertures, habillés tous les deux, assez proches pour des amis, mais pas suffisamment pour des amoureux. Elle avale une gorgée de café et ferme les yeux.

— Hum, c'est bon.

— Moi je trouve tout bon, ce matin, avoue-t-il.

Ils échangent un regard. Il mange vite, affamé comme il ne l'a pas été depuis des lustres, jusqu'à ce qu'il se rende compte qu'il a englouti davantage que sa part. Alors il ralentit, lui offre un croissant, qu'elle refuse d'un geste de la main. Les cloches d'une église tintent au dehors, et un petit chien aboie.

— J'ai réfléchi, dit-il en mâchant son croissant. J'ai eu l'idée d'une nouvelle histoire. Ça parle d'une fille qui dresse toutes sortes de listes.

— Si j'étais toi, je n'écrirais pas là-dessus, le met-elle en garde avec un regard en coin. Qui irait lire un truc pareil ?

— C'est une bonne histoire, avec un personnage incroyable. Mais elle est un peu trop prudente. Il faut toujours qu'elle pèse les avantages et les inconvénients. Les…

— … Les bons et les mauvais côtés… Le pour et le contre.

— Le pour et le contre. J'aime bien cette expression.

— Et qu'est-ce qui lui arrive ?

— Je ne sais pas encore. Quelque chose se produit qui bouleverse ses habitudes.

— *Pouf !* s'exclame-t-elle.

Les lèvres de Fabien s'étirent en un large sourire, il lèche des miettes sur ses doigts.

— Oui, *pouf* !

— Tu vas devoir la rendre très belle.

— Je n'ai pas besoin de la rendre belle. Elle l'est déjà.

— Et incroyablement sexy.

— Il suffit de la voir danser sur un bar pour s'en rendre compte.

Il approche un croissant de ses lèvres pour qu'elle en prenne une bouchée, et au bout d'un moment ils s'embrassent, un baiser interminable. Et tout à coup les croissants, le travail et le train sont oubliés.

Quelques heures plus tard, Fabien se gare devant l'hôtel derrière la rue de Rivoli. Les environs sont étonnamment calmes. Quelques touristes se promènent, lèvent les yeux pour prendre des photos des immeubles. Il est en retard pour le boulot, mais il n'y aura pas beaucoup de clients ; on est lundi matin, ils auront juste les habitués qui viennent boire leur café avec leur chien et leur journal, ou des touristes qui tuent le temps en attendant l'heure du départ. En revanche, l'établissement se remplira plus tard, et d'ici 16 heures, ce sera bondé.

Derrière lui, il sent Nell desserrer les bras autour de sa taille. Elle descend de la mobylette et vient se poster à côté. Elle retire son casque, qu'elle lui tend, puis elle s'ébouriffe les cheveux, aplatis par le trajet, ce qui l'oblige à rester plantée là dans son manteau et sa robe froissée.

Elle a l'air fatiguée, négligée, et il a envie de l'enlacer.

— Tu es certaine que tu ne veux pas que je te conduise à la gare ? Tu vas te débrouiller ? Tu te rappelles ce que je t'ai expliqué pour le métro ?

— Tu es déjà en retard pour le travail. Je vais me débrouiller, ne t'en fais pas.

Ils échangent un long regard. Elle se dandine d'un pied sur l'autre, tenant son sac à main devant elle. Fabien se rend compte qu'il ne sait plus quoi dire. Il ôte son casque et se frotte le crâne.

— Bon, dit-elle.

Il attend.

— Je ferais mieux d'aller récupérer ma valise. Si elle est encore là…

Elle enroule la lanière de son sac autour de ses doigts.

— Ça va aller, tu es sûre ? Avec ce Pete, là ? Tu ne veux pas que j'entre avec toi ?

— Oh, lui, je peux le gérer.

Sa moue espiègle semble indiquer que Pete n'a plus aucune importance. Fabien a envie de l'embrasser. Et il ne peut pas s'en empêcher.

— Alors… Nell d'Angleterre. Est-ce qu'on va se revoir ?

— Je ne sais pas, Fabien de Paris. On ne sait pas grand-chose l'un de l'autre. Si ça se trouve, on n'a rien en commun. En plus, une mer nous sépare.

— C'est vrai.

— Sans compter qu'on a passé une soirée parfaite ici, à Paris. Ce serait dommage de la gâcher.

— C'est vrai aussi.

— Par ailleurs, tu es un homme occupé. Tu as un travail et un livre à écrire. Et tu dois vraiment écrire cette histoire, car j'ai hâte de découvrir ce qui arrive à ton héroïne.

Quelque chose a changé dans son apparence. Elle a l'air détendue, heureuse, confiante. Il se demande comment cette transformation a pu se produire en l'espace de quarante-huit heures. Il aimerait tant savoir quoi lui dire. Il donne un coup de pied dans le trottoir, en s'étonnant qu'un homme qui prétend savoir manier les mots se retrouve incapable d'en sortir un seul. Elle jette un coup d'œil par-dessus son épaule en direction de l'hôtel.

—Au fait…

Elle plonge la main dans son sac et en tire son carnet, qu'elle lui tend.

—Tiens. Pour tes recherches. Je pense que je n'en ai plus besoin.

Il contemple le cahier avant de le glisser avec précaution à l'intérieur de sa veste. Elle se penche et l'embrasse encore, une main posée sur sa joue.

—Au revoir, Fabien.

—Bon, ben… au revoir, Nell.

Ils sont face à face sur le trottoir désert et, enfin, quand ils n'en peuvent plus de se dévorer du regard, Fabien remet son casque. Avec un rugissement de son moteur et un geste d'adieu, il file vers la rue de Rivoli.

Chapitre 14

NELL SOURIT ENCORE LORSQU'ELLE FRANCHIT LA PORTE de l'hôtel. La réceptionniste se trouve toujours à son guichet étincelant. De quoi se demander si cette femme a une maison, ou si elle dort là, derrière son comptoir, debout comme les girafes. Nell se rend compte qu'elle devrait avoir honte, de rentrer à cette heure dans la même robe que la veille au soir, et pourtant tout ce qui lui vient, c'est ce sourire béat.

— Bonjour, *mademoiselle**.

— Bonjour.

— On dirait que vous avez passé une bonne soirée ?

— Oh, ça oui. Merci. Paris est… beaucoup plus sympa que tout ce que j'aurais pu imaginer.

La réceptionniste hoche la tête et adresse un petit sourire satisfait à Nell.

— Je suis très heureuse de vous l'entendre dire.

Ayant pris une profonde inspiration, Nell tourne le regard vers les sièges de l'accueil. Voici le moment tant redouté.

Car, en dépit de son courage affiché devant Fabien, elle n'est pas trop pressée d'affronter les accusations de Pete. Elle se demande même s'il ne se sera pas vengé sur sa valise. Il ne lui fait pas l'effet d'être ce genre d'homme, mais sait-on jamais. Alors elle reste plantée là, le temps de prendre son courage à deux mains pour se rendre jusqu'à la chambre n° 42.

— Est-ce que je peux vous être utile, *mademoiselle** ?

Elle reporte son attention sur Marianne et lui sourit.

— Euh… non, je… je dois monter parler à mon ami. Il se peut… qu'il soit un peu fâché que j'aie passé la soirée d'hier avec quelqu'un d'autre.

— Eh bien, je suis au regret de vous annoncer qu'il n'est pas ici.

— Ah bon ?

— C'est une des règles de l'hôtel. J'ai réalisé après votre départ que nous ne pouvions autoriser une personne dont le nom n'apparaît pas sur la réservation à accéder à une chambre. Or, la chambre était réservée à votre nom. Louis a donc dû lui demander de partir.

— Louis ?

D'un geste du menton, elle désigne le portier, un homme de la taille de deux canapés debout dos à dos. Il pousse un petit chariot chargé de valises. En entendant son prénom, il leur adresse un salut.

— Donc mon ami n'est pas resté dans la chambre ?

— Non. Nous lui avons indiqué l'auberge de jeunesse près de la Bastille. Il n'avait pas l'air ravi, mais on ne plaisante pas avec le règlement.

— Oh !

Nell a porté une main à sa bouche et s'efforce de ne pas rire.

— Je vous présente mes excuses, *mademoiselle**, si cela vous cause le moindre souci. Mais son nom ne figurait pas sur la réservation d'origine, et il n'est pas non plus arrivé avec vous, alors quand vous êtes partie... C'était une question de sécurité. (Nell remarque que la réceptionniste se retient de pouffer, elle aussi.) Une règle de l'établissement.

— Une règle de l'établissement. Évidemment. Il est très important de s'en tenir aux règles. Eh bien, euh... merci beaucoup.

La femme lui tend sa clé.

— Tenez.

— Merci.

— J'espère que vous avez apprécié votre séjour parmi nous.

— Et comment !

Debout devant le comptoir, Nell doit se faire violence pour ne pas prendre l'employée dans ses bras.

— Merci beaucoup. Je n'oublierai jamais ce week-end à Paris.

— C'est très agréable à entendre, *mademoiselle**, répond la réceptionniste, avant de revenir enfin à ses papiers.

Nell monte lentement les marches. Elle vient de rallumer son téléphone, et les SMS arrivent l'un après l'autre, en une série de tintements. Les plus récents comportent de nombreuses lettres majuscules et points d'exclamation.

Elle les lit en diagonale avant de les effacer ; à quoi bon gâcher sa bonne humeur ?

Mais le dernier a été envoyé à 10 heures ce matin, et provient de Magda.

Tu vas bien ? On attend de tes nouvelles avec impatience. Pete a envoyé un SMS hyper bizarre à Trish hier soir, on ne comprend pas ce qui se passe.

Nell s'arrête devant la porte de la chambre n° 42, sa clé à la main, elle écoute les cloches qui égrènent leur musique à travers Paris et les voix des Français qui discutent à la réception, au rez-de-chaussée. Elle inhale l'odeur de la cire, du café et celle, pas très fraîche, de ses vêtements. Elle s'autorise quelques secondes de réflexion, plongée dans ses souvenirs, et son visage se fend d'un large sourire. Enfin, elle tape un message.

J'ai passé le meilleur week-end DE MA VIE.

Six mois plus tard

Lilian porte son nouveau legging de sport fuchsia, qu'elle classe en numéro deux dans l'ordre de ses préférences. Elle descend l'allée, flamant rose dodu, un sourire aux lèvres. Elle possède toute une collection de vêtements de sport, maintenant qu'elle a commencé les cours de gym proposés par le club situé à l'angle de la rue de sa nouvelle maison. Nell passe la prendre sur le chemin du travail et l'y dépose trois fois par semaine : une pour le cours d'aquagym, une pour le stretching et une pour la boxe.

Elle atteint la voiture de sa fille et lève le contenant en plastique qu'elle tient dans la main.

— Désolée, j'ai oublié ma gourde. Tu sais qu'on a kick boxing aujourd'hui ?

— Super.

Nell a encore un peu de mal à s'habituer à cette nouvelle version de sa mère.

— Qui aurait cru que je me révélerais aussi douée pour frapper sur des trucs ? s'émerveille Lilian en attachant sa ceinture. Luka dit que, si je m'améliore encore, il va me mettre à la boxe thaïe. Punaise, ça fait drôlement mal ! (Elle pivote pour faire face à sa fille.) Alors, tu as réservé ton voyage à Paris ?

Nell s'engage sur la route principale.

— Non. Je t'ai dit que j'avais décroché un entretien pour ma promotion ? Croise les doigts pour moi.

Sur quoi, elle entreprend de dresser la liste des avantages de ce nouveau poste, mais Lilian ne l'écoute pas.

— Je ne comprends pas pourquoi tu n'y retournes pas, rétorque-t-elle en secouant la tête. On n'a qu'une seule vie.

— *Dixit* la femme qui avait des palpitations chaque fois que je prenais mon vélo pour aller à la poste !

Lilian baisse le pare-soleil et sourit à son reflet dans le miroir.

— Chérie, il y a une grosse différence entre vouloir protéger quelqu'un et vouloir qu'il ou elle ne fasse plus rien du tout.

Nell enclenche son clignotant et bifurque à gauche.

— Eh bien, je fais des tas de choses. Et puis, je pense qu'il est parfois agréable que les bons souvenirs restent de bons souvenirs. Trois jours parfaits à Paris. Trois jours parfaits et romantiques. Y retourner, ce serait…

— Oui, enfin, ce n'est pas comme ça que tu vas t'envoyer en l'air.

Nell enfonce la pédale de frein… et se tourne vers sa mère.

— Quoi ? Ta génération n'a pas inventé le sexe, tu sais. Tu es jeune ! Tu as un corps ferme, pas encore de bourrelets flasques ! Tu peux porter toutes sortes de sous-vêtements minuscules ! Ce M. Frenchie m'avait l'air tout à fait charmant. Mieux que ce résidu de fausse couche de Pete Welsh, en tout cas. (Elle réfléchit une seconde, puis reprend.) Cela dit, même le dernier tueur en série dingo que Cheryl a rencontré avait l'air mieux que Pete, alors… Nell, il y a un bouchon derrière toi, là. Allez, démarre.

Quand elles arrivent au gymnase, Nell se gare sur une place de parking proche de l'entrée et attend que sa mère ramasse son sac de sport posé à ses pieds.

— Je t'appelle ce soir, lui promet Nell.

— Songe à ce que je t'ai dit.

Lilian descend du véhicule et se penche par la portière ouverte, le visage soudain adouci et sérieux à la fois.

— Nell, j'ai un aveu à te faire : après la mort de ton père, je me suis mise en hibernation, j'en suis consciente. J'étais coincée, tu vois… et puis voilà, avant même que tu t'en rendes compte, tu finis par considérer que c'est dans l'ordre des choses. Tu es rentrée de Paris il y a plusieurs mois, et tu étais transformée, radieuse, la joie de vivre incarnée. Il faut savoir saisir sa chance quand elle se présente ! Ne fais pas comme moi, ma chérie. Ne gâche pas dix ans de ta vie à te demander ce qui pourrait arriver. Le temps perdu est perdu à jamais…

Tandis que les yeux de Nell s'emplissent de larmes inattendues, Lilian poursuit :

— Sans compter que tes ovaires ne vont pas rester opérationnels indéfiniment. C'est comme quand on achète des pêches au supermarché qui sont censées mûrir à la maison. Un jour, elles sont dures comme du bois, et le lendemain, elles sont toutes ridées et ne valent plus rien. Poubelle. Tu devrais peut-être inclure cette donnée à ta réflexion…

— Je dois y aller, là, maman.

— Penses-y, ma chérie ! lance encore sa mère en claquant la portière. Je t'aime !

Les mardis, Nell retrouve les filles pour déjeuner au parc. Il fait encore un peu frais en ce début du mois d'avril, mais elles aiment bien s'asseoir à l'une des tables de pique-nique. C'est leur manière à elles d'encourager l'arrivée du printemps, en mangeant leurs sandwichs à l'extérieur.

— On va toujours au *Texas Grill* ce soir ? demande Magda.

Les effets de sa gueule de bois n'étant pas encore tout à fait dissipés, elle a renoncé à son sandwich à l'œuf et, l'air songeur, zieute un promeneur de chien à la musculature prononcée.

— Je ne sais pas, répond Nell. Je me disais qu'on pourrait peut-être faire autre chose.

— Mais on est mardi, argue Magda.

— Et alors ? Vous êtes au courant qu'il y a un concert gratuit aux arènes ?

— Un concert ?

— Oui, d'un orchestre autrichien. On pourrait y passer d'abord et aller prendre une bière ensuite ? Ce serait sympa de changer un peu nos habitudes, d'élargir notre horizon !

Magda et Sue échangent un coup d'œil.

— Euh… d'accord ! acquiesce Magda, qui remonte son col.

— Mais au *Texas Grill*, ils font « deux côtelettes pour le prix d'une » le mardi, intervient Sue.

— Miam ! Et leur sauce barbecue est géniale, renchérit Trish.

— Vendu ! conclut Magda, qui jette un regard derrière elle afin de voir si la queue pour le café à emporter a diminué. On ira au concert une autre fois.

Cet après-midi-là, Nell est à la photocopieuse, à préparer des polycopiés pour la présentation à venir, quand son patron passe près d'elle. Il ralentit et penche la tête dans sa direction.

— Je ne peux rien vous révéler de façon officielle, pour l'instant, mais nous devrions être en mesure d'annoncer quelque chose d'ici vendredi. (Il se tapote le nez d'un air entendu.) Une entreprise a besoin d'équilibre, et nous sommes tous d'accord pour convenir que vous êtes la personne la plus fiable pour gérer les éléments les plus… imprévisibles de notre compagnie, n'est-ce pas ?

— Merci, monsieur.

— C'est une énorme responsabilité, poursuit-il en se redressant. Je suppose que vous aurez besoin de temps pour peser le pour et le contre.

Ses paroles font à Nell l'effet d'une décharge électrique. Elle le dévisage. Il lui tend la main, elle la serre machinalement, et il s'éloigne.

Nell reste plantée là, des bourdonnements plein la tête, les photocopies pesant une tonne au bout de son bras.

Quelques minutes plus tard, elle est de retour à son bureau. Après un bref coup d'œil par-dessus son épaule, elle ouvre son navigateur où elle tape : « Paris promenade péniche ». Elle passe en revue la liste des résultats, jusqu'à tomber sur ce qu'elle cherche : « La *Rose de Paris*, promenades en péniche ». Elle se penche vers l'écran, clique et contemple les images qui apparaissent sous ses yeux.

« Faites de votre séjour dans la Ville Lumière un symbole de votre amour. Profitez d'une visite en amoureux dans l'intimité d'une péniche sur le fleuve le plus romantique au monde. Nous vous fournissons un panier-repas pour deux digne des meilleurs cordons bleus, ainsi que du champagne. Venez découvrir les plus beaux sites de Paris et laissez-vous porter au fil de l'eau. »

Le texte défile sur un fond noir et blanc tout simple. Et la photo qui l'illustre montre Fabien, un bras passé autour des épaules de son père, souriant. Nell ne peut s'empêcher de sourire aussi, alors qu'elle observe l'image avec mélancolie.

« Réservez maintenant pour septembre ! Attention, les places sont limitées en raison d'une forte demande. »

Nell sursaute quand la secrétaire de M. Nilson surgit derrière elle.

— Ils t'attendent, Nell. Oh, ça a l'air chou. Tu prévois des vacances ?

Nell se tient assise devant une présentation PowerPoint, elle termine son exposé. Elle a sous les yeux vingt-deux jeunes diplômés, dont la plupart l'écoutent attentivement, en ne regardant leur téléphone que de temps à autre.

— Donc, pour résumer, conclut-elle, les mains jointes, l'évaluation des risques joue un rôle capital pour les entreprises, car elle les aide à les comprendre et les gérer, afin d'éviter les problèmes et de capitaliser sur les opportunités… Merci de votre attention. Et bonne visite !

Son sourire est figé, elle se redresse, comme pour partir. Mais un détail dans leur visage plein d'attente, dans leur expression incertaine, ou dans la manière dont elle a prononcé ce même discours une fois par mois pendant quatre ans l'en dissuade. Elle lève un doigt.

— Ou plutôt non, je vais reformuler ma dernière phrase. Bien sûr, profitez de la visite de l'usine si c'est votre truc. Mais vous êtes jeunes, tous autant que vous êtes. Alors réfléchissez et demandez-vous si c'est ce que vous voulez vraiment. Les possibilités ne manquent pas. Avez-vous l'ambition de gravir péniblement les échelons de la grande entreprise à l'âge de… quoi ? vingt et un, vingt-deux ans ? De pointer ici tous les matins à 8 h 30 précises, de poser votre veste sur le dossier de votre siège quand vous courez vous chercher un café ou de manger les mêmes sandwichs tous les jours ? Bacon ou saumon et fromage aux herbes ! Alors qu'au fond vous n'aimez même pas le fromage aux herbes ? Vous ne devriez pas plutôt être en train de danser sur un bar, d'explorer des endroits inconnus ou de surmonter votre appréhension pour découvrir de nouvelles saveurs ?

Elle balaie la pièce du regard.

— Qui parmi vous a déjà dansé sur un bar ?

Les têtes des diplômés se tournent. Deux mains se lèvent timidement.

— Bravo ! les applaudit Nell. Alors réfléchissez : est-ce que vous voulez vraiment passer les meilleures années de votre vie à cocher des cases sur des formulaires relatifs aux matériaux plastiques approuvés par l'industrie ?

Elle contemple les visages médusés… et se retourne pour découvrir M. Nilson, bouche bée. Nell se ressaisit.

— Eh bien, si c'est le cas, alors super ! Remplissez un dossier de candidature en sortant. Et… euh… n'oubliez pas de porter un casque de protection pour la visite.

Sur quoi, elle se précipite dehors, l'esprit en ébullition. Deux de ses collègues se tiennent près de son bureau et s'interrompent à son approche.

— J'ai entendu dire que tu avais décroché ta promotion, Nell. Félicitations !

— Je l'ai eue, oui, répond-elle en rassemblant ses affaires sur son bureau. Mais je ne vais pas l'accepter.

— Pourquoi donc ? s'étonne Rob. Il n'y a pas les termes « sûreté » et « sécurité » dans l'intitulé ?

— Non, elle a sûrement besoin d'y réfléchir très, très attentivement.

Les deux hommes éclatent de rire, comme s'ils n'avaient jamais rien entendu de plus hilarant. Nell se lève et attend qu'ils se taisent pour rétorquer :

— En fait, j'ai décidé de filer à Paris pour m'envoyer en l'air avec un serveur dragué au détour d'un café. Comme la dernière fois que j'y suis allée, quoi. Allez, bonne journée, messieurs !

Elle leur adresse un sourire mielleux, ramasse le carton contenant ses effets personnels et se dirige au pas de course vers la sortie, son téléphone collé au menton.

— Maman ? Retrouve-moi à l'agence de voyages dès que tu auras ce message. Celle qui se trouve en face de mon bureau.

Clément et Fabien portent le panier-repas attaché sur le porte-bagages de la mobylette de Fabien et, une fois au bateau, le chargent soigneusement à l'avant. La journée est claire et froide, les rayons du soleil scintillent sur la surface de l'eau, comme pour s'excuser de leur absence pendant les longs mois d'hiver.

— Vous avez récupéré les roses ? demande Fabien.

— Oui, je les ai, répond son père, qui vérifie les gilets de sauvetage. Seulement, je ne suis pas sûr qu'on doive en mettre aujourd'hui.

— Pourquoi ça? Oh, ces tartines sentent bon. Bon travail, *papa**.

— C'est Émile qui les a préparées. Je pense que nos clientes du jour sont des lesbiennes. Alors je me dis que des roses, c'est peut-être un peu trop traditionnel. Elles préfèrent sans doute quelque chose de plus… moderne.

— Comme quoi ? Des roses lesbiennes ?

Fabien esquive le gilet de sauvetage que son père lui a jeté au visage.

— Tu peux te moquer, fiston, n'empêche que tous les détails comptent.

— On s'appelle la *Rose de Paris*, papa. Donc il doit y avoir des roses. Bon, j'y vais. Je reviens à 16 heures. J'espère que ça va bien se passer !

Songeur, Clément regarde son fils grimper sur sa mobylette et s'éloigner.

— Des roses lesbiennes, marmonne-t-il à mi-voix. Où est-ce que je vais trouver des roses lesbiennes, moi ?

Nell et sa mère se dirigent vers le petit kiosque où est amarrée la *Rose de Paris*. Nell consulte son téléphone, relève la tête et sourit.

— Le voilà ! Il n'est pas superbe ?

— Oh oui ! s'exclame Lilian. Ravissant !

Elles descendent sur le quai, et Clément vient à leur rencontre.

— Bonjour *mesdames**. Je suis Clément Thibauld. Permettez-moi de vous souhaiter la bienvenue à bord de notre bateau. Votre séjour à Paris a été agréable, jusqu'à présent, j'espère ?

Il aide Lilian à monter sur le pont et tend la main à Nell, qui a les yeux rivés sur le kiosque.

— Aujourd'hui, nous allons vous montrer les plus belles vues de Paris. Avec ce soleil, vous allez tomber amoureuses de notre ville et vous ne voudrez plus jamais rentrer chez vous. Puis-je vous offrir une coupe de champagne ?

Nell grimace en songeant à sa mère, qui a passé la moitié de la nuit à boire avec Louis, le portier, mais cette dernière accepte avec joie.

— Eh bien, merci. J'adore déjà cette promenade !

Nell examine les alentours. Elle reste debout tandis que sa mère s'assied pour siroter sa flûte, et elle observe les gens qui marchent le long du quai, espérant apercevoir un visage familier.

— Puis-je vous aider, *mademoiselle** ? propose Clément, qui vient de se matérialiser à ses côtés.

— Oh, non. Je… Enfin, votre site Internet annonçait que vous étiez deux, non ?

— Ah, vous voulez parler de mon fils. Il ne travaille pas aujourd'hui. Mais je peux vous assurer que je connais la Seine comme ma poche, je vais vous faire découvrir les plus beaux coins, vous ne serez pas déçue. Tenez…

Nell s'efforce d'esquisser un sourire tandis que Clément lui tend un verre. Après quoi, il s'incline et, avec une courtoisie exagérée, offre une rose à Lilian, qui la prend, la sent et s'extasie sur sa beauté.

— Vous aimez les roses ? demande Clément.

— Bien sûr ! répond Lilian. Qui ne les aime pas ?

— Eh bien, on ne sait jamais. Mais c'est tant mieux. Si vous êtes toutes les deux confortablement installées, nous allons démarrer.

Nell et sa mère écoutent Clément leur raconter l'histoire des monuments qui bordent la Seine, leur expliquer le contenu du menu qu'il leur a concocté, commenter le calme inhabituel du fleuve. Lilian vide rapidement deux coupes supplémentaires de champagne, et la voilà pompette. Quant à Nell, elle fait semblant d'écouter, car en réalité son attention est sans cesse attirée vers les berges, comme si le visage de Fabien pouvait apparaître parmi la foule. Lilian se penche vers elle.

— Tu devrais aller à son café. Il est probablement là-bas.

— Peut-être, marmonne Nell, les yeux baissés vers ses mains.

— Comment ça, « peut-être » ? Tu ne peux pas te débiner maintenant.

Nell boit une gorgée de son champagne.

— Il ne m'a jamais recontactée, maman. Il a sans doute une autre petite amie, à l'heure qu'il est. À moins qu'il ne se soit remis avec son ex.

— Dans ce cas, tu passes juste lui dire « bonjour », tu lui déclares que tu es contente de le revoir et puis tu te trouves un autre serveur sexy avec qui jouer à la bête à deux dos. (Lilian éclate de rire face à l'expression choquée de sa fille.) Oh, allez, on est à Paris, ma chérie ! Ça ne compte pas, quand on est à plus de cent cinquante kilomètres de la maison. Oh, je crois que ce champagne m'est monté à la tête.

Une demi-heure plus tard, Lilian ronfle gentiment contre l'épaule de Nell, dont le regard se perd dans les remous de la Seine, tandis que le bateau de Clément passe au pied de Notre-Dame.

— Et, en 1931, une femme s'est tuée sur l'autel de la cathédrale, avec le pistolet de son amant… (Il se tourne vers elles.) Votre amie ne se sent pas bien ?

—Oh, maman s'est un peu laissé emporter par la joie d'être à Paris. Elle n'est pas encore tout à fait habituée à vivre ce genre d'aventure.

—C'est votre mère ?

—Oui. Je lui avais promis une promenade sur ce bateau. Enfin, c'est une longue histoire.

Clément incline la tête.

—*Mam'selle**, j'ai tout mon temps.

Nell hésite, elle se demande ce qu'elle peut lui confier. Tout ça lui paraît quelque peu ridicule, maintenant : le long week-end, son coup de cœur persistant, la façon dont elle a dû s'interdire de lui envoyer un message sur leur site web quarante fois par jour, rien que pour voir si elle pouvait lui parler à nouveau. Ces trois jours dans leur ensemble se sont transformés en une sorte de rêve dans ses souvenirs, comme s'ils n'étaient que le fruit de son imagination.

—Eh bien, commence-t-elle enfin, voyant que Clément attend toujours. Je suis venue ici il y a six mois. Sur ce bateau. Et je dirais que je suis tombée amoureuse de… Oh, ça semble bizarre de le dire comme ça. Mais c'était le genre de week-end qui… change une vie.

Clément la dévisage. Est-ce parce qu'elle a l'air aussi idiote qu'elle en a l'impression ?

—Vous vous appelez comment, déjà, *mademoiselle** ?

—Nell.

—Bien sûr. Nell, vous voulez bien m'excuser un instant, s'il vous plaît ?

Pendant qu'elle s'assied, Clément se dirige vers l'avant du bateau, où il sort son téléphone de sa poche. Nell se sent bête de lui avoir parlé. Elle se tourne vers sa mère, qui ronfle toujours, la bouche ouverte, sur le coussin de la banquette en bois, et la secoue doucement par l'épaule. Rien.

— Maman ? Maman ? Il faut te réveiller, maintenant. On arrive bientôt.

— Bientôt ? répète Clément, qui est réapparu à ses côtés. Qui a dit qu'on arrivait bientôt ? On repart pour un tour !

— Mais votre site Internet dit…

— … que vous êtes à Paris ! Et que cette journée est trop belle pour qu'on la passe à marcher dans les rues. Vous ai-je montré le pont Neuf ? Il vaut la peine d'être vu de près…

Dans le petit café de la rue des Bastides, Fabien termine son service. Il dénoue son tablier et l'accroche à son porte-manteau quand son téléphone émet un tintement. Il y jette un coup d'œil, puis secoue la tête.

— Tu comptes vraiment éteindre ton portable tout le week-end ? s'étonne Émile, en train de changer de tee-shirt.

— C'est le seul moyen pour que je parvienne à achever ce truc. L'éditeur veut la version définitive pour lundi.

Émile enfile son tee-shirt propre et adresse un sourire radieux à la femme qui s'est arrêtée devant la fenêtre du restaurant, sidérée par la vue de son torse nu. Elle lui rend son sourire, secoue la tête et reprend son chemin.

— Et une fois que tu auras bouclé ton manuscrit, on file dans le Sud, d'accord ?

— Oh oui ! Je n'en peux plus de regarder cet écran d'ordinateur.

Dans la poche de Fabien, son téléphone sonne à nouveau.

— Tu ne vas même pas lire tes messages ?

— C'est juste mon père, qui fait encore une fixette sur un détail quelconque. Le choix de fleurs homosexuelles ou un truc du genre.

Émile lui assène une claque dans le dos.

— OK, mec, *bonne chance**. On se retrouve de l'autre côté !

Ils se prennent dans les bras l'un de l'autre, étreinte fraternelle, et Émile s'écarte pour observer son ami.

— Espèce de crétin. Tu sais que je suis fier de toi ? Mon meilleur ami va publier un livre, quoi !

Fabien le regarde s'éloigner, et son téléphone sonne encore. Avec un soupir, il décide de ne pas y prêter attention, mais l'appareil continue à biper trois, quatre, cinq fois. Alors il le sort, irrité, et observe le petit écran. Puis il court vers sa mobylette, qu'il enfourche en toute hâte.

Clément parle si vite qu'avec son fort accent français Nell ne comprend pas la moitié de ce qu'il raconte. Elle est perplexe et, pour le dire franchement, un peu inquiète. Ils ont accompli le circuit deux fois, désormais, et il ne semble nullement décidé à s'approcher du quai. Près d'elle, Lilian continue à somnoler gentiment.

— Et nous voici maintenant au niveau du pont des Arts. Vous constaterez que la plupart des cadenas ont été retirés. Cette décision a été prise à cause de…

— Monsieur Thibault ?

Nell se penche vers lui, haussant la voix pour qu'il l'entende malgré le bruit du moteur.

— C'est très aimable de votre part, seulement vous nous avez déjà raconté cette histoire lors de notre premier passage.

— Oui, mais vous ai-je précisé le nom des intervenants officiels de la mairie ? Car c'est une partie importante de l'histoire.

Il a l'air bizarre, presque hystérique. Pour la première fois, Nell se sent vraiment mal à l'aise.

— Écoutez, il faut que je ramène ma mère à l'hôtel. Elle a besoin d'un café.

Clément revient vers elles.

— Mais j'en ai, du café ! Puis-je vous offrir une autre part de gâteau ? Attendez, je vais vous en servir un peu. Vous savez, c'est à Paris que se trouvent les meilleures pâtisseries du mo…

Nell s'interroge sur la présence d'un radeau de sauvetage qu'elle pourrait utiliser, quand tout à coup l'air est déchiré par un sifflement. Elle lève la tête et là, debout sur le pont… Incroyable : Fabien !

— Ouf, enfin ! lâche le vieil homme d'une voix faiblarde, avant de s'asseoir.

— Nell ? crie Fabien, qui agite le bras dans un geste ample.

— Fabien ? répond-elle en portant une main à son front.

Clément fait accoster la *Rose de Paris*, pendant que Fabien traverse le pont à grandes enjambées. D'un mouvement fluide, il contourne la rambarde de sécurité et, le pied léger, saute sur le bateau lorsqu'il est presque immobilisé. Et voilà qu'il se tient là, devant elle.

Clément adresse à son fils un immense sourire soulagé.

— Je vais préparer un café pour *madame**, annonce-t-il tranquillement.

Nell a les yeux rivés sur Fabien. L'homme qui se promène dans ses rêves depuis des mois, qui s'est assis face à elle, l'a tenue dans ses bras, a ri avec elle. Et pourtant, c'est une tout autre personne. Ils bafouillent un « bonjour », un sourire niais sur les lèvres.

— C'est vraiment toi !

— C'est vraiment moi.

— C'est… Je n'en revenais pas quand mon père m'a dit. Écoute, je… je t'ai apporté quelque chose que je voulais te montrer.

Il plonge la main à l'intérieur de sa veste et en tire un manuscrit relié, dont les pages sont un peu abîmées aux coins. Nell le prend et en lit le titre.

— *Un week-end à Paris**.

— Il y aura aussi une version en anglais, qui sortira en même temps que la version française. J'ai un éditeur, un agent et tout. Et ils réclament déjà un deuxième livre.

Elle feuillette le texte, perçoit la fierté dans la voix qui lui parle, s'émerveille de sa prose dense.

— C'est sur une fille qui se retrouve seule à Paris, mais pas pour longtemps.

Nell s'arrête sur une page ouverte.

— Et ça, c'est…

— La liste des avantages et des inconvénients.

— Sympa.

Au bout d'un moment, elle referme le manuscrit.

— Alors… comment ça va, toi ? Tu as revu… Sandrine ?

En le voyant hocher la tête, Nell tâche de ne pas montrer sa déception. Évidemment, qu'il l'a revue. Qui quitterait un homme tel que Fabien ?

— Elle est venue à l'appartement, il y a une semaine ou deux, pour récupérer un bracelet. Elle n'en revenait pas de voir à quel point j'avais changé. Tu sais, le livre, le site web…

Il a le nez baissé sur ses pieds.

— Et moi, quand je la regardais, tout ce que j'éprouvais, c'était ce… ce poids. Celui de tout ce que j'étais censé être. Comme ces cadenas, tu te rappelles ? Et je me suis rendu compte que quand tu étais venue, Nell, c'était…

Il relève la tête, et leurs regards se croisent.

— *Pouf ?* suggère Nell.

Il garde les yeux rivés sur elle, puis il se tapote les poches.

— Regarde… regarde, j'ai autre chose à te montrer, dit-il.

Nell jette un coup d'œil en direction de sa mère, qui commence enfin à reprendre ses esprits sur le banc et se frotte les yeux en clignant des paupières face à la lumière.

— Qu'est-ce qui se passe ? demande-t-elle, groggy.

— Mon fils a enfin retrouvé ses *cojones*, répond Clément d'un air fier.

— Pourquoi, on les a mangées aussi ? murmure Lilian. Je crois bien que j'ai un peu sombré, après la terrine.

Fabien enfonce la main dans sa poche intérieure et tend un ticket à Nell. Elle l'examine et sursaute en comprenant de quoi il s'agit.

— Tu prévoyais de venir en Angleterre ?

— Je voulais te faire la surprise. Te montrer que je suis un homme d'action, désormais. Que je prends mon destin en main. Nell, je sais bien qu'on se connaît à peine, toi et moi, et je comprends ce que tu as dit : on prendrait le risque de tout gâcher, mais… j'ai tellement pensé à toi ! Je crois que tu es la meilleure chose qui me soit arrivée.

Il lui tend la main, elle la prend. Elle contemple un moment leurs doigts entremêlés, en essayant de contenir le sourire ravi qui lui titille les lèvres. Et puis elle lui cède. Brusquement, maladroitement, ils s'avancent l'un vers l'autre et s'enlacent. Et ils s'enlacent encore, plus longuement cette fois. Ensuite, parce qu'ils sont restés séparés bien trop longtemps et que l'absence est devenue franchement insupportable, ils s'embrassent. Leur baiser dure assez pour que Nell cesse de se soucier de qui la regarde. Assez pour qu'elle oublie comment on respire, pour se perdre dans cette fusion, pour sentir se dissoudre les limites de son corps, et que les sons de Paris et la peau de Fabien et le ciel et les odeurs de l'air deviennent une partie d'elle-même. Assez pour que sa mère finisse par toussoter de moins en moins discrètement.

À contrecœur, ils relâchent leur étreinte.

— Et donc, reprend Nell, ton livre… Tu ne m'as pas raconté : il se termine comment ?

Fabien s'assied à côté d'elle.

— Tu sais, je pense que, dans les meilleures histoires, ce sont les personnages qui décident. Surtout les impulsifs.

Nell lève les yeux vers les cadenas qui scintillent sur le pont, les tourne vers sa mère, qui boit un café avec M. Thibault. Et puis elle regarde la Seine, droit devant elle, que le soleil printanier recouvre d'une lumière douce.

— Pour ma part, dit-elle, j'ai toujours préféré les histoires qui se finissent bien…

Entre deux tweets

— J'ai un problème, annonça l'homme.

— Toutes les personnes qui viennent ici en ont un, répondit Frank.

L'homme déglutit.

— C'est une femme.

— C'est souvent le cas, acquiesça Frank.

— Elle… elle prétend qu'on a eu une liaison.

Frank se cala contre le dossier de son siège et pressa les extrémités de ses doigts les unes contre les autres. Il aimait bien faire ce geste, depuis que sa dernière secrétaire lui avait dit que cela lui donnait l'air intelligent.

— Oui, ce sont des choses qui arrivent.

J'étais assise dans un coin, et mon regard passait de mon café au bronzage de l'homme, en essayant d'évaluer lequel était le plus foncé. Ça allait au-delà du Werther's Original, là. Au-delà de la femme de footballeur aussi. On était dans les carnations typiques des animateurs télé. Ce fut alors que je me rappelai qui il était.

— Mais je n'ai pas eu de liaison, nom de Dieu !

Declan Travis, ancien présentateur de l'émission *Rise And Shine!*, regarda Frank, puis moi.

— C'est vrai ! insista-t-il.

Frank hocha la tête. C'était sa réaction habituelle à ce stade. Un hochement qui parvenait à sous-entendre son assentiment tout en impliquant que la vérité n'était pas forcément le problème. On ne venait pas chez Frank Digger Associates si l'on n'avait pas quelque chose à cacher.

— Bon, qu'attendez-vous de nous, monsieur Travis ?

— Écoutez, je suis père de famille. Ma notoriété est construite sur mon image respectable. Je me trouve à une étape cruciale de ma carrière, et votre business, c'est de restaurer la réputation des gens. Alors, eh bien... je souhaite que vous m'épargniez ce scandale. Je ne peux pas prendre le risque que l'affaire s'ébruite dans la presse.

Frank se tourna lentement vers moi et haussa un sourcil interrogateur.

— La presse, c'est le cadet de nos soucis, commentai-je.

— Bella est notre geek de service. Euh... pardon, notre responsable réseaux, expliqua Frank.

— De nos jours, la réputation est un véritable problème, sur les réseaux sociaux. On peut être mis à mort par écran interposé. Tout un nouveau monde.

Declan Travis m'observait en clignant des yeux. Il m'avait prise pour la secrétaire.

— Alors voilà, monsieur Travis, poursuivis-je en ouvrant mon ordinateur portable. J'ai besoin que vous me racontiez tout ce que vous savez sur cette femme. Adresse e-mail, fil Twitter, profil Facebook, compte Snapchat, WhatsApp… tout.

Il me dévisageait comme si je lui parlais polonais. J'avais l'habitude.

Selon Travis, tout avait commencé quelques semaines auparavant. Son fils adolescent, qui aimait jouer avec les ordinateurs, comme il disait, avait par hasard googlé le nom de son père et découvert l'existence d'une jeune femme qui avait un tas de choses à raconter. Son pseudo Twitter était @Blond_Becca. Sa photo de profil révélait des yeux bleus et une frange peroxydée. Impossible d'obtenir une image plus précise d'elle. Je fis défiler ses tweets.

Declan Travis n'est pas le père de famille qu'il prétend être.
J'ai été la maîtresse de Declan Travis pendant deux ans.
Pourquoi personne ne me croit ?
Il aime se présenter comme un bon père de famille, mais en fait, c'est un sale obsédé sexuel et un menteur. Il m'a manipulée et a détruit ma vie.

— Qu'est-ce que tu en penses ?

Frank était venu se poster derrière moi et observait mon écran.

Je fronçai les sourcils.

— Difficile à dire sans son vrai nom. Je vais me mettre en contact avec elle, histoire de voir si j'arrive à deviner ce qui se passe. Ensuite, je trouverai le moyen de la discréditer.

Frank loucha et essuya des miettes de chips collées à mon écran.

— Tu penses qu'elle dit la vérité ?

Je contemplai le fil Twitter de @Blond_Becca. En tout cas, la fille était déterminée.

— Je ne suis pas sûre qu'il la dise, lui.

Je créai un nouveau compte Twitter sous le nom d'Alexis Carrington. L'une de mes identités préférées : personne d'assez jeune pour passer son temps sur les réseaux sociaux ne peut la connaître. Et puis je tapai :

Pourquoi te croirait-on ?

La réponse arriva au bout de quelques minutes.

Pourquoi je mentirais ? Il n'a plus fait de télé depuis deux ans, et il a minimum vingt ans de plus que moi !

Là, elle marquait un point.

C'est quoi, alors ? Une dénonciation pure et simple ? Pourquoi ne pas vendre ton histoire directement aux tabloïds ? Tu pourrais te faire au moins 20 K€.

Je ne suis pas intéressée par l'argent. Je tiens juste à faire la lumière sur cette histoire. Il m'a séduite, m'a promis qu'on finirait ensemble, et puis il m'a larguée. C'est un menteur. Un...

Elle était à court d'épithètes, mais je voyais en gros où elle voulait en venir.

Elle avait treize mille followers. Je vérifiai ses chiffres : six mille de plus que la semaine précédente.

— Ça sent le sapin, informai-je Frank. Elle ne veut pas d'argent.

— Elles veulent toutes de l'argent.

— Pas celle-ci. Je lui ai dit qu'elle pouvait se faire vingt mille balles, elle n'est pas intéressée.

Il jura à mi-voix.

— OK, donc c'est une vraie personne. Vois si tu peux la faire disparaître. Sinon, tu montes la pression d'un cran.

Travis appela au bureau l'après-midi même. Deux tabloïds l'avaient contacté pour l'interroger sur les rumeurs. Les journaux adoraient Twitter : finies les journées mornes en matière de nouvelles croustillantes, si l'on pouvait parler de la guéguerre que se livraient Kerry Katona et la blonde de *Made in Chelsea* en 140 caractères. Il leur suffisait d'un titre racoleur, genre : « Declan Travis impliqué dans une mystérieuse affaire », et ils obtenaient une page de cinq cents mots et un bon prétexte pour publier la photo d'un mannequin de téléréalité dont ils floutaient le visage.

— Ils campent devant ma porte ! hurlait Declan au bout du fil. Ma femme devient dingue. Mes gosses ne m'adressent plus la parole. Mon agent dit que ça va tuer dans l'œuf mes négociations avec ITV2. Faites quelque chose, vite !

— Nous préparons une déclaration, répondis-je d'un ton apaisant. Nous allons tout nier en bloc et menacer de poursuivre quiconque affirmera le contraire. Nous vous avons également créé un compte Twitter. Nous allons l'utiliser pour poster des images positives de vous et de votre famille. Et nous faisons fermer celui de « Becca ». Mais, monsieur Travis…

Je marquai un temps d'hésitation. Pas difficile, je venais d'ouvrir un paquet de chips goût bacon, dont l'odeur était franchement écœurante.

— Quoi ?

— Est-ce que vous nous dites vraiment tout ? Si vous ne nous racontez pas l'histoire dans son intégralité, nous ne pourrons pas mener cette bataille en votre nom.

Il répondit d'un ton geignard :

— Je vous dis la vérité. Je n'ai pas la moindre idée de qui est cette femme. Ni de la raison pour laquelle elle essaie de détruire ma vie.

Sans trop savoir pourquoi, je ne le croyais pas. Certes, ce genre de lanceuses de rumeurs sexuelles existait, tout en extensions capillaires et chaussures de danseuses de pole dance, tellement en manque d'attention qu'elles affirmeraient avoir couché avec toute l'équipe de foot pour deux semaines de célébrité, quelques couvertures de magazines tendancieux et un rôle dans une émission de téléréalité. Pourtant, @Blond_Becca était différente. Jamais auparavant je n'étais tombée sur quelqu'un pour qui seule « la vérité » comptait. Et ça m'inquiétait.

D'autant que, le soir même, elle avait vingt-huit mille followers.

Je lui envoyai un message privé.

Je suis une amie de Declan. Je ne crois pas qu'il ait couché avec vous. C'est un type bien.

Elle répondit aussitôt :

C'est ce qu'il essaie de faire croire à tout le monde.

J'attendis.

Il a une cicatrice sur la fesse gauche qui a la forme de la tête de E.T.

Quand je rapportai les informations à Declan, je vis son visage blêmir.

— Ce pourrait être n'importe qui, éructa-t-il. Ma masseuse. La femme qui m'applique mon autobronzant.

Alors je lui indiquai les autres caractéristiques de sa personne qu'elle avait mentionnées, et la sidération de Frank se lisait dans ses sourcils relevés si haut qu'ils lui touchaient presque la racine des cheveux. Après quoi, il annonça qu'il était sans doute un peu tôt pour avoir ce genre de conversation, merci beaucoup, Bella. Sur quoi, il emmena M. Travis boire un petit remontant.

Declan Travis devint le cauchemar de Frank Digger Associates. Deux journaux publièrent l'histoire dès le lendemain. « LE MONSIEUR PROPRE DE LA TÉLÉ IMPLIQUÉ DANS UNE LIAISON SORDIDE », annonçait un titre. « L'ÉPOUSE BAFOUÉE QUITTE LE DOMICILE CONJUGAL APRÈS LES FRASQUES DE SON MARI », proclamait un autre, tandis qu'un énième se demandait : « DECLAN EST-IL UN SALAUD ? », accompagnant sa question d'une sélection des meilleurs moments de son émission matinale, la plupart impliquant des filles en bikini…

— On a quarante-huit heures avant que la presse nationale s'en mêle, affirma Frank en se grattant la tête.

Et eux, ils publieraient des articles intitulés : « Pourquoi les hommes ont-ils autant de mal à rester fidèles de nos jours ? » Travis, quant à lui, était au bord de la crise d'apoplexie. Il avalait les comprimés de Valium comme des Smarties. Son agent les appelait quatorze fois par jour. @Blond_Becca comptait désormais cinquante-quatre mille followers. J'avais consacré les deux jours écoulés à créer de faux comptes Twitter pour apporter la contradiction.

— On passe en code rouge, lâcha Frank, le regard noir.

— Il va payer ?

— Oh, ça, pour payer, il paiera !

Je donnai un coup de fil à Buzz.

— J'ai besoin que tu me retrouves le détenteur d'un compte, chuchotai-je. Aux conditions habituelles.

Trois heures plus tard, quand il me rappela, je griffonnai l'information sur mon carnet. Et puis je me calai contre le dossier de mon siège sans quitter des yeux l'adresse de Becca.

Elle était connectée cet après-midi. Assise dans ma voiture, j'ouvris l'appli Twitter sur mon téléphone.

Salut, Becca.

Alors, vous me croyez maintenant ?

Oui, je crois que vous avez couché avec Declan Travis. On pourrait peut-être en discuter plus en détail ?

Je vous ai dit que je n'étais pas intéressée par les journaux. Je me fiche de ce qu'ils publient.

Je ne pensais pas aux journaux. Rejoignez-moi dans la voiture. Je suis garée juste devant chez vous.

Sally Travis était le genre de blonde qu'on avait dû qualifier de « mignonne », qui avait dû passer par le « sexy » et pouvait à présent être décrite comme « bien conservée et sans doute très au goût du président du club de golf ». Elle ouvrit la portière de ma voiture, attendit que j'essuie les miettes sur le siège côté passager et s'assit.

— Il fallait que je fasse quelque chose, dit-elle, coinçant une cigarette entre ses doigts soigneusement manucurés, l'allumant et tirant une bouffée, qu'elle relâcha dans une volute de fumée parfaite. Il tombait aux oubliettes. Depuis six mois, on ne lui avait rien proposé d'autre qu'une émission sur les animaux abandonnés et le remplacement estival de celle sur les rois de la brocante.

— Il n'est pas au courant que vous êtes derrière tout ça ?

— Bien sûr que non, répondit-elle avec lassitude. Il ne verrait pas une poutre quand bien même il l'aurait dans l'œil, le pauvre ! S'il savait la vérité, il l'aurait balancée il y a des semaines. J'ai pensé que ce serait le moyen de faire remonter sa cote, d'attirer l'attention sur lui. Faire le buzz, quoi.

Je la dévisageai.

— Il est fou d'inquiétude.

— Je sais que vous me trouvez horrible, dit-elle, les yeux plissés. Mais écoutez-moi : je viens de raccrocher d'avec son agent et, rien que ce matin, on nous a proposé une intervention dans *Loose Women* et deux interviews exclusives des Sundays, le groupe de rock. Et le mieux, ce serait que les matinales reviennent frapper à la porte. C'est ça qu'il adore faire.

Elle esquissa un petit sourire.

— Oh, je sais bien qu'il est un peu secoué, mais je vais tout expliquer aux enfants. Et une fois qu'il verra ce qui en ressort, il sera ravi.

Elle lâcha une nouvelle volute de fumée par la fenêtre.

— En plus, je ne supporte plus de l'avoir dans les pattes toute la sainte journée. Il me rend dingue. (Elle se tourna vers moi.) Quoi ?

Ses hauts talons écrasèrent une chips égarée.

— Vous ne chercheriez pas un boulot, par hasard ?

J'étais de retour au bureau pour 16 heures. La circulation sur la M3 était atroce, mais ça ne m'avait pas dérangée. J'avais chanté sur un CD, mangé deux paquets de Monster Munch saveur oignon et réfléchi à la complexité d'une relation de couple de longue durée. Ce n'était pas un sujet qui se présentait souvent, dans mon domaine d'expertise professionnelle.

Sally Travis et moi avions discuté pendant plus de trente minutes supplémentaires. Nous étions tombées d'accord sur le fait que @Blond_Becca disparaîtrait comme elle était apparue. Declan serait tenu dans une ignorance béate. Personne ne pourrait lui reprocher quoi que ce soit. En revanche, sa réputation sulfureuse lui conférerait un côté un peu canaille susceptible de plaire aux ménagères. Nous publierions une interview sur quatre pages dans la prochaine édition de *OK!* : « DECLAN ET SALLY TRAVIS : PLUS FORTS QUE JAMAIS APRÈS VINGT ANS DE MARIAGE. » Les épouses la liraient par compassion pour Sally. Les maris la feuilletteraient avec une pointe de jalousie à l'idée que ce vieux salopard restait vert. J'avais appelé l'un de mes contacts au magazine, et il était tout à fait partant. La somme que nous toucherions suffirait à elle seule à couvrir les dépenses de Frank Digger Associates.

J'entrai dans le bureau de Frank d'un pas assuré, sans prendre la peine de frapper, et m'assis sur le canapé en cuir.

— Tu peux annoncer à Declan Travis que le souci Becca est réglé. Il n'a plus qu'à laisser faire et attendre que les propositions de travail pleuvent.

Je croisai les pieds sur la table basse en verre avec une nonchalance très étudiée.

Je mis quelques secondes à me rendre compte qu'il n'avait pas l'air content du tout.

— Quoi ?

— Tu n'as pas écouté la radio dans la voiture ?

— Non. Elle est cassée. Pourquoi ?

Frank se prit la tête entre les mains.

— Je n'ai pas réussi à l'en empêcher.

— L'empêcher de quoi ? Frank, je ne comprends pas. Qu'est-ce qui se passe ?

— Tu avais raison depuis le début, Bella. Declan Travis vient de donner une interview télévisée, dans laquelle il avoue avoir eu une liaison pendant trois ans avec sa maquilleuse.

L'amour l'après-midi

On les autorise à accéder à la chambre à 14 heures tapantes. Pas une minute plus tôt. C'est le règlement de l'établissement, leur explique la réceptionniste.

— Elle est libre depuis 11 heures, mais le patron dit toujours que si on fait une exception pour un client…

Elle accompagne la sentence d'une petite tape entendue sur le bout de son nez.

Sara hoche la tête. Ça ne l'a pas dérangée de patienter. Au contraire, ça lui a permis de s'acclimater. Elle ne s'attendait pas à se retrouver ici aujourd'hui, dans un hôtel quatre étoiles de style jacobéen situé au fin fond du Suffolk, entouré de pelouses taillées au cordeau et exigeant le respect d'un code vestimentaire strict. Non, elle pensait plutôt passer la journée à la maison, à ranger les uniformes scolaires et vider les restes des déjeuners rapportés par les enfants, ainsi que leurs sacs de sport, et faire quelques courses au supermarché. Bref, la routine habituelle du week-end.

Mais Doug s'était glissé dans la cuisine peu après le petit déjeuner, les enfants cachés derrière lui, et il lui avait annoncé avec moult effets qu'elle devait poser ses gants de caoutchouc pour aller se faire une beauté.

— Pour quoi faire ? avait-elle demandé distraitement, concentrée sur une émission de radio.

— Parce qu'on dépose les enfants chez ma mère, et qu'ensuite je t'enlève pour la nuit.

Elle l'avait dévisagé.

— Pour votre anniversaire de mariage ! avait précisé leur fille.

— On était tous au courant, avait ajouté leur cadet. Papa t'a organisé une surprise.

Elle avait retiré ses gants en caoutchouc.

— Mais... notre anniversaire, c'était il y a des semaines.

— Eh bien... joyeux anniversaire en retard !

Et il l'avait embrassée. Derrière lui, Seth avait fait mine de vomir.

— Mais... qui va s'occuper du chien ? avait-elle encore demandé.

Doug n'avait pu dissimuler tout à fait son exaspération.

— On va lui laisser de quoi manger. On ne part que vingt-quatre heures.

— Il va s'ennuyer et tout mettre sens dessus dessous.

— Alors on n'a qu'à l'emmener chez ma mère aussi.

Sa belle-mère détestait les chiens. Sara nota dans un coin de sa tête de commander des fleurs pour Janice, en guise d'excuses.

Je n'ai pas envie de partir, avait-elle songé tout à coup. *Je veux ranger la maison, je veux que tu répares l'interrupteur de la salle de bains, comme tu promets de le faire depuis deux mois.*

Mais elle s'était efforcée d'afficher un sourire reconnaissant tandis que sa fille lui désignait un sac de voyage pour le week-end.

— J'y ai mis ta robe bleue, avait indiqué Tess. Et tes escarpins en satin.

— Allez, allez! avait dit Doug en frappant dans ses mains, tel le gentil organisateur d'un groupe de touristes en goguette.

Dans la voiture, il avait posé une main sur son genou.

— Ça va?

— Qui êtes-vous, monsieur? Et qu'avez-vous fait de mon mari?

Les enfants avaient ri aux éclats. Chez leurs grands-parents, ils regarderaient les chaînes du câble et videraient le porto de leur grand-mère avant le dîner.

La chambre donne sur un lac. L'espace est dominé par le lit le plus grand qu'elle ait jamais vu. Distraite, Sara songe que les enfants et le chien auraient pu venir aussi, et qu'il serait encore resté de la place. Ils ont du thé et du café à disposition, et même des biscuits faits maison dans une petite boîte. Détail auquel il fait allusion à deux reprises, comme pour souligner la splendeur de l'hôtel qu'il a choisi. Il tapote ses poches, en quête de monnaie pour donner un pourboire à l'homme qui porte leurs bagages, et puis, une fois la porte refermée, ils se retrouvent tous les deux. Leurs regards se croisent.

— Bon, dit-il.

— Bon.

— Qu'est-ce qu'on fait, maintenant ?

Ils sont mariés depuis quatorze ans. À une époque, cette question ne se serait même pas posée. À une époque, environ treize ans auparavant, ils se jetaient au lit au milieu de l'après-midi, avec des assiettes de tartines qui restaient intactes, au sol, leur garniture figée. Il y avait eu quelque chose de délicieusement décadent dans le fait de dérober ainsi quelques heures au jour pendant que le reste du monde travaillait.

Aujourd'hui, elle se demande si sa fille a bien pensé à prendre ses lentilles de contact et aussi quand elle trouvera le temps de laver son uniforme scolaire.

Elle l'observe, cet homme qui arpente la pièce en sortant ses habits, accroche soigneusement son pantalon sur un cintre. Ils n'ont pas fait l'amour depuis cinq semaines et deux jours. Et encore, ils ont été interrompus avant d'avoir pu conclure, quand Seth a vomi et hurlé au bout du couloir que sa couette avait besoin d'être changée. Elle se rappelle avoir été vaguement soulagée, sur le moment, comme quand elle était dispensée de sport à l'école.

— Tu veux sortir te promener ? suggère-t-il, planté devant les baies vitrées. Le parc a l'air sympa.

Il a fait des efforts, prouvé après tout ce temps qu'il pouvait se montrer généreux, impulsif, imprévisible. Ne devrait-elle pas en faire autant ?

Elle s'assied sur le lit, s'incline dans une posture qui pourrait peut-être passer pour alanguie, et tâche de ne pas avoir l'air trop empruntée.

— Ou alors... on reste ici, répond-elle en étendant une jambe.

Et elle se rend compte qu'elle rougit. Il se tourne vers elle.

— Super idée ! Regardons un DVD, on peut en louer à la réception. Ils ont *Des serpents dans l'avion*, j'ai envie de le voir depuis une éternité.

Il est 16 h 15, et elle est allongée sur le lit trop grand, à regarder un film sur des serpents dans un avion, comme son titre le laissait présager. À côté d'elle, il y a son mari, dont les pieds tressautent tellement il rit. Elle contemple le ciel bleu par la fenêtre. Quand est-ce qu'ils sont devenus comme ça ? Pas après la naissance de leur fils aîné. Elle se rappelle la sage-femme, qui leur avait fermement conseillé de reprendre des relations intimes aussi vite que possible. « Allez au lit pendant qu'il dort », avait-elle suggéré aux jeunes parents qu'ils étaient, sidérés, blêmes, épuisés par les premières semaines de parentalité. « Profitez de ses siestes pour vous retrouver l'après-midi. » Ils avaient dévisagé cette femme, s'étaient regardés, comme pour se confirmer qu'elle était bel et bien folle. S'envoyer en l'air ? Quand l'appartement croulait sous les couches et les barboteuses sales ? Quand de son corps s'écoulaient des liquides improbables ? Et pourtant, ils avaient suivi son conseil, et ça avait été génial. Ils avaient ri de la vivacité de leur désir, se félicitant de l'existence de leur fils et de leur rôle dans sa conception.

— À quelle heure on rentre à la maison demain ?

— Quoi ?

Comme à contrecœur, il détourne son attention de l'écran.

— Je viens de me souvenir qu'on doit passer récupérer le violon de Seth chez les Thomas. Il l'a oublié chez eux vendredi. Or, il a son cours de violon lundi matin.

— On est obligés de penser à ça maintenant ? rétorque-t-il, agacé.

— C'est aussi bien que de penser à des pythons.

Elle ne s'est rasé ni les jambes ni les aisselles. Elle se rend compte qu'en fait elle déteste les surprises.

— Tu n'aimes pas ce film ?

— Si, si, ça va…

Il scrute son visage.

— J'en étais sûr. Tu préférais celui avec Kate Winslet.

— Non… C'est juste que j'ai besoin que tout soit en ordre avant de pouvoir me détendre.

— Tu ne peux pas faire abstraction des gosses cinq minutes ? lance-t-il avec une condescendance exagérée.

— Tu ne peux pas m'arracher à mon quotidien et t'attendre à ce que je fasse comme s'il n'y avait pas mille corvées qui m'attendent à la maison.

Il met le DVD sur pause et se tourne vers elle, un coude appuyé sur le matelas.

— Pourquoi ? Pourquoi tu ne peux pas juste déconnecter ?

— Parce qu'il faut bien quelqu'un pour penser à tous ces trucs, Doug, et qu'en général, ça n'est pas toi.

Il grimace.

— Sympa…

— C'est un simple constat.

— Je suis censé faire quoi, moi ? s'insurge-t-il. Tu te plains que je ne fais plus attention à toi, et quand enfin je me comporte comme tu voudrais, que je t'offre un peu de romantisme, tu me casses les oreilles avec tes histoires de cours de musique et tu m'accables de reproches.

— Du romantisme ? Parce que tu considères que regarder un DVD sur des serpents dans un avion est une activité romantique ? Punaise, Doug, qu'est-ce que tu m'aurais dégotté si tu n'avais pas été d'humeur romantique !

Il la regarde fixement, reconnaît le premier signe de malaise.

— OK, très bien. Qu'est-ce que tu veux faire alors ?

— Je pensais…, commence-t-elle.

Elle soupire, tripote le couvre-lit soyeux.

— Je pensais…

Il l'observe avec attention.

— Oh, tu pensais qu'on ferait…

Elle se cabre.

— Au ton que tu emploies, on dirait que je m'attendais à un truc bizarre.

— OK, tu veux faire l'amour. Très bien. (Il hausse les épaules.) On peut regarder la fin du film plus tard.

— Ami de la poésie, bonjour !

— Mais putain de merde, Sara ! Qu'est-ce que tu veux que je dise, à la fin ?

— Rien, répond-elle, furieuse. Rien.

— Non, en effet, parce que quoi que je dise – ou quoi que je fasse, d'ailleurs –, ça ne va jamais.

Il éteint le lecteur de DVD, comme pour marquer sa mauvaise humeur, et ils restent assis sans un mot, à écouter les sons lointains de l'hôtel, les bruits de pas çà et là dans le couloir, le cliquetis étouffé du chariot que quelqu'un pousse entre les chambres. Elle observe du coin de l'œil la manière dont le ventre de Doug tend le tissu de sa chemise au niveau de la taille, les boutons prêts à sauter. Il se refuse à prendre la taille supérieure en pantalons, alors qu'il en aurait bien besoin. Les enfants l'appellent « Mister Muffin » en secret.

— On a une table réservée au restaurant pour 20 heures, annonce-t-il enfin. D'après ce que j'ai entendu, leur cuisine est fantastique.

— Bien.

— J'ai demandé à Tamsin de mettre ta robe bleue dans ton bagage. Celle que j'aime bien.

— En fait, elle ne me va pas très bien, répond-elle timidement. Tu sais si elle a mis autre chose ?

Parce que si elle ne veut pas la faire craquer, cette fameuse robe, elle va devoir se passer de manger tout court.

— Je ne sais pas. On pourrait descendre un peu. Je crois qu'ils ont de bons thés qu'on pourrait déguster en profitant du jardin.

Elle secoue la tête en se figurant un suicide calorique en forme de gâteaux et d'éclairs au chocolat.

Les coutures de sa robe risquent de se tendre dangereusement.

— Il ne vaut mieux pas, si on doit prendre un dîner copieux.

— Bon… (Il tapote le matelas, esquisse un sourire.) Tu veux… ?

Un long silence s'ensuit. Elle enlace ses genoux repliés.

— Pas vraiment, pour être honnête. Pas maintenant.

Il lève les yeux au ciel.

— OK… Qu'est-ce que tu veux faire, alors ?

— Ne fais pas cette tête.

— Quelle tête ?

— Pendant des années, Doug, tu as oublié mon anniversaire. À quand remonte la dernière fois qu'on a fêté notre anniversaire de mariage ? Et la Saint-Valentin ? Aujourd'hui, tu te fends d'un grand et beau geste, alors soudain, tout est censé aller pour le mieux dans le meilleur des mondes ? Un DVD sur un lit *queen size*, et je dois tout oublier ?

Il s'est redressé et a posé les jambes au sol, de sorte qu'il lui tourne le dos.

— De toute façon, il y a toujours quelque chose qui ne va pas. Quoi que je fasse, je suis toujours à côté de la plaque. Je rentre à la maison chaque soir, je gagne un bon salaire, je t'aide avec les enfants. Je nous prépare un week-end romantique. Mais non. Ce n'est jamais assez.

—Je te suis reconnaissante, proteste-t-elle. Le truc, c'est qu'on est en plein jour. C'est… bizarre. Comme si on passait… de zéro à cent.

—Mais on n'a pas deux semaines de vacances devant nous ! Putain, qu'est-ce qu'il faut que je fasse, Sara ? J'ai l'impression que rien n'est jamais assez, pour toi.

—Ne me fais pas porter le chapeau, rétorque-t-elle sèchement. Ne me reproche pas d'avoir complètement oublié l'art de la séduction. Il faut être deux pour danser le tango, tu sais.

—Très bien ! hurle-t-il. Oublions ça. On n'a qu'à remballer nos affaires et rentrer à la maison. Je vais aux toilettes, conclut-il.

Il claque la porte derrière lui.

—Tu as oublié tes mots-croisés ! lance-t-elle, en même temps que son journal.

Silence.

Elle contemple son reflet, celui d'une femme en chemisier bleu pâle, sur le visage de laquelle se lisent la colère et l'épuisement. Alors qu'elle s'observe, l'image se transforme lentement en celle d'un autre style de femme : cheveux ébouriffés, vorace, ravie de se jeter sur son amant à la moindre occasion. Sa voisine Kath lui a confié un jour que son mari et elle s'octroyaient souvent un « petit câlin vite fait » une fois les enfants envoyés à l'école. « On a réussi à descendre à six minutes, histoire qu'il ne rate pas le train de 8 h 40. »

Sans quitter des yeux son reflet dans le miroir, Sara retrousse les lèvres, maladroitement, et se sent ridicule. Un coup frappé à la porte la fait sursauter.

— Service d'étage !

Doug ne peut pas l'entendre, à cause de la ventilation. Elle va donc ouvrir, et un homme entre, poussant un chariot chargé d'un seau à champagne et de deux coupes.

— M. et Mme Nicholls, annonce-t-il.

Il commence à ouvrir la bouteille, tout en fredonnant à mi-voix.

— Oh là là ! C'est… très gentil, bafouille Sara.

Elle ne sait pas comment se comporter. Elle regarde par la baie vitrée, comme Doug tout à l'heure. Elle se sent terriblement coupable et se demande si elle doit essayer de trouver de quoi donner un pourboire.

— C'est sympa, ces cadeaux d'entreprise, pas vrai ? commente gaiement l'homme.

— Pardon ?

— Les voyages gratuits. Vous êtes le quatrième couple qu'on accueille de chez Trethick Johnson, cette semaine. Votre mari fait partie du personnel dirigeant, non ? Les dirigeants, ils ont tous droit au champagne offert. Cela dit, à mon avis, certains d'entre eux auraient préféré des primes en espèces sonnantes et trébuchantes…

Elle le regarde longuement, avant d'accepter la coupe qu'il lui tend.

— Oui, répond-elle, les yeux rivés sur le verre. Oui, sans doute que certains préféreraient.

— Mais bon, c'est quand même du champagne, pas vrai ? Profitez-en bien !

Sur quoi, il la salue et quitte la pièce.

Elle est assise sur le lit quand Doug sort enfin de la salle de bains. Il jette un coup d'œil vers le seau à champagne, puis vers elle. Il a l'air las, accablé. Elle songe à tout le travail qu'il a abattu ces derniers mois.

— C'est quoi, ça ?

Elle réfléchit un instant.

— Une offre spéciale, finit-elle par répondre. Je pense que c'est compris dans le séjour.

Il hoche la tête, convaincu, et relève les yeux sur elle.

— Pardon, marmonne-t-il.

Elle lui tend une coupe.

— Pardon, dit-elle.

— Tu as raison. Tout ça, c'est un peu…

Des sillons qu'elle n'avait jamais remarqués, profonds, lui creusent le visage, du nez jusqu'au milieu du menton.

— Doug, arrête. (Elle lui sourit.) C'est quand même du champagne, pas vrai ?

Ils s'asseyent l'un à côté de l'autre sur le lit. Lentement, ils déplacent leurs pieds si bien qu'ils se touchent. Il incline son verre vers le sien. Les bulles sont pareilles à de la grenaille de plomb quand elles descendent le long de sa gorge, comme autant de munitions.

— J'ai pensé… je vais réparer la lampe de la salle de bains, quand on rentrera, promet-il. Ça ne devrait pas me prendre bien longtemps.

Elle avale une autre longue gorgée de champagne et ferme les yeux.

Dehors, elle entend le bavardage des gens qui boivent un thé sur la pelouse, des crissements de pneus sur une allée de graviers. Des éclats de rire s'élèvent jusqu'à leur fenêtre. Elle rouvre les yeux et appuie doucement la tête contre son épaule.

Il est bientôt 17 heures.

— Tu sais, dit-elle, on a du temps à tuer avant le dîner…

Un oiseau dans la main

Ils se disputaient toujours quand ils allaient à une fête. Elle était vraiment incapable de se détendre, lui reprochait Simon en démarrant la voiture. Pas quand ils avaient déjà une demi-heure de retard, non, évidemment, rétorquait-elle en se coiffant devant le miroir du pare-soleil, côté passager.

Peut-être parce qu'elle se retrouvait systématiquement assise à côté du lourdaud de la soirée. (Il lui arrivait de chronométrer le temps que cela prenait à un homme, avant qu'il ne lui demande ce qu'elle faisait dans la vie : le dernier record en date était fixé à un peu moins de deux heures.) Peut-être parce qu'elle se retrouvait systématiquement désignée comme conductrice. (Il n'y avait même pas de discussion possible : elle lui demandait « Qui conduit ? », et lui répondait invariablement par un regard faussement horrifié et l'aveu qu'il avait déjà avalé plusieurs pintes.) Mais le pire, c'était que cette fête-là avait lieu sous un chapiteau, un détail qu'elle s'était rappelé plusieurs minutes après avoir quitté la maison. En escarpins de satin gris.

— Ça ne te dérange pas si je bois ? demanda Simon alors qu'ils se garaient sur le parking couvert de graviers. C'est moi qui ai conduit la dernière fois.

Krista Nightingale (Beth la soupçonnait d'avoir inventé son nom) était coach personnelle et, accessoirement, leur ancienne voisine. Avec elle, pas de dîners mondains : ses « rassemblements » se tenaient dans des casernes de pompiers désaffectées ou des églises éclairées aux chandelles. Elle était toujours en quête de nouvelles méthodes de détoxification ou partait en voyage, tous frais payés, pour accompagner de riches clients. Simon insistait pour que Beth lui demande comment elle pourrait se lancer dans son domaine d'activité (« Tu es douée pour diriger les gens. »), mais Beth n'avait jamais été très bonne pour le réseautage. La manœuvre lui faisait l'effet d'un calcul, genre complimenter quelqu'un sur son super sac à main tout en cherchant à piller son carnet d'adresses.

— Waouh ! s'exclama Simon en découvrant la tente de style maharaja écarlate qui occupait toute la longueur du jardin de Krista.

Autour, des massifs de fleurs dans leur éblouissante beauté dégageaient leur parfum dans l'air doux de la soirée. Des lanternes chinoises pendaient aux arbres, qui renvoyaient une lueur rouge diffuse dans le couchant.

— Un sol en toile de jute, se lamenta Beth, au désespoir.

— Oh, allez, chérie, vois le bon côté des choses : c'est sublime !

— Sublime si tes talons ne risquent pas de s'enfoncer dans le sol comme des brochettes dans un morceau de viande.

— Eh bien, change de chaussures.

— Un conseil qui aurait été le bienvenu il y a une heure.

— Je te prête les miennes.

— Hilarant.

— Beth ! Tu es superbe !

Krista traversa le tapis. Elle était de ces femmes qui évoluaient avec aisance parmi les gens, recueillant des informations çà et là qu'elle redistribuait ensuite par bribes parfaitement choisies, sorte de Robin des Bois de la sociabilité.

— Tout le monde est déjà arrivé. (Elle agita la main alors que Beth commençait à s'excuser.) Non, non, pas de problème. Pas de problème !

Beth observait ce front immuable et parfait en s'interrogeant sur les effets du Botox.

— Le repas a pris du retard, de toute manière. Venez, que je vous serve un verre.

— Je m'en occupe, ne te dérange pas. C'est absolument incroyable, ce truc, Krista. Indique-moi juste le bar.

Simon embrassa leur hôtesse sur la joue et disparut. Il ne reviendrait pas avant une bonne demi-heure, songea Beth. Le temps d'avaler quelques petits fours.

Avec un peu de chance, pensait Simon, la mauvaise humeur de sa femme finirait par se dissiper.

Krista la guidait à l'intérieur de la tente.

— Tu connais les Chisholm, non ? Et les McCarthy ? Hum. Oh, tiens, laisse-moi te présenter à Ben. Il travaille dans le même domaine que toi.

Et il était là, devant elle, qui levait lentement la main.

— En fait, dit-il alors que Beth avait la bouche aussi sèche que le désert, on se connaît déjà.

Elle chercha du regard son mari, qui faisait un carnage dans les amuse-gueules.

— Oui. (Elle regarda Krista et déglutit, recouvrant son sourire.) On… on a travaillé ensemble, en effet.

Leur hôtesse parut ravie.

— Oh, c'est vrai ? Quelle coïncidence ! Vous faisiez quoi ?

— On concevait des brochures. Moi, j'écrivais les textes, et Ben s'occupait des illustrations.

— Jusqu'à ce que Beth s'en aille.

— Oui. Jusqu'à ce que je m'en aille.

Ils se dévisagèrent un bon moment. Il n'avait pas du tout changé, pensa-t-elle. Non, zut, il était encore mieux. Et soudain, elle remarqua la rousse qui l'observait, tout sourire.

Ben baissa brièvement les yeux à terre.

— Je te présente ma femme, Lisa.

— Félicitations ! s'exclama-t-elle, avec un sourire rapide et efficace. Tu es marié depuis combien de temps ?

— Dix-huit mois.

— Ça a été rapide. Enfin, je veux dire… tu n'étais pas marié à l'époque où on travaillait ensemble.

— On a eu le coup de foudre, pas vrai, chéri ?

La femme lui passa un bras sur l'épaule, sa main s'attardant sur le col d'une manière possessive.

Ben hocha la tête.

— Et toi ? Ton mari ? Tu es…

— Si je suis quoi ? Toujours avec lui ?

Le ton était plus sec qu'elle ne l'avait prévu. Un ricanement nerveux lui échappa. Elle tenta de faire passer ça pour une blague.

— … venue avec lui ? termina-t-il.

Elle se ressaisit.

— Oui. Bien sûr ! Il est là-bas, près du bar.

Le regard de Ben se posa sur Simon, juste un peu trop longtemps.

— Je ne crois pas avoir eu l'occasion de le rencontrer.

— Non, je ne crois pas, non.

Elle sentit la main de Krista dans son dos.

— Nous allons passer à table dans deux minutes. Vous voulez bien m'excuser ? Je vais voir où en sont les pakoras. Beth, tu n'es pas végan ? Je suis sûre que quelqu'un m'a dit être végan. Parce qu'on a du tofu au curry.

— J'ai été ravi de te revoir, Beth.

Ben s'éloignait déjà.

— Oui, moi aussi.

Elle garda son sourire figé jusqu'à ce qu'elle ait rejoint Simon.

— J'ai la migraine.

Simon se jeta une cacahouète dans la bouche.

— Mais… je n'ai pas encore baissé mon pantalon !

— Très drôle. On est vraiment obligés de rester ? Je préférerais rentrer à la maison.

Elle balaya des yeux la tente bondée. Alors que la nuit tombait, le parfum des roses et de l'herbe fraîchement coupée se mêlait à l'arôme des épices indiennes. Assis en tailleur sur un coussin dans un angle, un joueur de sitar entonnait des mélodies langoureuses. Les Anglais ne sont pas très à l'aise, assis par terre, songea-t-elle distraitement. Pas assez souples. À l'autre bout de la salle, un homme s'enveloppait le crâne d'une serviette de table, dans une vague imitation de turban, et elle grimaça pour lui.

— J'ai vraiment mal à la tête.

Simon laissa le barman remplir son verre une nouvelle fois.

— Tu es fatiguée, voilà tout. On ne peut quand même pas partir avant le dîner… (Il lui adressa une pression sur la main et un regard moqueur.) Tiens le coup encore une heure ou deux. Tu te sentiras mieux une fois qu'on aura mangé.

Il y avait une place libre à sa gauche. Dès qu'elle vit le nom soigneusement inscrit près du verre, elle sut que c'était inévitable.

— Ah…, dit-il en le découvrant à son tour.

— Oui… Sacré veinard !

— Veinards que nous sommes tous les deux.

Pourquoi avait-elle accepté de venir ce soir ? Elle aurait pu inventer quatre-vingt-neuf prétextes, invoquer le fait qu'elle était atteinte d'une maladie rare sur laquelle elle devait faire des recherches sur Google, ou qu'elle devait terminer un tapis afghan qu'elle tissait avec les poils du chat. Bref, par quel étrange concours de circonstances s'était-elle retrouvée à quelques centimètres de cet homme ? Un homme qui, à peine deux ans auparavant, avait bouleversé sa vie ?

L'homme qui avait transformé l'épouse invisible et mal aimée en une déesse du sexe et libertine assumée. En femme adultère.

Déterminée, elle pivota vers son rubicond voisin de droite.

— Alors, commença-t-elle, qu'est-ce que vous faites dans la vie ? Racontez-moi tout. Tout !

Avant d'avoir terminé son entrée, Beth connaissait tout ce qu'elle aurait jamais besoin de savoir sur l'imperméabilisation, le plâtrage et les infiltrations d'eau. Non qu'elle ait vraiment mémorisé grand-chose de ce que lui avait raconté son voisin de table. Tous ses sens étaient tournés vers Ben, sur sa gauche, Ben qui riait avec sa voisine...

Hélas, après une série d'observations inspirées sur les ultramembranes et les murs creux, Henry le Consultant Imperméable disparut pour fumer une cigarette dans le jardin, les laissant seuls à table.

Ils restèrent quelques minutes assis sans un mot, à admirer les compositions florales.

— Très jolie fête.

— Oui.

— Tu as l'air en forme, commenta-t-il.

— Merci.

Elle regrettait de n'avoir pas mis sa robe rouge. Bon sang, pourquoi n'avait-elle pas mis sa robe rouge ?

— Tu travailles ? demanda-t-il.

— Oui. Dans une petite agence de marketing. Et toi ?

— Toujours chez Farnsworth.

— Je vois.

Ils retombèrent dans le silence tandis qu'une serveuse encore adolescente leur tendait timidement de nouvelles assiettes.

Beth remplit son verre.

— Félicitations. Pour ton mariage.

— Merci. C'était inattendu.

— À t'entendre, on croirait qu'il s'agit d'un accident de parcours.

Elle avala une longue gorgée de vin.

— Non, c'est juste inattendu. Je ne pensais pas me remettre avec quelqu'un. Pas avant longtemps.

— Non. Tu n'as jamais été très enclin à l'engagement, pas vrai ?

Elle se sentit rougir sous son regard perçant.

Tais-toi, se dit-elle. *Simon n'est qu'à quelques mètres.*

La réponse de Ben lui parvint dans un murmure.

— On est vraiment obligés de s'infliger ça ?

Beth se sentait d'humeur téméraire, et la colère commençait à monter en elle. Combien de fois avait-elle rêvé d'avoir cette conversation ? Combien de fois avait-elle répété mentalement tout ce qu'elle aurait voulu lui dire ? Elle s'attendait à ce qu'il s'en aille une fois qu'il aurait constaté qu'ils étaient installés à la même table. Comment osait-il rester assis là, à manger et à boire, à se comporter comme si de rien n'était ?

— Tu veux vraiment te lancer là-dedans maintenant, Beth ?

Elle leva son verre. Son mari riait de quelque propos tenu par Krista. Il tourna la tête dans sa direction et lui adressa un clin d'œil.

— Et pourquoi pas ? répliqua-t-elle en répondant à Simon d'un geste de la main. Ça ne remonte qu'à deux ans. Il me semble que c'est un délai raisonnable pour remettre à plus tard une explication.

— C'est drôle ! dit-il avec un rictus. Je ne me rappelais pas que tu étais aussi agressive.

— Agressive ? répéta-t-elle, sarcastique. Allons bon, pourquoi le serais-je ?

— Je ne sais pas. Surtout que, si mes souvenirs sont bons, c'est toi qui as pris toutes les décisions.

— Quelles décisions ?

Ben se pencha un peu plus près d'elle.

— De ne pas venir me retrouver, par exemple ? De ne même pas parler de ce dont nous nous étions promis de discuter ?

Elle pivota face à lui et le dévisagea, médusée.

— Ne pas venir te retrouver ? On parle bien de la même relation, là ?

— Beth, chérie, ça ne te dérange pas de me passer le vin ?

La voix de Krista venait d'interrompre leur conversation. Beth lui tendit la bouteille demandée d'un geste aussi brusque que si elle venait de remporter un Oscar.

— Mais certainement, répondit-elle, d'une voix forte qui sonnait faux.

— Le jour où tu es partie, murmura-t-il à côté d'elle, tu devais me rejoindre au *Old Hen* pour qu'on parle de notre avenir. Et tu n'es jamais venue. Je savais bien que tu avais du mal à gérer la situation, mais pas même un coup de fil, pas une explication ? Rien ?

— Le *Old Hen* ?

Krista à nouveau.

— Et le blanc ? Pardon, chérie, mais je n'arrive pas à l'attraper d'ici.

— Pas de problème !

Elle se pencha vers l'avant, la bouteille glacée à la main.

— Et tu savais que je ne pouvais plus te joindre une fois que tu aurais restitué ton téléphone professionnel. J'étais censé en conclure quoi ? Tu ne penses pas qu'après ce qu'on avait vécu, tout ce qu'on s'était promis, je méritais mieux qu'un lapin ?

Elle baissa la voix jusqu'au murmure :

— C'était le *Coach and Horses*. On devait se retrouver au *Coach and Horses*. Et c'est toi qui n'es pas venu.

Ils se sondèrent du regard.

Lisa apparut soudain entre eux. Beth remarqua, avec une pointe de satisfaction, le léger mouvement de recul de Ben quand sa femme lui posa la main sur l'épaule.

—Comment tu as trouvé le pâté aux lentilles, mon cœur?

—Délicieux!

Un sourire étira brusquement ses lèvres, comme s'il venait d'être parachuté sur son visage.

—Je me doutais que tu adorerais. Krista va me donner la recette.

—Super!

Après un bref silence embarrassé, Lisa hocha la tête avec un air d'ironie désabusée.

—Vous parlez boulot, c'est ça? Pas de soucis… Je vous laisse retourner à vos discussions de marketeux. Je vais essayer de trouver les toilettes.

—Là-bas, dit Beth, qui désigna un point au-delà de la foule des invités. Dans la maison principale.

—Au *Coach and Horses*? répéta Ben sitôt son épouse disparue.

Le riz était arrivé devant Beth. Elle le passa à Ben, et quand leurs mains entrèrent en contact, un courant électrique la parcourut.

—J'ai attendu deux heures.

Ils ne se quittaient pas des yeux. L'espace d'un instant, la tente sembla s'évaporer. Beth se retrouva par un jeudi pluvieux, à pleurer derrière sa manche dans un pub vide.

—Je vous ai entendus parler de pubs?

Henry était revenu sur sa droite.

—Oui. (Elle déglutit.) Le *Coach and Horses*.

—Ah oui, je le connais, celui-ci. Près du périph, c'est ça? Il n'est pas un peu trop fréquenté?

Elle replongea son regard dans celui de Ben.

— Pas autant que certains d'entre nous ne le souhaiteraient, apparemment.

— Dommage ! Pas mal de pubs semblent connaître le même problème, par ici. C'est les propriétaires, voyez-vous. On leur ponctionne des sommes exorbitantes. Ils vont tous les obliger à fermer, à ce train-là.

Ils entamèrent le plat principal, un truc avec du blanc de poulet. Les aliments n'avaient plus aucune saveur dans la bouche de Beth.

— Tu veux encore du vin ?

Elle suivit sa main des yeux tandis qu'il la servait et se rappela combien elle avait adoré ses mains. Des mains parfaites : longs doigts noueux aux bouts carrés, légèrement bronzés comme s'il avait travaillé dehors. Celles de son mari avaient toujours souffert de la comparaison, et elle s'en voulait.

— Je ne sais pas quoi dire, murmura Ben.

— Il n'y a rien à dire. Tu es marié, moi aussi. On est passés à autre chose.

Elle sentit une très discrète pression et se rendit compte, sidérée, que c'était la cuisse de Ben contre la sienne.

— Tu es passée à autre chose, toi ? demanda-t-il doucement.

Ses paroles la traversèrent comme une secousse sismique.

— Vraiment ?

Elle avait mangé la moitié d'une mousse au chocolat, et les tasses de café étaient vides devant eux. Elle manipulait distraitement son verre de vin, tout en regardant la rousse épouse de Ben en grande conversation avec un groupe de personnes à l'autre extrémité de la longue table.

Ça aurait pu être moi, songea-t-elle.

— Et dire que pendant tout ce temps, reprit-il enfin à voix basse, on s'est tous les deux imaginé que l'autre lui avait posé un lapin.

Sa jambe était toujours collée à la sienne. Elle n'avait pas envie de penser à l'effet que cela ferait quand il l'ôterait.

— Je me suis dit que tu avais dû te lasser de mon indécision.

— J'avais attendu presque une année entière. J'aurais patienté une de plus.

— Tu ne me l'avais jamais dit.

— J'espérais ne pas avoir besoin d'en arriver là.

Elle l'avait pleuré. En secret, en se cachant de son mari qui ne soupçonnait rien. Des larmes dans le bain ou dans la voiture, des larmes de regret pour ce qui aurait pu être et de culpabilité pour ce qui avait été. Mais déjà, à l'époque, un vague soulagement, aussi, qu'une décision ait finalement été prise. Elle n'était pas hypocrite par nature, cette relation l'avait mise dans l'incapacité de se concentrer sur quoi que ce soit : travail, maison, famille. Et la perspective de briser le cœur de Simon avait été presque insupportable.

Ben se pencha vers elle, les yeux rivés à la piste de danse.

— Qu'est-ce qui nous serait arrivé, tu crois ?

Elle regardait droit devant elle. Son époux était en grande conversation avec Krista. Ils s'interrompirent brièvement pour rire de quelqu'un qui venait de tomber de sa chaise.

— Je pense que ça ne sert à rien de faire des plans sur la comète. Ça finirait par nous rendre fous.

— Je pense, moi, qu'on serait ensemble aujourd'hui.

Sa voix n'était plus qu'un souffle.

Elle ferma les yeux.

— En fait, je le sais.

Elle se tourna face à lui. Son sang bouillonnait, son cœur s'emballait. Deux larmes coulèrent.

Et puis elle releva les yeux, et ce faisant, son regard croisa celui de Lisa à l'autre bout de la table. Lisa qui s'était détournée du groupe de convives et les observait tous les deux du coin de l'œil. L'espace d'un instant, son expression révéla la lassitude et la tension de qui est sans cesse aux aguets. Elle adressa un sourire gêné à Beth, avant de baisser le regard. Beth sentit le rouge lui monter aux joues.

Oui, ça aurait pu être moi.

Elle reporta son attention sur son mari. Rieur. Insouciant. Irréprochable. « On est bien, non ? » lui avait-il demandé le dimanche soir précédent. Et il avait posé la question en scrutant son visage avec une intensité inhabituelle.

Elle but une gorgée de son vin et resta assise sans bouger pendant un moment. Et puis elle se redressa et tâtonna à ses pieds à la recherche de son sac.

— Beth ?

— Ça m'a fait plaisir de te voir, Ben.

Un air perplexe se peignit sur ses traits.

— Tu ne m'as pas dit où tu travaillais, au bout du compte, se hâta-t-il d'ajouter.

Non loin d'elle, Henry le Consultant Imperméable dodelinait de la tête en rythme avec la musique.

— On pourrait peut-être... déjeuner ensemble un jour ? On a à peine eu le temps de discuter.

De nouveau, elle tourna les yeux vers Lisa. Délicatement, elle posa une main sur le bras de Ben. Juste une seconde.

— Je ne pense pas, non, répondit-elle. Après tout, on est passés à autre chose, tous les deux, pas vrai ?

— Pardon... Vous avez dit que vous faisiez quoi, dans la vie ? lui lança Henry quand elle quitta la table.

Simon se tenait près du bar, grignotant ce qu'il parvenait à piocher parmi ce qui restait de canapés. Il devait chercher les noix de cajou, ses préférées. Il en dénicha une et la tint devant lui, tel un trophée, avant de se la jeter dans la bouche. Et elle songea que jamais elle ne l'avait vu rater son coup.

— Rentrons à la maison, dit-elle en lui passant une main sur l'épaule.

— Toujours fatiguée ?

— En fait, je me disais qu'on pourrait se coucher tôt.

— Se coucher tôt ? (Il consulta brièvement sa montre.) À minuit et quart ?

— À cheval donné...

— Ah... OK, je ne regarde pas, promis.

En souriant, il l'aida à enfiler sa veste.

Peut-être l'imagina-t-elle, plutôt qu'elle ne le vit, lancer un regard derrière lui vers l'endroit où elle était assise l'instant d'avant, avec une expression indéchiffrable sur le visage. Mais avec le bras de son mari passé autour d'elle, juste le soutien qu'il fallait pour empêcher ses talons hauts de s'enfoncer trop profondément dans la natte en toile de jute, Beth se faufila entre les tables d'un pas assuré pour rentrer à la maison.

Des escarpins en croco

ELLE EST EN TRAIN DE RETIRER SON MAILLOT DE BAIN quand les Super Mamans débarquent. Scintillantes et minces comme des baguettes, qui parlent fort et étalent des crèmes hydratantes hors de prix sur des jambes fuselées, sans lui prêter la moindre attention.

Ces femmes-là ont des tenues de sport de créateurs, des coiffures parfaites et le temps de prendre le café. Leurs maris ont des noms bien comme il faut, ils leur laissent nonchalamment d'épaisses enveloppes remplies du montant de leurs primes astronomiques sur des consoles de chez Conran, et les enlacent avant de réserver des tables pour deux dans des restaurants hors de prix. Ces femmes n'ont pas un mari qui traîne en bas de pyjama jusqu'à midi et prend un air de chien battu quand son épouse suggère qu'il faudrait peut-être envoyer sa candidature pour tel ou tel poste.

L'abonnement au club de sport est un luxe qu'ils ne peuvent vraiment plus se permettre ces temps-ci, mais Sam s'est engagée à le payer encore quelques mois et, comme dit Phil, autant qu'elle en profite. Il affirme que ça lui fait du bien. En réalité, il sous-entend que ça leur fait du bien à tous les deux qu'elle sorte de la maison et le laisse un peu respirer.

— Si tu ne l'utilises pas, c'est perdu, maman, commente sa fille, qui voit avec une horreur à peine dissimulée diminuer le ratio hanches-taille de Sam.

Alors elle ne peut pas leur avouer, ni à l'un ni à l'autre, à quel point elle déteste cette salle de sport, se retrouver au milieu de ces corps affûtés comme des couteaux, la désapprobation qu'elle devine dans le regard des coaches de vingt ans, les coins sombres où elle et les autres femmes rondes essaient de se cacher.

Elle a atteint cet âge où les pires fléaux s'abattent sur elle – le gras, la ride du lion – tandis que tout le reste – la sécurité de l'emploi, le bonheur marital, les rêves – semble lui échapper.

— Si vous saviez de combien ils ont augmenté leurs prix au Club Med cette année ! geint l'une des femmes.

Elle est penchée pour essuyer ses cheveux qu'elle a récemment fait colorer pour un prix exorbitant, son fessier parfaitement bronzé à peine couvert par sa culotte en dentelle. Sam est obligée de se faufiler sur le côté pour éviter de la toucher.

— Exact ! J'ai voulu réserver l'île Maurice pour Noël, et le tarif de location de notre villa habituelle a augmenté de quarante pour cent.

— C'est un scandale !

Un scandale, en effet, songe Sam. *Vraiment une honte.*

Elle pense au vieux camping-car que Phil a acheté l'année précédente pour le remettre en état. « À nous les week-ends sur la côte », disait-il gaiement. Sauf qu'il n'a jamais réparé que le pare-chocs arrière. Depuis qu'il est au chômage, le véhicule est stationné dans l'allée, sorte de rappel désagréable de tout ce qu'ils ont perdu.

Sam se tortille pour enfiler sa culotte, tout en tâchant de cacher sous une serviette sa peau pâle et marbrée. Aujourd'hui, elle a quatre rendez-vous avec des clients potentiels. Dans une demi-heure, elle doit retrouver Ted et Joel, ses collègues de chez Print, et ensemble ils vont s'efforcer de remporter pour leur entreprise les contrats sur lesquels ils ont tant travaillé.

— On en a vraiment besoin, a déclaré Ted. C'est même pire : si on ne les décroche pas…

Et il a terminé sa phrase par une grimace. Pas de pression, du coup.

— Vous vous rappelez cet horrible endroit que Susanna avait réservé à Cannes ?

Elles éclatent de rire. Sam resserre sa serviette autour d'elle et se dirige dans le coin pour se sécher les cheveux.

Quand elle revient, elles sont parties, laissant dans leur sillage les effluves d'un parfum coûteux. Elle pousse un profond soupir et s'affale sur le banc de bois mouillé.

C'est seulement une fois habillée qu'elle passe la main sous le banc et se rend compte que le sac de sport qui s'y trouve n'est pas le sien. Il lui ressemble à s'y méprendre, mais celui-ci n'est pas à elle ; il ne contient pas ses ballerines noires bien confortables, parfaites pour battre le pavé et négocier des contrats. Non, il contient une paire d'escarpins rouges à lanière en crocodile, aux talons vertigineux. Des Louboutin.

La fille de l'accueil ne cille pas quand Sam lui annonce :

— La femme qui se trouvait dans les vestiaires, elle a pris mon sac.

— Comment s'appelle-t-elle ?

— Je n'en sais rien. Elles étaient trois. Et l'une d'elles a emporté mon sac.

— Désolée, mais en général je travaille à la salle de Hills Road. Il vaudrait mieux que vous vous adressiez à quelqu'un qui travaille ici à plein-temps.

— Mais j'ai des rendez-vous, là. Je ne peux quand même pas y aller en baskets.

La fille la regarde lentement des pieds à la tête, et son expression suggère que le fait de porter des baskets est sans doute le cadet des soucis vestimentaires de Sam. Cette dernière jette un coup d'œil à sa montre. Elle est attendue à son premier rendez-vous dans moins d'une demi-heure. Elle pousse un soupir, ramasse le sac et sort, furieuse, avant de se diriger vers la gare au pas de course.

Elle ne peut décemment pas assister à ce rendez-vous en baskets. Ce constat prend toute son évidence quand elle arrive à la maison d'édition, dont les bureaux tout en marbre et dorures feraient passer la Trump Tower pour cabane amish. Et cette impression est confirmée par les coups d'œil discrets de Ted et Joel en direction de ses pieds.

—Ah, tu traînes avec les « djeuns », aujourd'hui ? commente Joel.

—Et la prochaine étape, c'est le justaucorps ? renchérit Ted. Si ça se trouve, elle envisage de conduire les négos sur une choré de danse contemporaine !

Et il agite les bras sur les côtés, à la Isadora Duncan.

—Très drôle...

Elle hésite, lâche un juron, fouille dans son sac et en tire les escarpins. Qui ne sont qu'une demi-pointure trop petites. Sans un mot, elle ôte ses baskets dans le hall et enfile les Louboutin rouges à la place. Quand elle se relève, elle doit s'accrocher au bras de Joel pour se tenir droite.

—Waouh ! C'est... euh... pas tellement toi.

Elle se redresse et le fusille du regard.

—Ah bon ? Et comment je suis censée être alors ?

—Simple. Tu aimes les trucs simples.

Ted esquisse un sourire narquois.

—Tu sais ce qu'on dit de ce genre de chaussures, Sam ?

—Quoi ?

—Qu'elles ne sont pas faites pour être portées à la verticale.

Et ils se donnent des coups de coude en ricanant. Génial. Elle va être obligée d'assister à ce rendez-vous habillée comme une entraîneuse.

En émergeant de l'ascenseur, elle a toutes les peines du monde à traverser la pièce. Elle se sent ridicule, a l'impression que tout le monde la regarde, comme s'il était évident qu'elle n'est qu'une quadragénaire dans les chaussures de quelqu'un d'autre. Elle passe la réunion à bredouiller et trébuche en quittant la salle. Ses deux collègues ne font aucun commentaire, mais ils savent tous les trois qu'ils ne décrocheront pas ce contrat. Quoi qu'il en soit, elle n'a pas d'autre choix que de porter ces chaussures ridicules toute la journée.

— Courage, plus que trois ! dit gentiment Ted.

Durant le deuxième rendez-vous, elle est en pleine description de leur technique d'impression, quand elle se rend compte que le directeur général ne l'écoute pas. Il semble hypnotisé par ses pieds. Gênée, elle en perd presque le fil de son discours. Mais alors qu'elle continue, elle comprend que c'est lui, qui est distrait.

— Alors, que pensez-vous de ces chiffres ? lui demande-t-elle.

— Bien ! s'exclame-t-il, comme tiré d'un rêve éveillé. Oui, très bien.

Elle perçoit l'opportunité qui se présente et sort aussitôt un contrat de son attaché-case.

— Nous pouvons donc nous accorder sur les termes ?

De nouveau, il admire ses chaussures. Elle incline un pied et laisse glisser la lanière de son talon.

— Absolument, répond-il, saisissant le stylo sans même le regarder.

— Sans commentaire, lance-t-elle à Ted alors qu'ils quittent les lieux, l'air ravi.

— Je n'ai rien dit ! Tu nous décroches un autre contrat comme celui-là et tu pourras bien venir travailler en pantoufles, si ça te chante.

Lors de la réunion suivante, elle fait en sorte que ses pieds soient bien en évidence pendant toute la durée. Bien que John Edgmont ne garde pas les yeux rivés dessus, elle se rend bien compte que la seule présence de ces chaussures l'amène à réviser l'image qu'il a d'elle. Bizarrement, cette réaction la pousse elle aussi à réviser l'image qu'elle se fait d'elle-même. Elle charme. Elle ne cède rien. Elle remporte un nouveau contrat.

Ils prennent le taxi pour se rendre au quatrième rendez-vous.

— Je m'en fiche, déclare-t-elle. Je ne peux pas marcher avec ces chaussures et je l'ai bien mérité.

Résultat : au lieu d'arriver stressée et en sueur comme à leur habitude, elle débarque au dernier rendez-vous parfaitement sereine. Elle descend du taxi et s'aperçoit qu'elle se tient plus droite.

Du coup, elle est un peu déçue de découvrir que M. Price est en fait une femme. Et il ne lui faut pas longtemps pour comprendre que Miriam Price joue « viril ». Les négociations durent une heure. Si ça continue, leur marge sera réduite presque à néant. L'issue paraît impossible.

— J'ai besoin d'aller aux toilettes, annonce Sam.

Une fois enfermée dans la pièce, elle se penche sur le lavabo et s'asperge le visage d'eau fraîche. Puis elle vérifie son maquillage et s'observe dans le miroir en se demandant quoi faire.

La porte s'ouvre, et Miriam Price entre. Elles s'adressent un hochement de tête poli tout en se lavant les mains. Et puis Miriam Price baisse les yeux.

— Oh, mon Dieu, j'adore vos chaussures ! s'exclame-t-elle.

— En fait, elles sont…, commence Sam.

Mais elle s'interrompt et sourit.

— Elles sont superbes, hein ?

Miriam Price tend un doigt vers elle.

— Je peux les voir ?

Elle tient la chaussure que Sam a ôtée, l'examine sous tous les angles.

— Ce sont des Louboutin ?

— Oui.

— Une fois, j'ai fait la queue des heures rien que pour m'en acheter une paire. C'est fou, non ?

— Oh non, je comprends tout à fait !

Miriam Price la lui rend presque à contrecœur.

— Vous savez, on reconnaît toujours une bonne chaussure. Ma fille ne me croit pas, mais on en apprend tellement sur les gens en regardant ce qu'ils portent.

— Je dis la même chose à la mienne !

Les mots ont jailli de sa bouche sans qu'elle puisse les retenir.

— Écoutez-moi. Je déteste négocier comme ça. Vous auriez un créneau pour déjeuner la semaine prochaine ? Retrouvons-nous donc toutes les deux afin de concocter quelque chose. Je suis sûre qu'on va finir par trouver un terrain d'entente.

— Excellente idée, acquiesce Sam.

Elle réussit à émerger des toilettes pour dames sans vaciller.

Elle arrive à la maison après 19 heures. Elle a remis ses baskets, et sa fille, qui est sur le point de sortir, hausse les sourcils en la voyant, comme si Sam était une sorte de clocharde.

— On n'est pas à New York, maman. Tu as l'air bizarre, là. On croirait que tu as perdu tes chaussures.

— Ben j'ai perdu mes chaussures, justement ! (Elle passe la tête par la porte de la salle à manger.) Salut.

— Salut !

Phil lève une main. Il est exactement là où elle pensait le trouver : sur le canapé.

— Tu as… préparé un truc pour le dîner ?

— Ah… Non. Désolé.

Ce n'est pas qu'il soit égoïste. C'est comme s'il ne parvenait plus à s'obliger à faire les choses, même la cuisine ou juste quelques toasts. Les succès de la journée s'évaporent d'un coup. Elle prépare le dîner en essayant de ne pas se laisser abattre par ce marasme, et puis – après tout, pourquoi pas ? – elle leur sert deux verres de vin.

— Tu ne devineras jamais ce qui m'est arrivé aujourd'hui, commence-t-elle en lui en tendant un.

Et elle lui raconte l'histoire des chaussures échangées.

— Fais voir !

Elle se rend dans l'entrée et les enfile. Elle se redresse un peu en retournant dans le salon, accentue son déhanchement.

— Waouh ! s'exclame-t-il, admiratif.

— N'est-ce pas ? Et pourtant, jamais je ne les aurais achetées. En plus, c'est un cauchemar de marcher avec. Mais j'ai conclu trois affaires aujourd'hui, trois contrats auxquels on ne croyait pas. Et je pense que c'était grâce aux chaussures.

— Pas entièrement, sans doute. Mais elles te font des jambes fantastiques.

Il se rassied bien droit.

Elle sourit.

— Merci.

— Tu ne portes pas ce genre de chaussures d'habitude.

— C'est vrai. Il faut dire que je n'ai pas une vie très Louboutin-compatible.

— Tu devrais, pourtant. Tu es… sublime !

Son mari est si adorable, en cet instant, si content pour elle et, en même temps, si vulnérable qu'elle s'approche de lui, s'assied sur ses genoux et lui noue les bras autour du cou. Peut-être est-ce le vin qui lui fait un peu tourner la tête. Elle ne se rappelle pas la dernière fois où elle s'est comportée ainsi avec lui. Ils échangent un long regard.

— Tu sais ce qu'on dit de ce genre de chaussures ? murmure-t-elle.

Il cligne des yeux.

— Eh bien, qu'elles ne sont pas faites pour être portées à la verticale.

Le lendemain, elle est à la salle de sport peu après 9 heures. Elle n'est pas venue s'infliger des longueurs de piscine ni s'attacher à l'une de leurs machines impitoyables. Elle a une autre mission, qui la fait rougir de plaisir. Elle est venue rapporter les chaussures.

Elle s'immobilise devant les portes vitrées, avec en tête le souvenir du visage de Phil quand il l'a réveillée ce samedi matin, une tasse de café à la main.

— J'ai décidé de m'attaquer au camping-car, aujourd'hui, a-t-il annoncé joyeusement. Histoire de me rendre utile...

C'est à ce moment-là qu'elle voit la femme à la réception : l'une des Super Mamans, dont les cheveux sont attachés en une queue de cheval brillante, qui se plaint auprès d'un membre du personnel. Sur le comptoir d'accueil se trouve son sac de sport. Sam hésite, le ventre soudain noué par un sentiment d'imposture.

Elle baisse les yeux vers le sac à ses pieds. Elle ne reviendra pas dans cette salle. Soudain, elle le sait avec certitude. Elle ne nagera plus, elle ne transpirera plus et ne se forcera plus à se dissimuler dans les recoins. Elle prend une profonde inspiration, entre d'un pas assuré et pose le sac devant la bonne femme.

— Vous devriez vraiment vous assurer que vous emportez le bon sac, lance-t-elle en saisissant le sien. C'est quand même fort de café, de prendre les chaussures de quelqu'un d'autre. Décidément, cette salle de sport est très mal fréquentée.

Sur quoi, elle tourne les talons. Elle rit encore sous cape quand elle arrive à la gare. Elle a une prime de salaire qui lui brûle les poches... et l'envie furieuse de faire l'acquisition d'une paire de chaussures déraisonnables.

Haut les mains !

L'inspecteur Miller regrettait d'avoir pris un supplément « oignons marinés ». Il les sentait là, gisant dans son ventre, lui brûlant l'estomac. Il jeta un comprimé d'antiacide dans sa bouche en observant la fille en jupe et chemisier bleu assise face à lui. Un témoin direct : pas d'antécédents, même boulot depuis des années, vivant encore chez ses parents… et sans doute pour toujours. Elle ferait bonne impression au tribunal.

— Vous êtes sûre de comprendre ce que nous sommes en train de faire ?

— Oui, oui.

Elle avait les mains serrées l'une contre l'autre sur ses genoux, une expression ouverte et droite. Et elle paraissait étonnamment calme, étant donné ce qu'elle avait vécu.

— Vous n'êtes pas inquiète ?

— Pas si ça signifie qu'ils resteront derrière les barreaux, non.

Il l'observa attentivement.

— OK. Avant d'y aller, je voudrais juste revoir votre déclaration avec vous. Donc vous veniez d'ouvrir…

Alice Herring était assise par terre, la jupe retroussée, les épaules secouées par des sanglots.

La porte claqua derrière elle, et les cris en provenance de la boutique ne lui parvinrent plus que de manière étouffée. Quand elle leva les yeux, un homme se tenait au-dessus d'elle, qui la contemplait, son arme braquée sur elle.

Elle soutint son regard.

— Vous allez me tirer dessus ?

— La ferme !

Il était grand et mince, et son visage était assombri par un bas Nylon. Elle crut déceler un léger accent d'Europe de l'Est.

— Pas besoin d'être grossier. Je posais juste la question.

— S'il vous plaît, ne faites rien de stupide.

— Vous pointez un pistolet sur une femme sans défense, vous avez une paire de collants sur la figure et vous craignez que, moi, je fasse quelque chose de stupide ?

Il porta une main à sa tête.

— C'est pas des collants, c'est un bas.

Ils sursautèrent en entendant du mobilier se briser dans la pièce voisine, puis un juron étouffé.

— Ah oui, en effet, ça change tout.

La journée avait commencé comme d'habitude. Enfin, jusqu'au moment où l'ouverture des volets de fer par M. Warburton avait été interrompue par l'irruption de trois hommes masqués dans la bijouterie, qui les avaient forcés à se mettre à terre.

— Où est le coffre ? Ouvre le coffre, putain !

L'atmosphère s'était aussitôt transformée en un vortex de bruits et de mouvements, les hommes se déplaçant autour d'elle dans une sorte de tourbillon flou.

Elle avait bondi vers le bouton d'appel d'urgence, mais le plus grand l'avait rattrapée par le poignet et lui avait fait une clé de bras. Il l'avait obligée à s'accroupir et l'avait poussée par la porte du bureau de M. Warburton. Alors qu'elle tombait, elle avait éprouvé une vague irritation : la poisse, aujourd'hui, c'était le jour des gâteaux.

Tous les vendredis matin, M. Warburton suggérait une virée à la pâtisserie, sur le ton de quelqu'un à qui l'idée venait pour la première fois. Elles savaient, même s'il n'aimait pas l'admettre, qu'il se laissait volontiers tenter par les cornets à la crème chantilly.

Alice se redressa, les yeux rivés sur son ravisseur.

— Inutile de braquer votre arme sur moi, vous savez. Vous êtes bien plus fort que moi.

— Vous ne bougerez pas ?

— Je ne bougerai pas. Regardez. Je reste là. Par terre.

Il jeta un coup d'œil vers la porte et s'adressa à elle sur un ton presque contrit :

— Ça ne prendra pas longtemps. Ils veulent juste les clés du coffre.

— Ils ont besoin du code. Et ce n'est pas M. Warburton qui le leur révélera.

— Ils ont besoin des clés. C'est le plan.

— Eh bien, il n'est pas très bon, votre plan.

Alice s'assit maladroitement et se frotta l'épaule sous les yeux de l'homme. Il paraissait un peu déstabilisé par son sang-froid ; du moins, pour autant que l'on puisse juger des expressions de quelqu'un à travers un voile opaque de quarante deniers.

— Je n'ai jamais été prise dans un hold-up avant… Vous n'êtes pas comme j'imaginais.

Il lui lança un regard et tapa nerveusement du pied.

— Pourquoi ? Vous imaginiez quoi ?

— Je ne sais pas. Cela dit, difficile de savoir comment vous êtes vraiment avec… enfin, ce truc sur votre tête. Vous n'avez pas chaud ?

Il hésita.

— Un peu.

— On voit des marques de transpiration. Sur votre haut. (Elle tendit le doigt, et il regarda l'endroit indiqué.) C'est l'adrénaline, je suppose. Je suis sûre que ça doit faire sacrément monter l'adrénaline, quand on décide de faire irruption comme ça dans une bijouterie. Je parie que vous n'avez pas bien dormi la nuit dernière, en plus. Moi, à votre place, je n'aurais pas fermé l'œil.

Elle le vit commencer à arpenter la pièce.

— Je m'appelle Alice, ajouta-t-elle au bout d'un moment.

— Et moi… je ne peux pas vous dire mon nom.

Elle haussa les épaules.

— Je n'ai pas l'occasion de rencontrer beaucoup d'hommes, ici. Sauf ceux qui viennent acheter un cadeau à leur femme. Ou une bague de fiançailles. Ce qui n'est pas la situation idéale pour draguer quelqu'un, croyez-moi !

Il s'immobilisa et se tourna vers elle.

— Vous êtes… en train de me draguer ?

— Je fais juste la conversation. Il n'y a pas grand-chose d'autre à faire, pas vrai ? Hormis se battre, ou hurler, ou tout casser dans le bureau.

Ils grimacèrent en entendant de nouveau du mobilier se briser à côté.

— Mais vos amis semblent déjà très bien se débrouiller en la matière.

Il balaya la pièce des yeux, hésitant.

— Vous pensez que je devrais tout casser ici aussi ?

— Vous devriez au moins éteindre la caméra de vidéosurveillance. J'aurais tendance à penser que c'est la base, pour des braqueurs.

Il leva la tête.

— Elle est là-haut, l'informa-t-elle en désignant la caméra de sécurité.

Il se haussa sur la pointe des pieds, leva sa batte et, d'un coup vigoureux, explosa le petit boîtier accroché au mur. Alice esquiva les débris qui voltigèrent un peu partout. Elle retira un minuscule morceau de verre tombé sur sa manche.

— Je déteste la vidéosurveillance. J'ai toujours peur que M. Warburton remarque un détail embarrassant : par exemple, si ma jupe reste coincée dans ma culotte.

Alice contempla, au mur, la peinture à l'huile représentant une danseuse espagnole.

— Vous savez quoi ? Vous pourriez fracasser cette toile. Enfin, c'est ce que je ferais à votre place. Si j'étais un braqueur.

— Elle est affreuse, cette peinture.

— Atroce.

Elle distingua son sourire moqueur sous le voile fin.

— Vous voulez le faire ?

— Je peux ?

Il lui tendit la batte de base-ball.

Elle baissa les yeux sur l'objet, les releva vers lui.

— Vous êtes sûr de vouloir me confier ce truc ?

— Euh… non.

Il la lui reprit des mains, puis arracha la toile du mur.

— Vous pouvez passer le pied à travers le cadre, si vous voulez. Tenez.

Il jeta la croûte au sol devant elle.

Alice se mit debout, attendit quelques secondes et sauta dessus sans retenue, à plusieurs reprises. Ensuite, elle recula et lui adressa un sourire satisfait.

— Bizarrement, ça m'a bien défoulée. Je crois comprendre pourquoi vous faites ça.

— C'était une peinture très laide, concéda-t-il.

Alice s'assit dans son fauteuil, et ils restèrent silencieux quelques instants, à écouter le vacarme des tiroirs qu'on pillait dans la pièce d'à côté.

Machinalement, elle donna un ultime coup de pied dans la toile saccagée.

— Et vous faites ça souvent ?

— Quoi ?

— Ben, dévaliser des bijouteries.

Il hésita, puis un soupir lui échappa.

— C'est ma première fois.

— Ah… Ça tombe bien, je n'ai jamais été une première pour personne. Et comment est-ce que vous avez atterri ici ?

Il s'installa face à elle, lâchant la batte de base-ball entre ses genoux.

— Je dois de l'argent à Gros Kev, le grand. Beaucoup d'argent. J'avais une affaire, et elle a coulé. Bêtement, je lui ai emprunté de l'argent, et maintenant, il dit que c'est ma seule façon de le rembourser.

— Quels taux d'intérêt est-ce qu'il pratique ?

— Je lui ai emprunté deux mille, et maintenant, huit mois plus tard, il dit que je lui en dois dix.

— Oh là là ! Ce n'est pas bon. Vous vous en seriez mieux tiré avec une carte de crédit. La mienne est à seize pour cent de taux de remboursement annuel, tant qu'on ne rembourse pas uniquement les intérêts chaque mois. Vous n'imaginez pas le nombre de gens qui se mettent dans le pétrin à cause de ces fichus crédits. En plus, avec la mienne, j'accumule des points. Regardez.

Alors qu'elle sortait sa carte de sa poche, ils furent interrompus par des hurlements. Il tourna vers la porte un regard inquiet.

— Si ce sont les vitrines d'exposition, elles sont en verre renforcé, commenta Alice. Et ils ne devraient pas perdre leur temps avec les présentoirs de la plus petite vitrine : on ne met jamais de vrais diamants sur les modèles exposés. On le surnomme notre « cher présentoir ».

— « Cher présentoir » ?

— Pas devant les clients, évidemment. Mon fiancé m'a acheté un de ces bijoux. J'étais super fière, jusqu'à ce que M. Warburton m'annonce devant tout le monde que ce n'était pas un vrai diamant. Depuis ce jour, je n'ai qu'une peur : qu'on me range dans la catégorie des filles à qui on offre des bijoux en toc.

Il secoua la tête.

— C'est horrible. Vous êtes toujours avec cet homme ?

— Oh, non ! J'ai très vite compris que je ne pouvais pas épouser un homme qui n'avait pas de bibliothèque.

— Pas de bibliothèque ?

— Même pas une étagère dans ses toilettes pour y ranger les livres du *Reader's Digest*.

— Dans ce pays, beaucoup de gens ne lisent pas de livres.

— Il n'en avait pas un seul. Même pas un polar. Ni même un bouquin de Jeffrey Archer. Non, mais quand même, c'est révélateur d'un certain caractère, non ? De toute façon, j'aurais dû m'en douter. Il est parti avec une fille de la boutique *Tout à un euro* qui a posté cent trente-quatre photos d'elle faisant la moue sur Instagram. Je les ai comptées. Vous imaginez, quelqu'un qui poste cent trente-quatre photos de soi sur Internet ? Et chaque fois avec la *duck face* ?

— La *duck face*?

— Vous savez, cette pose qu'elles adoptent. Parce qu'elles croient que c'est sexy.

Elle retroussa les lèvres de manière exagérée, et il réprima un éclat de rire.

— Il ne me manque pas du tout, bizarrement. Mais je me sens un peu triste parfois quand j'y repense…

— Chut!

Les cris s'étaient intensifiés. Le braqueur lui fit signe de ne pas bouger, puis il hasarda un regard de l'autre côté de la porte. Elle entendit des murmures échangés sur un ton pressé.

— Ils veulent le code du placard à clés. C'est le plan, lui chuchota-t-il à son tour.

— Je vous avais prévenu. M. Warburton est le seul à le connaître.

Il repassa la tête par l'encadrement, de nouveaux murmures étouffés s'ensuivirent, et il se retourna vers elle.

— Gros Kev dit que je dois… vous bousculer. Pour que votre patron donne ce numéro.

— Oh ça, il s'en fichera pas mal. Il ne m'apprécie pas particulièrement. Il prétend que je lui rappelle son ex-femme. Vous auriez dû kidnapper Clare. Elle travaille ici tous les mardis. Elle, il l'a à la bonne, c'est sûr. Il lui offre des gâteaux à la crème quand il croit que personne ne le voit. (Elle marqua une pause.) Elle va être dégoûtée d'avoir raté ça. Elle aime bien quand il se passe des trucs inhabituels.

Il referma la porte et baissa la voix.

— Vous pouvez pleurer ? Comme si je vous faisais du mal ? Peut-être ça fera avancer les choses.

Elle haussa les épaules.

— Si ça peut vous rendre service. Mais, honnêtement, je ne pense pas que M. Warburton sera ému à l'idée que je me trouve dans une forme de danger, quel qu'il soit.

— Vraiment ? Essayez.

Alice prit une profonde inspiration, les yeux toujours rivés aux siens.

— Au secours ! Aïe ! Vous me faites mal !

Il secoua la tête, dépité.

— Non. C'est pas bon.

— Oui, ben désolée, je n'ai pas beaucoup d'entraînement, moi. Je n'ai jamais été douée pour le théâtre. Le seul rôle qu'on m'a confié pour les pièces de fin d'année, c'était de faire l'arbre ou de tenir des éléments du décor.

— Il faut avoir l'air… essoufflée. Effrayée.

Il ramassa une chaise et la lança à travers la pièce, haussant les sourcils quand elle s'écrasa contre le mur.

— Sauf que je n'ai pas vraiment peur, lâcha-t-elle. C'est vrai, quoi, vous êtes super impressionnant, mais…

— Mais ?

— J'ai la sensation que vous ne me ferez pas de mal.

Un aveu qui parut le troubler.

— Vous ne savez rien de moi. (Il avança d'un pas, si bien qu'il se retrouva planté au-dessus d'elle, la dominant de toute sa hauteur.) Je pourrais vous faire mal. Très mal.

Sur quoi, il reprit sa batte de base-ball et démolit la machine à café, projetant une nuée de liquide marron froid et une volée de débris sur la moquette.

Elle baissa les yeux sur le bazar.

— Ah, vous commencez à aimer ça, hein ?

— Vous avez peur… Alice ?

— Je… certainement…

Il approcha d'un pas de plus, la batte figée dans sa main. Ils se dévisagèrent. Soudain, il lâcha son bâton et… ils s'embrassèrent.

— Vous n'êtes pas une fille à qui on offre des bijoux en toc, commenta-t-il doucement en la relâchant.

— Je n'avais jamais embrassé personne à travers un bas.

— C'est un peu bizarre.

— Très. Et si je le déchirais un peu… pour faire un trou, juste là, afin que nos lèvres puissent se toucher…

À l'aide de ses ongles, elle pratiqua une petite ouverture.

Quand ils s'interrompirent, cette fois, il porta les mains à son nez. Le trou s'était agrandi, étendu à l'ensemble de son visage, si bien qu'elle pouvait voir ses traits.

— Zut… Qu'est-ce que je vais faire ?

— Tenez, dit-elle en remontant un peu sa jupe. Je peux vous donner un des miens.

Il resta là, comme hypnotisé, tandis qu'elle descendait son bas le long de sa jambe.

— Je suis heureuse de voir votre figure, dit-elle en relevant les yeux vers lui. Vous êtes joli garçon, monsieur… euh…

— Tomasz. Je m'appelle Tomasz. Vous aussi, vous êtes jolie.

— Je vais vous remettre le bas, proposa-t-elle d'une voix douce. Si vous voulez.

Ils s'embrassèrent de plus belle, s'interrompant quand elle lui glissa tendrement son bas sur la tête.

— Je n'y vois rien, dit-il quand elle s'écarta.

— Oui, je sais. C'est le problème, avec les bas cent deniers. Attendez, je vais tirer un peu plus ici, peut-être que ça ira mieux…

Elle passa derrière lui.

— Qu'est-ce que vous faites ?

— Je vous demande pardon.

— De quoi ?

— Ça.

Avec un bruit sourd, elle lui abattit la batte de base-ball sur le crâne.

— Bon, dit l'inspecteur Miller alors qu'ils traversaient le couloir. Vous êtes prête pour l'identification ?

— Oui, absolument prête.

— Mademoiselle Herring, reconnaissez-vous parmi ces individus ceux qui ont braqué la bijouterie Warburton ?

Elle observa les hommes alignés derrière la vitre en se tapotant la lèvre inférieure. Et puis, elle se tourna vers le policier.

— Je suis désolée, c'est difficile à dire, sans leurs bas.

— Des bas ?

— Oui, les bas qu'ils portaient sur le visage. Je suis sûre à quatre-vingt-dix-neuf pour cent, mais si je les voyais avec, je pourrais l'être sans l'ombre d'un doute.

On apporta des bas. Le manège sembla l'amuser.

— Le numéro un. Il tenait l'arme. Et le numéro trois, avec les grandes oreilles. C'est lui qui a frappé M. Warburton.

L'inspecteur Miller s'approcha.

— Quelqu'un d'autre ?

Elle continua à regarder à travers la vitre.

— Hum. Non.

Deux des policiers échangèrent un regard. L'inspecteur Miller la dévisagea.

— Vous êtes certaine ? Votre patron avait l'air de penser qu'il y avait trois hommes.

— Oh non, ils n'étaient que deux, je vous le garantis. Le seul autre homme présent dans la boutique était un client, je vous le répète. Il était venu voir les bagues de fiançailles, je crois. Très gentil. Avec un accent étranger.

L'ulcère de Miller recommençait à le brûler.

— M. Warburton est catégorique. Trois hommes, il a dit.

Elle baissa la voix.

— Oui, mais il a pris un sacré coup sur la tête, pas vrai ? Et puis, sa vue baisse de jour en jour. À force d'observer les pierres précieuses. (Elle sourit.) Je peux y aller maintenant ?

Miller la scruta un instant avant de soupirer.

— Bien. Nous vous recontacterons.

— Tu es prêt ?

Il déplia ses longues jambes et se leva du banc public, tout sourire.

— Tu es jolie, Alice.

Elle se tapota les cheveux, faisant mine de se recoiffer.

— On vient de me photographier pour le journal local. Apparemment, je suis une héroïne anonyme. « UNE JEUNE FEMME DU QUARTIER EMPÊCHE UN HOLD-UP ET SAUVE UN CLIENT. »

— C'est vrai, tu m'as sauvé, moi.

Elle passa les doigts sur la bosse qu'il avait au crâne.

— Comment ça va, ta tête ?

— Ça peut aller…

Tomasz lui saisit la main et déposa un baiser dans sa paume.

— On va où ? demanda-t-il.

— Je ne sais pas. À la bibliothèque ?

— Oh oui. Je veux bien que tu me montres le rayon des polars. Et après, je t'achète un… cornet à la crème ?

— Alors ça…, dit Alice Herring en lui prenant le bras. C'est une très bonne idée !

Lune de miel à Paris

Chapitre premier

Paris, 2002

Liv Halston s'agrippe de toutes ses forces à la rampe de la tour Eiffel, baisse les yeux sur Paris, étalé à ses pieds derrière le grillage, et se demande si quelqu'un a jamais vécu une lune de miel aussi désastreuse que la sienne.

Autour d'elle, des familles de touristes poussent de petits cris stridents et s'éloignent du bord, ou bien se penchent contre la grille dans des postures théâtrales afin que leurs amis les prennent en photo, sous le regard impassible d'un agent de sécurité. Surgi de l'ouest, un bouquet menaçant de nuages orageux traverse le ciel dans leur direction. Un vent froid lui a rosi les oreilles.

Quelqu'un jette un avion en papier, qu'elle contemple, alors qu'il tournoie doucement, ballotté par les courants d'air, jusqu'à ce qu'il devienne trop petit et disparaisse de sa vue. Quelque part, là, en bas, parmi les élégants boulevards haussmanniens et les minuscules cours pavées, les parcs aux dessins classiques et les berges de la Seine aux douces ondulations, se trouve son nouveau mari. Le mari qui l'a informée, après deux jours de lune de miel, qu'il était vraiment navré, mais qu'il allait devoir se rendre à un rendez-vous professionnel dans la matinée. L'immeuble dont il lui avait parlé à la périphérie de Londres. Rien qu'une heure. Il ne s'attarderait pas. Elle pourrait se débrouiller seule, pas vrai ?

Le même mari à qui elle avait déclaré que, s'il passait la porte de cette chambre d'hôtel, il pouvait aller se faire voir.

David ne l'avait pas prise au sérieux. Elle-même n'était pas certaine de mettre sa menace à exécution. Il avait accueilli sa remarque avec un ricanement nerveux.

— Liv… c'est important.

— Tout comme notre lune de miel ! avait-elle rétorqué.

Ils s'étaient alors dévisagés comme s'ils étaient des étrangers.

— Oh là là ! Je pense que je vais devoir redescendre.

Une Américaine aux cheveux couleur pain d'épices, portant une énorme banane autour de la taille, passe à côté d'elle en grimaçant.

— Je ne supporte pas l'altitude. Vous sentez comme ça craque ?

— Je n'avais pas remarqué, dit Liv.

— Mon mari est comme vous. D'un calme olympien. Il pourrait rester planté là toute la journée. Moi, j'étais déjà à cran rien qu'en montant dans ce fichu ascenseur.

La femme regarde un barbu qui prend des photos à l'aide d'un appareil hors de prix, frissonne et se dirige vers les ascenseurs, accrochée à la rampe.

Elle est peinte en marron, la tour Eiffel, de la même teinte que le chocolat, une couleur bizarre pour une structure qui semble aussi délicate. Liv commence à se tourner pour faire part de son commentaire à David, avant de se rappeler qu'évidemment il n'est pas là. À la seconde où il a suggéré une semaine à Paris, elle s'est imaginée avec lui au sommet de la tour Eiffel. Elle et lui, enlacés, peut-être au crépuscule, contemplant la Ville Lumière. Elle serait ivre de bonheur. Il la regarderait comme il l'avait fait quand il l'avait demandée en mariage. Et elle se sentirait la femme la plus heureuse au monde.

Et puis la semaine s'était réduite à cinq jours, en raison d'une réunion importante à Londres le vendredi. Et à peine deux jours s'étaient écoulés avant qu'il accepte un autre rendez-vous apparemment immanquable.

À présent, Liv est là, tremblante dans la robe d'été qu'elle s'est achetée parce qu'elle est de la même nuance que ses yeux. Elle plairait certainement à David. Le ciel s'assombrit, et un petit crachin se met à tomber. Alors elle se demande si son anglais scolaire lui suffira pour héler un taxi et rentrer à l'hôtel, ou si, vu l'humeur qui est la sienne en ce moment, elle ne ferait pas mieux d'effectuer le trajet à pied sous la pluie. Elle rejoint la file d'attente pour l'ascenseur.

— Vous aussi, vous abandonnez le vôtre en haut ?

— Mon quoi ?

L'Américaine est à ses côtés. Elle sourit et désigne d'un geste du menton l'anneau brillant que Liv porte au doigt.

— Votre mari.

— Il… Il n'est pas là. Il est… occupé aujourd'hui.

— Oh, vous êtes ici pour affaires ? C'est génial ! Il travaille, et vous, vous en profitez pour visiter. (Elle rit.) Vous avez tout compris, ma belle.

Liv jette un dernier regard vers les Champs-Élysées, et sent un pincement au creux de son ventre.

— Oui, répond-elle. J'ai de la chance, pas vrai ?

« Mariage hâtif… », l'avaient avertie ses amis. Ils avaient dit ça sur le ton de la plaisanterie, mais sachant que David et elle se connaissaient seulement depuis trois mois et onze jours quand il lui avait fait sa demande, elle devait admettre que c'était un peu précipité.

Elle n'avait pas souhaité un mariage en grande pompe : l'absence de sa mère aurait jeté une ombre au tableau. Alors David et elle s'étaient envolés pour Rome, où elle avait acheté une robe blanche, création de prêt-à-porter d'un couturier discret et affreusement cher sur la *via* Condotti. Elle n'avait presque rien compris de la cérémonie à l'église, qui s'était déroulée en italien, jusqu'à ce que David lui passe un anneau au doigt.

L'ami de David, Carlo, qui avait aidé à organiser la noce et joué le rôle de l'un de leurs témoins, s'était moqué d'elle par la suite, prétendant qu'elle avait accepté d'honorer son mari, de lui obéir et d'accepter toutes les épouses à venir qu'il souhaiterait ajouter à sa collection. Elle en avait ri pendant une journée entière.

Elle a toujours su que c'était le bon. Elle l'a su dès l'instant où elle l'a rencontré. Elle le savait même quand son père a pris l'air accablé par la nouvelle, avant de cacher aussitôt sa déception derrière des félicitations enthousiastes. Elle s'est rendu compte ce jour-là, avec une certaine culpabilité, que si elle n'avait jamais vraiment rêvé du jour de son mariage, son seul parent survivant, lui, si. Elle l'a su quand elle a emménagé chez David, un appartement tout en baies vitrées au sommet d'une ancienne raffinerie de sucre située sur les bords de la Tamise, l'un des premiers ouvrages qu'il ait dessiné et construit. Tous les matins, durant les six semaines qui se sont écoulées entre son mariage et son voyage de noces, elle s'est éveillée dans la Maison de verre entourée par le ciel, elle a baissé les yeux vers son époux endormi, convaincue qu'ils étaient faits l'un pour l'autre. Certaines passions sont trop grandes pour qu'on ne les vive pas.

— Tu ne te trouves pas… je ne sais pas… un peu jeune ?

Jasmine s'épilait les jambes au-dessus de l'évier de la cuisine. Liv était assise à table et l'observait en fumant une cigarette de contrebande. David n'aimait pas qu'on fume. Elle lui avait affirmé avoir arrêté un an auparavant.

— C'est vrai, je ne plaisante pas, Liv. Tu as tendance à agir sur des coups de tête, quand même. Comme la fois où tu t'es coupé les cheveux après un pari. Ou celle où tu as envoyé balader ton boulot pour faire le tour du monde.

— Comme si j'étais la seule à faire ça.

— Tu es la seule que je connaisse à avoir fait les deux le même jour. Je n'en sais rien, Liv… Tout ça me semble un peu rapide.

— Mais c'est la bonne décision, je le sens. On est si heureux ensemble. Et je ne l'imagine pas faire quoi que ce soit qui m'énerve ou m'attriste. Il est…

Liv avait soufflé un nuage de fumée vers le néon.

— … parfait.

— C'est vrai qu'il est adorable. C'est juste que je n'en reviens pas que toi, toi, Liv, tu te maries. De la bande, tu étais justement celle qui jurait ses grands dieux qu'elle n'en arriverait jamais là.

— Je sais.

Jasmine arracha une bande de cire et grimaça face au résultat peu convaincant.

— Aïe ! Merde, ça fait un mal de chien… Il est bien foutu, cela dit. Et son appart a l'air incroyable. Mieux que ce trou à rats, en tout cas.

— Quand je me réveille à ses côtés, j'ai l'impression d'être dans les pages d'un magazine de déco. Tout est tellement adulte. Je n'ai même pas déménagé la moitié de mes affaires. Il a des draps en lin, tu imagines un peu ? (Elle recracha une autre volute de fumée.) Des draps en lin !

— Ouais. Et qui va les repasser, ces draps en lin ?

— Pas moi. Il a une femme de ménage. Il affirme que je n'ai pas besoin de me préoccuper des tâches domestiques.

Il a compris que je n'étais pas une fée du logis. En fait, il me recommande de préparer une thèse.

— Une thèse ?

— Il dit que je suis trop intelligente pour ne pas faire quelque chose de ma vie.

— Ça prouve qu'il te connaît mal !

Jasmine fit pivoter sa cheville, en quête de poils ayant échappé au massacre.

— Et alors ? Tu vas le faire ?

— Je ne sais pas. Il se passe tellement de trucs, entre mon installation chez lui, le mariage et tout ça. Je pense qu'il vaut mieux que je m'habitue à l'idée d'être mariée dans un premier temps.

— Épouse. (Jasmine lui adressa un sourire narquois.) Oh là là, te voilà devenue bobonne !

— Arrête, ça me fiche encore un peu la trouille.

— Bobonne !

— Arrête !

Évidemment, Jasmine avait continué à répéter ce mot jusqu'à ce que Liv finisse par lui donner un bon coup de torchon.

Il est à l'hôtel quand elle y revient. Finalement, elle est rentrée à pied, et le ciel lui est tombé sur la tête. Du coup, elle est trempée, sa robe collée à ses jambes humides. En traversant la réception, elle est persuadée que le concierge lui jette le regard réservé aux femmes dont l'époux prévoit des rendez-vous d'affaires pendant leur lune de miel.

David est au téléphone quand elle pénètre dans leur chambre. Il se tourne, la contemple et interrompt son appel.

— Tu étais où ? Je commençais à m'inquiéter.

Elle retire son gilet mouillé, prend un cintre dans l'armoire.

— Je suis montée en haut de la tour Eiffel. Et rentrée à pied.

— Tu dois être frigorifiée. Je vais te faire couler un bain.

— Je n'ai pas envie d'un bain.

Si, en fait. Elle n'a pensé qu'à ça pendant le long, le triste trajet du retour.

— Je te commande un thé, dans ce cas.

Alors qu'il décroche le téléphone pour demander le service d'étage, elle se détourne et s'isole dans la salle de bains. Elle sent le regard de David rivé sur la porte longtemps après qu'elle l'a refermée. Elle ignore pourquoi elle se comporte ainsi. Une vraie tête de mule. Elle avait pourtant prévu d'être agréable, à son retour, histoire de sauver la journée. Après tout, ce n'était qu'une réunion. Et puis, elle savait depuis le début qu'il était comme ça, dès leur premier rendez-vous où il l'avait emmenée à travers Londres dans sa voiture en lui racontant l'histoire et la conception des structures modernes, toutes de verre et d'acier, devant lesquelles ils passaient.

Mais quelque chose s'est produit quand elle a franchi le seuil de leur chambre d'hôtel. Elle l'a vu au téléphone, et le simple fait qu'elle ait compris, dans la seconde, qu'il s'agissait d'un coup de fil professionnel a eu raison de ses bonnes résolutions et de sa bonne volonté.

Tu ne t'inquiétais pas pour moi, songe-t-elle, furieuse. *Tu discutais de l'épaisseur de verre à utiliser dans l'entrée du nouveau bâtiment, ou de la toiture, pour déterminer si elle pouvait supporter le poids du conduit d'aération.*

Elle se fait couler un bain, qu'elle remplit de bulles parfumées grâce aux produits luxueux fournis par l'hôtel, puis elle se glisse dans la baignoire avec un soupir de soulagement.

Quelques minutes plus tard, David frappe à la porte et entre.

—Le thé est servi, annonce-t-il, avant de poser la tasse sur le rebord en marbre.

—Merci.

Elle attend qu'il ressorte, mais il s'assied sur l'abattant fermé des toilettes et, penché en avant, il la contemple.

—Je nous ai réservé une table à *La Coupole.*

—Pour ce soir ?

—Oui. Je t'en ai parlé. C'est la brasserie avec les peintures murales incroyables, réalisées par des artistes qui…

—David, je suis vraiment fatiguée. J'ai beaucoup marché. Je n'ai pas envie de ressortir.

Elle parle sans le regarder.

—Je ne suis pas sûr de réussir à obtenir une réservation pour un autre soir.

—Désolée. J'ai juste envie d'un repas en chambre et d'une bonne nuit de sommeil.

Pourquoi tu fais ça ? se hurle-t-elle sans un mot. *Pourquoi tu sabotes ta propre lune de miel ?*

— Écoute, je suis navré pour aujourd'hui, d'accord ? C'est juste que ça faisait des mois que j'essayais de décrocher un rendez-vous avec les Goldstein. Or, il se trouve qu'ils sont à Paris, et ils acceptent enfin de voir mes croquis. C'est pour le bâtiment dont je t'ai parlé, Liv. Le grand. Et je crois qu'ils ont bien aimé le concept.

Elle observe ses orteils, roses et brillants, qui émergent de l'eau.

— Super, je suis ravie que ça se soit bien passé.

Ils se taisent.

— Je déteste cette situation. Je déteste te voir si mécontente.

Elle relève les yeux vers lui, ses iris bleus, ses cheveux toujours un peu ébouriffés, la façon dont il se tient le visage dans la paume. Au bout d'un instant d'hésitation, elle lui tend la main, et il la prend.

— Ne fais pas attention à moi. Je suis bête. Tu as raison, je sais que ce bâtiment est important pour toi.

— Oui, vraiment, Liv. Je ne t'aurais pas abandonnée sans ça. C'est l'objectif que je me suis fixé. Je travaille dessus depuis des années. Si je parviens à signer ce contrat, le partenariat est gagné. Et ma réputation sera faite.

— Je sais. Bon, n'annule pas le dîner. On va y aller. Je me sentirai mieux après mon bain. Et on pourra planifier notre journée de demain.

Il referme les doigts autour des siens. À cause du savon, ils glissent et manquent de lui échapper.

— En fait, voilà… Ils veulent que je rencontre leur chef de projet demain.

Liv se fige.

— Quoi ?

— Ils me l'envoient en avion. Ils veulent que je le rencontre dans leur suite au *Royal Monceau*. Je me suis dit que tu pourrais profiter du spa là-bas, pendant que je suis avec eux. Il paraît qu'il est sublime.

Elle scrute longuement son visage.

— Tu es sérieux ?

— Très. J'ai entendu dire que le *Vogue* français l'avait élu meilleur…

— Je ne parle pas de ton fichu spa.

— Liv… Ça signifie qu'ils sont vraiment intéressés. Je dois en profiter.

Sa voix, lorsqu'elle reprend la parole, est un peu étranglée.

— Cinq jours. Notre lune de miel ne dure que cinq jours, David. Même pas une semaine. Et tu affirmes qu'ils ne pouvaient pas attendre soixante-douze heures pour un second rendez-vous ?

— On parle des Goldstein, là. Les milliardaires sont comme ça. Il faut se plier à leur emploi du temps.

Elle observe ses pieds, les soins qu'elle s'est fait réaliser à grands frais, et se rappelle comme elles ont ri, avec la pédicure, quand elle avait dit que ses pieds étaient à croquer.

— S'il te plaît, sors, David.

— Liv, je…

— Laisse-moi seule.

Elle ne le regarde pas quand il se lève du WC. Ni même quand il referme la porte de la salle de bains derrière lui. Elle baisse les paupières et s'immerge dans l'eau chaude, jusqu'à ce qu'elle n'entende plus rien.

Chapitre 2

Paris, 1912

— PAS LE *BAR TRIPOLI.*

— Si le *Tripoli.*

Pour un homme de sa corpulence, Édouard Lefèvre ressemblait étrangement à un petit garçon que l'on viendrait de menacer d'une punition imminente. Il baissa les yeux sur moi, l'air peiné, et gonfla ses joues avant de lâcher un soupir.

— Oh, bon sang, remettons ça à ce soir, Sophie ! Allons plutôt manger quelque part, ne laissons pas ces soucis d'argent nous gâcher la soirée. On vient de se marier... C'est encore notre *lune de miel*!*

Il accompagna sa diatribe d'un geste dédaigneux en direction du bar.

Je plongeai la main dans ma poche, en quête de la poignée de reconnaissances de dettes que j'y gardais, soigneusement pliées.

— Mon mari bien-aimé, nous ne pouvons pas passer une soirée sans soucis financiers, pour la bonne raison que nous n'avons pas de quoi manger. Pas un centime.

— Mais… et l'argent de la galerie Duchamp ?

— Il a servi à payer le loyer. Tu étais en retard depuis cet été, tu te rappelles ?

— Les économies du pot ?

— Dépensées il y a deux jours quand tu as eu l'idée lumineuse d'inviter tout le monde pour le petit déjeuner à *Ma Bourgogne*.

— Mais c'était un petit déjeuner de mariage ! J'ai ressenti le besoin de marquer l'occasion de notre retour à Paris, tout de même. (Il réfléchit quelques secondes.) Et l'argent dans mon pantalon bleu ?

— Hier soir.

Il se tapota les poches, mais n'en tira que sa blague à tabac. Il avait l'air si dépité que je faillis en rire.

— Courage, Édouard ! Ce ne sera pas si terrible que ça… Si tu préfères, c'est moi qui irai voir tes amis pour leur demander d'honorer leurs dettes. Tu n'as pas besoin de t'en mêler. Ils auront plus de mal à refuser à une femme.

— Et ensuite, on s'en va ?

— Et ensuite, on va s'acheter de quoi manger…

Je me haussai sur la pointe des pieds pour l'embrasser sur la joue.

— Je ne sais pas si j'aurai encore envie de manger, grommela-t-il. Parler d'argent, ça me coupe l'appétit.

— Mais si, tu auras faim, Édouard.

— Je ne vois pas pourquoi on serait obligés de s'infliger cette corvée maintenant. Notre *lune de miel** est censée durer un mois. Un mois d'amour, et rien d'autre ! J'ai interrogé l'une de mes dames patronnesses de la bonne société, une qui sait tout de ces choses. Je suis certain qu'il y a de l'argent quelque part dans mon... Oh, attends, voici Laure. Laure ! Viens donc ici que je te présente mon épouse !

Depuis trois semaines que j'étais devenue Mme Édouard Lefèvre et, en vérité, quelques mois auparavant, j'avais découvert que le nombre des débiteurs de mon époux était plus grand encore que son talent de peintre. Édouard était le plus généreux des hommes, mais il ne possédait pas grand-chose, financièrement, pour nourrir cette générosité. Il vendait ses toiles avec une facilité qui devait susciter la jalousie de ses comparses à l'académie Matisse, seulement il s'embêtait trop peu souvent à exiger une chose aussi déplaisante qu'un paiement et il se contentait du coup d'une pile grandissante de reconnaissances de dettes. Voilà comment les sieurs Duchamp, Bercy et Stiegler pouvaient s'offrir à la fois ses œuvres exquises pour leurs murs et de la nourriture pour leur ventre, tandis qu'Édouard vivait pendant des semaines de pain, de fromage et de rillettes.

J'avais été horrifiée en découvrant l'état de ses finances. Non à cause de son manque d'argent – j'avais deviné, quand Édouard et moi nous étions rencontrés, que jamais il ne serait riche –, mais à cause de la désinvolture confinant au dédain avec laquelle ces soi-disant amis semblaient le traiter. Ils lui promettaient de l'argent dont Édouard ne voyait jamais la couleur. Ils acceptaient ses verres, son hospitalité, et n'offraient rien en retour. Édouard était le genre d'homme à payer sa tournée, à inviter les dames à dîner, à se donner du bon temps avec tous. Et au moment de régler l'addition, il se retrouvait souvent le dernier au bar.

— L'amitié importe plus que l'argent, m'avait-il dit quand j'avais passé ses comptes au peigne fin.

— C'est un sentiment admirable, mon amour. Hélas, l'amitié ne mettra pas de pain sur notre table.

— J'ai épousé une femme d'affaires ! s'était-il exclamé fièrement.

Durant les jours qui avaient suivi notre mariage, j'aurais pu lui annoncer que j'étais perceuse de furoncles qu'il aurait quand même été fier de moi.

Je regardais par la fenêtre du *Tripoli*, pour essayer de distinguer qui se trouvait à l'intérieur. Édouard discutait avec Mme Laure. Mon époux connaissait tout le monde dans les Ve et VIe arrondissements. Impossible de faire cent mètres dans la rue sans qu'il échange salutations, cigarettes et bons vœux.

— Sophie ! m'appela-t-il. Viens par ici. Je voudrais te présenter Laure Le Comte.

J'eus une brève hésitation, car il était clair à ses joues rougies et à ses chaussures que Laure Le Comte était une *fille de joie**. Il m'avait expliqué lors de notre première rencontre qu'il employait souvent des prostituées comme modèles : elles étaient idéales, disait-il, avec leur totale absence de pudeur et leur naturel. J'aurais peut-être dû être choquée qu'il souhaite me présenter, moi sa femme, à l'une d'elles, mais j'avais vite appris qu'Édouard se souciait peu de l'étiquette et des conventions. Je savais qu'il les appréciait, les respectait même, et je ne voulais pas qu'il soit déçu par mon attitude.

— C'est un plaisir de vous rencontrer, mademoiselle, dis-je en lui tendant la main, utilisant à dessein le « vous » pour lui témoigner mon respect.

Ses doigts étaient si incroyablement doux que je dus vérifier que je les tenais vraiment.

— Laure m'a servi de modèle en de nombreuses occasions. Tu te rappelles la peinture avec la femme dans le fauteuil bleu ? Celle qui te plaît tant ? C'était Laure. C'est un excellent modèle.

— Vous êtes trop aimable, monsieur, dit l'intéressée.

Je lui adressai un sourire chaleureux.

— Oui, je vois très bien. C'est une toile splendide.

La fille haussa légèrement un sourcil. Je compris après coup qu'elle ne recevait sans doute pas souvent de compliments venant d'une femme.

— Je la trouve même étrangement majestueuse, ajoutai-je.

— Majestueuse. Sophie a tout à fait raison. C'est exactement comme ça que tu apparais, approuva Édouard.

Le regard de Laure passait d'Édouard à moi, comme pour tenter de déceler si je me moquais d'elle.

— La première fois que mon mari m'a peinte, je ressemblais à une affreuse vieille fille, me hâtai-je de préciser pour la mettre à l'aise. Sévère, austère. Édouard avait dit que j'étais raide comme un bâton, si mes souvenirs sont bons.

— Jamais je n'aurais dit pareille horreur !

— Mais tu l'as pensé…

— La peinture était très laide, acquiesça-t-il. Mais j'en porte l'entière responsabilité. Maintenant, ajouta-t-il en plongeant ses yeux dans les miens, je suis dans l'impossibilité de peindre une mauvaise toile de toi.

J'avais toujours du mal à croiser son regard sans rougir un peu. Un bref silence s'ensuivit. Et je me détournai.

— Toutes mes félicitations pour votre mariage, madame Lefèvre. Vous avez beaucoup de chance. Mais peut-être pas autant que votre mari…

Sur quoi, elle m'adressa un hochement de tête, puis un autre à Édouard, en soulevant un peu ses jupes du trottoir mouillé, avant de s'éloigner.

— Ne me regarde pas comme ça en public, grondai-je Édouard.

— J'aime bien ça, répliqua-t-il en s'allumant une cigarette, l'air ridiculement content de lui. Tes joues prennent une si jolie couleur.

Édouard vit un homme avec qui il désirait parler dans le tabac de l'autre côté de la rue, je le laissai donc aller à sa rencontre et j'entrai pour ma part dans le *Bar Tripoli*. Je me tins au comptoir quelques minutes, à observer M. Dinan dans son coin habituel. Je demandai un verre d'eau, que je bus en échangeant quelques mots avec le serveur. Puis je m'approchai de M. Dinan et ôtai mon chapeau.

Il lui fallut quelques secondes avant de me remettre. Je pense qu'il me reconnut grâce à ma chevelure.

—Ah, mademoiselle. Comment allez-vous ? La soirée est fraîche, pas vrai ? Édouard se porte-t-il bien ?

—Très bien, monsieur, merci. Mais je me demandais si vous auriez deux minutes à m'accorder pour discuter d'une affaire privée.

Il jeta un coup d'œil à la tablée. La femme assise à sa droite lui lança un regard dur. L'homme en face était trop occupé à bavarder avec son voisin pour prêter attention à nous.

—Je ne pense pas avoir quelque affaire privée à régler avec vous, mademoiselle, répondit-il, tournant les yeux vers sa compagne.

—Comme vous le souhaitez, monsieur. En ce cas, nous pouvons en discuter ici. C'est une simple affaire de paiement pour une peinture qu'Édouard vous a vendue, une toile magnifique, intitulée *Le Marché de Grenouille*, en échange de laquelle vous lui aviez promis… (je vérifiai sur mon papier) 5 francs, n'est-ce pas ? Il vous serait fort obligé si vous pouviez vous acquitter de la somme à présent.

Toute expression de convivialité déserta son visage.

—Vous êtes son agent de recouvrement ?

—N'exagérons rien, monsieur. Je tente juste de mettre de l'ordre dans les finances d'Édouard. Or, la créance dont nous parlons, je crois, remonte à sept mois.

—Je n'ai aucune intention d'aborder ce sujet devant mes amis.

Sur quoi, il me tourna le dos, furieux. Mais je m'étais préparée à ce genre de réaction.

— Eh bien, je crains, monsieur, d'être forcée de rester ici jusqu'à ce que vous soyez disposé à en parler.

Tous les regards autour de la table se braquèrent sur moi, et pourtant je ne rosis même pas. Il n'était pas facile de me mettre mal à l'aise. J'avais grandi dans un bar de Saint-Péronne, j'avais aidé mon père à jeter dehors des ivrognes depuis mes douze ans, nettoyé des pissotières et entendu des paroles si grivoises que même une fille de joie en aurait rougi. Autant dire que la désapprobation de M. Dinan ne m'impressionnait guère.

— Alors vous risquez de rester plantée là toute la soirée, car je n'ai pas cette somme sur moi.

— Pardonnez-moi, monsieur, mais j'étais dans le bar depuis un moment, avant de venir vous aborder. Et je n'ai pu m'empêcher de remarquer que votre portefeuille est bien rempli.

Ma repartie fit rire son ami.

— Je crois que rien n'échappe à la demoiselle, Dinan.

Ce qui parut le faire enrager de plus belle.

— Qui êtes-vous ? Qui êtes-vous pour m'embarrasser ainsi ? Ce ne sont pas les manières d'Édouard. Il sait ce qu'est l'amitié entre gens de bonne compagnie. Jamais il ne viendrait ici exiger de l'argent aussi maladroitement et faire honte à un homme devant ses amis.

Il me dévisagea attentivement avant de reprendre :

— Ah ! Maintenant, je me rappelle : vous êtes la vendeuse du *Bon Marché*. La petite vendeuse dont Édouard s'est entiché. Comment pourriez-vous comprendre les manières du cercle que fréquente Édouard ? ironisa-t-il. Une *provinciale** comme vous !

Il savait que le mot me blesserait. Je sentis le rouge me monter aux joues.

— Je le suis, en effet, monsieur, si c'est désormais un souci provincial que de manger. Et j'ai assez de jugeote pour me rendre compte quand les amis d'Édouard abusent de sa générosité.

— Je lui ai dit que je le paierais.

— Il y a sept mois. Vous lui avez promis de le payer il y a sept mois.

— Pourquoi vous répondrais-je ? Depuis quand êtes-vous la *chienne de garde** d'Édouard ? cracha-t-il littéralement.

Je me figeai l'espace d'une fraction de seconde. Et puis j'entendis la voix tonitruante d'Édouard, qui résonna quelque part tout au fond de ma poitrine.

— Comment avez-vous appelé ma femme ?

— Votre femme ?

Je me tournai. Jamais je n'avais vu mon mari arborer une expression aussi sinistre.

— Vous voilà donc sourd, en plus d'être grossier maintenant, Dinan ?

— Vous l'avez donc épousée ? Cette vendeuse à l'air revêche ?

Édouard lança son poing si vite que j'eus à peine le temps de le voir. Il jaillit de derrière mon oreille droite et toucha Dinan avec une puissance qui souleva légèrement le bonhomme de son siège avant de le projeter en arrière. Il s'écrasa sur une pile de chaises, renversant la table quand ses jambes lui passèrent par-dessus tête. Ses amis se mirent à hurler lorsque la bouteille de médoc se brisa et éclaboussa leurs vêtements de vin rouge.

Un silence inquiétant pesa soudain sur le bar, même le joueur de violon s'interrompit au milieu d'un morceau. Il y avait de l'électricité dans l'air. Dinan cligna des yeux et batailla pour se redresser.

— Excusez-vous auprès de ma femme. Elle en vaut dix comme vous.

La voix d'Édouard était un grognement menaçant.

Dinan cracha quelque chose, peut-être une dent. Il leva le menton, qu'un minuscule ruisselet écarlate partageait en deux, et marmonna, si bas que je crus être la seule à l'avoir entendu :

— *Putain**.

Avec un rugissement, Édouard se rua sur lui. L'ami de Dinan se jeta sur Édouard, le frappant aux épaules, à la tête et dans le dos. Ils rebondissaient sur mon époux comme des moucherons. Je distinguais tout juste la voix d'Édouard.

— Comment oses-tu insulter ma femme ?

— Fréjus, espèce de canaille !

Je me tournai vers la voix : Michel Le Duc assenait un coup de poing à un autre bonhomme.

— *Arrêtez, messieurs ! Arrêtez-vous !**

Le bar s'enflamma. Édouard se releva. Il secoua les épaules pour se débarrasser de l'ami de Dinan qui lui avait sauté sur le râble, aussi aisément qu'on ôte un manteau, et lança une chaise derrière lui. Je sentis, autant que j'entendis, le craquement du bois sur le crâne du type. Au-dessus de nos têtes, les bouteilles volèrent. Les femmes hurlaient, les hommes juraient, les clients rampaient jusqu'à la porte tandis que les gars des rues entraient en courant pour se joindre à la mêlée. Dans le chaos ambiant, je choisis mon moment pour agir. Je me penchai et tirai de sa poche le portefeuille d'un Dinan grognant. J'en sortis un billet de 5 francs et insérai une note écrite à la main à la place.

—Je vous ai préparé un reçu, lui criai-je à l'oreille. Vous pourriez en avoir besoin, si l'envie vous prenait de revendre la peinture d'Édouard. Quoique, franchement, vous seriez bien sot de faire une chose pareille.

Sur quoi, je me redressai.

—Édouard! appelai-je en balayant la salle des yeux. Édouard!

Je n'étais pas sûre qu'il m'ait entendue, dans le brouhaha général.

Je me penchai pour esquiver une bouteille et me frayai un chemin à travers la mêlée dans sa direction. Les filles de joie riaient et sifflaient dans un coin. Le patron criait et se tordait les mains. À présent, la bagarre s'était propagée à la rue, les tables volaient. Il n'y avait pas un homme dans les parages qui ne joue des poings; en réalité, ils avaient tous embrassé l'idée d'une bataille rangée, et ce, avec un plaisir si manifeste que je me demandai s'il s'agissait bien d'une rixe.

—Édouard!

Ce fut alors que je remarquai M. Arnault dans un angle, près du piano.

— Oh, monsieur Arnault ! l'interpellai-je en jouant des coudes jusqu'à lui.

Je relevai mes jupes pour enjamber les corps et les chaises renversées. Il se glissait contre une banquette, dans l'espoir manifeste d'atteindre la porte.

— Deux esquisses au fusain ! Les *Femmes au parc*, vous vous rappelez ?

Il posa les yeux sur moi, et je lui annonçai en exagérant les mouvements de ma bouche :

— Vous devez à Édouard deux esquisses au fusain.

Je m'accroupis, une main levée pour me protéger la tête et l'autre plongée dans ma poche pour en tirer les reconnaissances de dettes, que je feuilletai tout en me courbant pour éviter une chaussure qui volait.

— « Cinq francs les deux », dit le reçu. C'est bien ça ?

Derrière nous, quelqu'un hurla tandis qu'une chope se brisait contre une fenêtre, qu'elle cassa à son tour.

M. Arnault avait les yeux écarquillés par la peur. Il jeta un coup d'œil subreptice par-dessus mon épaule, puis il farfouilla dans sa poche pour en extraire son portefeuille. Il en sortit les billets avec une telle hâte que je me rendis compte *a posteriori* qu'il m'avait donné 2 francs de trop.

— Tenez ! siffla-t-il, avant de foncer vers la porte, son chapeau enfoncé sur la tête.

Et voilà : 11, non, 12 francs. Assez pour tenir un moment.

—Édouard ! appelai-je encore en fouillant la pièce des yeux.

Je l'aperçus dans un coin, où un homme arborant une moustache rousse semblable à la fourrure d'un renard tentait en vain de le frapper, alors qu'Édouard le tenait au niveau des épaules. Je posai la main sur son bras. Mon mari me lança un regard vide, comme s'il avait oublié jusqu'à ma présence.

—J'ai l'argent. On ferait mieux d'y aller.

Il ne parut pas m'entendre.

—Allez, insistai-je. On y va, maintenant.

Il lâcha le bonhomme, qui glissa le long du mur et porta un doigt à sa bouche en marmonnant quelque chose sur une dent ébréchée. Je tirai Édouard par la manche, cette fois, en direction de la porte. Mes oreilles sifflaient sous l'effet du tintamarre tandis que, pour sortir, je me frayai un passage entre les hommes qui accouraient de l'extérieur… sans avoir la moindre idée de ce qui avait déclenché la bagarre, j'en étais certaine.

—Sophie !

Une fois dehors dans la nuit, je remarquai des passants arrêtés pour regarder à l'intérieur, les mains collées de part et d'autre du visage et plaquées contre les fenêtres. Le son désormais distant des cris et des bris de verre résonnaient encore à nos tympans. Je m'immobilisai près des tables désertées et essuyai mes jupons pour en déloger des échardes de verre. À côté de nous, un homme couvert de sang était assis, qui se tenait l'oreille tout en fumant, l'air songeur.

— Bon, on va manger alors ? demandai-je en rajustant mon manteau. Je crains qu'il ne se remette à pleuvoir, ajoutai-je après un coup d'œil vers le ciel.

Mon mari remonta son col, puis il se passa les doigts dans les cheveux avec un bref soupir.

— Oui. Oui, je suis prêt à manger maintenant.

— Je te dois des excuses pour avoir juré. Ce n'était pas très convenable de la part d'une dame.

Il me tapota la main.

— Je n'ai rien entendu.

Je m'approchai pour ôter un morceau de verre à l'épaulette de son pardessus, que je chassai d'une pichenette. Je l'embrassai. Et bras dessus, bras dessous, nous marchâmes d'un bon pas en direction du Panthéon, avec en fond sonore, au-delà des toits de Paris, le son des cloches des gendarmes.

J'avais emménagé à Paris deux ans auparavant et vécu dans un logement situé derrière la rue Beaumarchais, comme toutes les vendeuses qui travaillaient au *Bon Marché*. Le jour où j'étais partie pour me marier, toutes les filles s'étaient alignées le long de mon couloir et m'avaient accompagnée de leurs acclamations et du bruit de leurs cuillères en bois frappées contre des casseroles.

La cérémonie se déroula à Saint-Péronne et, en l'absence de mon père, je fus conduite à l'autel par Jean-Michel, le mari de ma sœur. Édouard s'était montré charmant et généreux, et avait été un époux parfait pendant les trois jours que dura la noce, mais je savais qu'il avait été soulagé d'échapper à la campagne du nord de la France et de rentrer à Paris.

Pour ma part, je ne saurais dire combien j'étais heureuse. Je n'avais jamais imaginé tomber amoureuse, encore moins me marier. Et je ne l'aurais jamais admis en public, mais je lui vouais une telle passion que je serais restée aux côtés d'Édouard Lefèvre même s'il n'avait pas voulu de moi comme épouse. En fait, il se souciait si peu des conventions que je ne l'aurais jamais imaginé vouloir se marier.

Pourtant, ce fut lui qui le suggéra.

Nous étions ensemble depuis un peu moins de trois mois quand Hans Lippmann passa à son atelier un après-midi. J'étais en train de faire notre lessive, étant donné qu'Édouard avait oublié de mettre de l'argent de côté pour payer sa lavandière. M. Lippmann était une sorte de dandy, et j'avais été un peu gênée qu'il me surprenne dans ma tenue d'intérieur. Il avait fait le tour de l'atelier, admirant les dernières œuvres d'Édouard, avant de s'immobiliser devant la toile qu'il avait peinte de moi, le soir du 14 juillet, quand nous nous étions pour la première fois avoué nos sentiments. Je restai dans la salle de bains, à frotter les cols des chemises d'Édouard, en tâchant de ne pas rougir à l'idée que Lippmann admirait une toile sur laquelle je posais en sous-vêtements. Pendant quelques minutes, ils baissèrent la voix, si bien que je n'entendais plus ce qu'ils se disaient. Au bout d'un moment, ma curiosité l'emporta : je me séchai les mains et me rendis dans l'atelier, où je les trouvai en train d'observer une série d'esquisses qu'Édouard avait réalisées de moi, assise près de la vaste fenêtre. M. Lippmann se tourna et, après un bref salut, me demanda si j'accepterais de poser aussi pour lui. Habillée, bien entendu. Il y avait quelque chose de fascinant dans mon visage et dans mon teint pâle, disait-il. Édouard n'était-il pas d'accord ? Oui, sans doute l'avait-il vu, lui aussi. Il avait ri.

Pas Édouard.

J'étais sur le point d'accepter – j'aimais bien Lippmann, c'était l'un des rares artistes qui me traitaient d'égal à égal –, mais je vis le sourire d'Édouard s'évanouir.

— Non, je crains que Mlle Bessette ne soit déjà bien trop occupée.

S'ensuivit un silence embarrassé. Lippmann nous gratifia d'un regard amusé.

— Voyons, Édouard, ce ne serait pas la première fois que nous partagerions un modèle. Je pensais juste que…

— Non.

Lippmann baissa les yeux.

— Si tu le dis. Ce fut un plaisir, mademoiselle.

Il inclina son chapeau à mon intention et partit, sans qu'Édouard lui dise « au revoir ».

— Tu es un drôle, toi ! lui dis-je plus tard.

Il était dans la baignoire, et moi agenouillée sur un coussin derrière lui, à lui laver les cheveux. Il avait été calme tout l'après-midi.

— Tu sais que je n'ai d'yeux que pour toi. J'aurais porté un habit de nonne pour M. Lippmann, si ça avait pu te rassurer.

Je versai lentement un broc d'eau sur l'arrière de sa tête et regardai le savon s'en aller.

— Sans compter qu'il est marié, heureux en ménage, et que c'est un gentleman.

Édouard restait silencieux. Soudain, il tourna son corps vers moi, provoquant des éclaboussures tout autour de la baignoire.

— J'ai besoin de savoir que tu es mienne.

Son expression était si inquiète, si triste qu'il me fallut un moment pour réussir à parler.

— Bien sûr que je suis à toi, idiot.

Je pris son visage entre mes paumes et l'embrassai. Il avait la peau mouillée.

— Je suis à toi depuis la première fois que tu es venu au *Bon Marché* et que tu as acheté quinze foulards ridicules, tellement tu étais déterminé à me voir. (Je l'embrassai encore.) Je suis à toi depuis l'instant où tu as affirmé à Mistinguett que j'avais les chevilles les plus fines de Paris, alors qu'elle voulait m'humilier parce que je portais des sabots.

Je l'embrassai encore, il ferma les yeux.

— Je suis à toi depuis que tu m'as dessinée et que je me suis rendu compte que personne, jamais, ne me regarderait comme tu le fais, toi. Comme si tu ne voyais que le meilleur de moi. Comme si j'étais plus belle que je ne le suis.

J'attrapai une serviette et lui essuyai tendrement le visage.

— Alors, tu vois ? Il n'y a rien à craindre. Je suis tienne, Édouard, entièrement et complètement. Je n'arrive pas à croire que tu puisses en douter.

Il me contempla, et ses grands yeux marron étaient fixes, étrangement résolus.

— Épouse-moi.

— Mais tu as toujours dit…

— Demain. La semaine prochaine. Dès que possible.

— Mais tu…

— Épouse-moi, Sophie.

Alors je l'épousai. Je n'ai jamais pu refuser quoi que ce soit à Édouard.

Le lendemain de la bagarre au *Bar Tripoli*, je dormis tard. Nous nous étions étourdis de notre soudaine richesse et avions veillé jusqu'aux petites heures du jour, perdus dans le corps l'un de l'autre, ou secoués par des fous rires quand nous nous remémorions l'air outragé de Dinan. Le regard trouble, je levai la tête de l'oreiller et j'écartai mes cheveux de mon visage. Le peu de monnaie qui était sur la table avait disparu : Édouard avait dû sortir acheter du pain. Petit à petit, je discernai le son de sa voix dans la rue en contrebas et laissai les souvenirs des événements de la veille m'envahir, telle une vague, dans un joyeux brouillard. Finalement, comme il ne semblait pas décidé à revenir, j'enfilai un peignoir et m'approchai de la fenêtre.

Il avait deux baguettes coincées sous le bras et parlait avec une superbe blonde portant un manteau très ajusté et un chapeau de fourrure aux larges bords. Alors que je baissai le regard, celui de la femme monta vers moi. Édouard, qui le suivit des yeux, se tourna et leva la main pour me saluer.

— Descends donc nous rejoindre, *chérie**. Je veux te présenter quelqu'un.

Je ne voulais pas, moi, qu'il me présente quelqu'un. Je voulais qu'il monte me rejoindre, afin que je puisse nouer les jambes autour de lui et le couvrir de baisers tandis que nous mangerions. Avec un soupir, je resserrai le peignoir autour de ma taille et descendis l'escalier jusqu'à la porte d'entrée de l'immeuble.

— Sophie, voici Mimi Einsbacher. Une vieille amie à moi. Elle m'a acheté plusieurs peintures et a posé pour moi.

Encore une ? songeai-je distraitement.

— Félicitations pour votre mariage. Édouard ne m'avait donné… aucun indice.

Quelque chose dans sa manière de me dévisager et dans le regard en coin qu'elle jeta à Édouard me mit mal à l'aise.

— *Enchantée, mademoiselle**, répondis-je en lui tendant la main.

Elle la prit comme s'il s'agissait d'un poisson mort.

Nous restâmes plantées là, à contempler nos pieds. Deux balayeurs des rues travaillaient de part et d'autre de la chaussée, sifflant en duo. Les canalisations débordaient à nouveau, et l'odeur, s'ajoutant à tout le vin que nous avions bu la veille, me donna soudain la nausée.

— Je vous prie de m'excuser, dis-je en reculant vers la porte. Je ne suis pas habillée pour la compagnie. Édouard, je monte allumer le feu et préparer un bon café.

— Du café ! s'exclama-t-il en se frottant les paumes. Ce fut un plaisir de te voir, Mimi. Je viendrai… pardon, nous viendrons visiter ton nouvel appartement bientôt. Il a l'air merveilleux.

Il sifflotait en gravissant les marches.

Pendant qu'il se débarrassait de ses vêtements d'extérieur, je lui versai une tasse de café et grimpai sur le lit. Il posa une assiette entre nous, me coupa un morceau de pain et me le donna.

— Tu as couché avec elle ?

J'avais parlé sans le regarder.

— Qui ça ?

— Mimi Einsbacher.

Ne me demandez pas pourquoi je lui avais posé cette question. Je n'avais jamais rien fait de tel avant.

Il secoua légèrement la tête, comme si tout ça n'avait aucune importance.

— Peut-être.

Voyant que je ne répondais rien, il haussa un sourcil et me regarda d'un air grave.

— Sophie, tu sais que je n'étais pas un curé, avant toi.

— Je sais.

— Je ne suis qu'un homme. Et je suis resté longtemps célibataire avant que nous nous rencontrions.

— Je le sais aussi. Je ne voudrais te changer pour rien au monde.

Je me tournai et lui déposai un bref baiser sur l'épaule.

Il m'attira contre lui, lâchant un autre soupir, profond et satisfait cette fois. Son souffle était chaud contre mes paupières. Il passa les doigts dans mes cheveux et me renversa la tête en arrière afin que je le regarde.

—Mon épouse chérie, il y a une chose que tu dois te rappeler : je n'ai jamais connu le bonheur avant de te connaître, toi.

Que m'importent les Mimi et consorts ? songeai-je en lâchant mon pain pour poser ma jambe sur la sienne, inspirer son odeur et prendre possession de lui pour la énième fois.

Ces femmes-là ne constituaient pas une menace.

J'en étais presque convaincue.

Mimi Einsbacher passait justement par là quand nous sortions de l'atelier le mercredi suivant. Je filais à la poste pour envoyer une lettre à ma sœur. Édouard trouva donc naturel de prendre le petit déjeuner avec elle. À quoi bon manger seul, après tout ? Et rebelote, deux jours plus tard. C'était une froide matinée de novembre, et il m'enfonçait mon chaud bonnet de feutre sur la tête tandis que je tirais la lourde porte de chêne qui ouvrait sur la rue Soufflot. En riant, je lui tapai sur les mains.

—Tu l'as mis à l'envers ! Édouard, arrête ! Je ressemble à une folle !

Ses grandes paumes se posèrent sur mes épaules, à l'endroit où elles rencontrent le cou. J'adorais sentir leur poids sur moi.

—Eh bien, bonjour !

Mimi portait une cape vert menthe et une étole en fourrure. Sa taille était si étroitement serrée que je la soupçonnai d'avoir les lèvres bleues sous son rouge.

— Quelle heureuse surprise !

— Mademoiselle Einsbacher. Quelle chance de vous revoir si vite !

Tout à coup, je me sentis ridicule, avec mon chapeau de travers.

— Mimi ! Quel plaisir !

Édouard lâcha ma nuque, pencha la tête et embrassa sa main gantée. Je protestai intérieurement face à ce spectacle, puis tentai de me raisonner.

Ne sois pas puérile. Après tout, c'est toi qu'Édouard a choisie.

— Où filez-vous, par cette fraîche matinée ? Encore à la poste ?

Elle tenait son sac bien en vue devant elle. Il était en peau de crocodile.

— J'ai rendez-vous à Montmartre avec mon fournisseur. Et ma femme va nous acheter à manger.

Je fis pivoter mon chapeau sur ma tête, regrettant soudain de n'avoir pas choisi le noir.

— Oui, enfin… si tu es sage ! fis-je mine de le gronder.

— Tu vois un peu ce que j'endure ?

Édouard se pencha pour me déposer un baiser sur la joue.

— Mon pauvre, elle doit être bien dure avec toi !

Le sourire de Mimi était indéchiffrable.

Édouard noua son écharpe autour de son cou et nous observa toutes les deux quelques secondes.

— Vous savez, vous devriez lier connaissance. Ce serait agréable pour Sophie de se faire une amie ici.

— J'ai déjà des amis, Édouard, fis-je remarquer.

— Oui, mais toutes tes camarades vendeuses travaillent la journée. Et elles vivent dans le IXe arrondissement. Mimi, tu pourrais la retrouver et prendre un café avec elle quand je suis occupé. Je déteste te laisser seule.

— Je t'assure, répondis-je avec un sourire, que ma solitude ne me pèse pas du tout.

— Oh, Édouard a raison. Après tout, vous ne souhaitez pas être un poids pour lui, si ? Et puis, vous n'êtes pas familière de son cercle. Pourquoi ne vous accompagnerais-je pas ? Je serais ravie de lui rendre ce service.

Édouard rayonnait.

— Merveilleux ! Mes deux muses préférées en balade ensemble. Eh bien, je vous souhaite une bonne journée à toutes les deux. Sophie, *chérie**, je serai rentré pour le dîner.

Sur quoi, il tourna les talons et se dirigea vers la rue Saint-Jacques.

Mimi et moi nous dévisageâmes et, l'espace d'une fraction de seconde, je crus détecter une lueur glaciale dans ses yeux.

— Formidable ! dit-elle. Allons-y, alors.

Chapitre 3

2002

Ils avaient bien planifié leur début de journée : grasse matinée, petit déjeuner au *Café Hugo* sur la place des Vosges, une balade au milieu des petits magasins et des boutiques du IIe arrondissement, peut-être une promenade au bord de la Seine avec des arrêts devant les étals des bouquinistes. David disparaîtrait deux heures après le déjeuner pour sa réunion, et Liv profiterait du magnifique spa du *Royal Monceau* pendant qu'il discuterait affaires. Ils se retrouveraient au bar pour un cocktail apéritif et dîneraient ensemble dans une brasserie du quartier. La journée aurait été sauvée. Elle se montrerait gentille. Elle se montrerait compréhensive. Après tout, c'est ça, le mariage : l'art délicat du compromis. Elle se l'est répété à plusieurs reprises depuis son réveil.

Et puis, pendant le petit déjeuner, le téléphone de David a sonné.

— Les Goldstein, devine-t-elle quand il finit par raccrocher.

Sa tartine est restée dans son assiette. Elle n'y a pas touché.

— Changement de plan. Ils veulent me rencontrer ce matin, dans leurs bureaux près des Champs-Élysées.

Voyant qu'elle ne répond pas, il pose une main sur la sienne.

— Je suis vraiment désolé. Je vais m'absenter deux heures maximum.

Elle est incapable d'articuler un mot. De grosses larmes salées, lourdes de déception, se forment sous ses paupières.

— Je sais. Je me ferai pardonner. C'est juste…

— … que ça, c'est plus important.

— Il s'agit de notre avenir, Liv.

Elle le dévisage, consciente que la colère doit se lire sur ses traits. Elle lui en veut de l'amener à se comporter ainsi.

Il exerce une pression sur sa main.

— Allons, chérie. Tu peux en profiter pour faire quelque chose qui ne me tentait pas trop, et puis je viendrai te retrouver. Ce n'est pas comme s'il était compliqué de tuer deux heures ici. On est à Paris.

— Évidemment. Je n'avais juste pas prévu que ma lune de miel consisterait en cinq jours passés à réfléchir à comment tuer le temps à Paris.

— Je suis navré si mon boulot ne me permet pas de couper complètement les ponts, réplique-t-il, avec une pointe d'agacement dans la voix.

— Non, en effet, tu l'as clairement démontré.

Ça a été ainsi toute la soirée de la veille à *La Coupole*. Ils avaient échangé des sourires crispés, prenant soin d'aborder des sujets qui ne risquaient pas de donner lieu à une dispute. Et tout du long, en filigrane, une conversation muette qui courait en parallèle avec l'officielle, trop policée. Quand il parlait, son malaise patent la faisait grimacer ; quand il se taisait, elle se demandait s'il pensait au travail.

De retour dans leur suite, Liv s'était couchée, le dos tourné vers lui, trop en colère pour avoir envie qu'il la touche, avant de paniquer en constatant qu'il ne tentait rien.

Au cours de leurs six mois ensemble, elle ne se souvient pas d'une seule dispute jusqu'à ce séjour à Paris. La lune de miel leur file entre les doigts, elle le sent.

C'est David qui, le premier, brise le silence. Refusant de lui lâcher la main, il se penche par-dessus la table et écarte tendrement une mèche retombée sur son visage.

— Je te demande pardon. Ça n'ira pas plus loin, je te le promets. Accorde-moi deux heures, et je serai tout à toi. On pourrait même prolonger le séjour et… rattraper le temps perdu, suggère-t-il en esquissant un sourire.

Elle se retourne vers lui, désarmée, pressée que leur relation reprenne son cours normal, qu'ils redeviennent eux-mêmes. Elle baisse les yeux vers sa main dans la sienne, vers le scintillement de son alliance toute neuve, encore peu familière à son doigt.

Les dernières quarante-huit heures lui ont fait perdre son équilibre. Le bonheur qu'elle ressent depuis quelques mois lui semble soudain vulnérable, comme s'il était construit sur des fondations plus fragiles qu'elle ne l'avait cru.

Elle fouille son regard.

— Je t'aime vraiment, tu sais.

— Je t'aime aussi.

— Je suis horrible, exigeante et grincheuse, comme petite amie.

— Femme, rectifie-t-il.

Un sourire hésitant lui étire les lèvres.

— Je suis horrible, exigeante et grincheuse, comme femme.

Il sourit et l'embrasse, et ils restent assis place des Vosges, à écouter le rugissement des mobylettes autour, la circulation qui s'intensifie en direction de la rue Beaumarchais.

— Par chance, je trouve les femmes horribles et grincheuses extrêmement attirantes.

— Tu as oublié exigeantes.

— Ça, c'est mon trait de caractère préféré.

— Vas-y, dit-elle en s'écartant de lui en douceur. Vas-y maintenant, espèce de beau parleur d'architecte, avant que je te traîne jusqu'à notre lit d'hôtel et que je t'empêche d'assister à ton nouveau rendez-vous.

Entre eux, l'atmosphère s'est détendue, l'air est de nouveau respirable. Elle laisse échapper un soupir.

— Qu'est-ce que tu vas faire ?

Elle le regarde ramasser ses affaires : clés, portefeuille, veste, téléphone.

— Aller visiter une expo, peut-être.

—Je t'écris un SMS dès qu'on a terminé. Je viendrai te rejoindre. (Il lui envoie un baiser.) Et puis on pourra reprendre cette discussion dans laquelle tu me traînes au lit.

Il est à mi-chemin de la porte qui mène vers la rue quand il se retourne et lève une main.

—*À bientôt**, madame Halston !

Le sourire de Liv perdure jusqu'à ce qu'elle le perde de vue.

Le réceptionniste l'a avertie qu'il y aurait plusieurs heures d'attente pour entrer au Louvre à cette heure, alors elle se dirige vers le musée d'Orsay. David lui a expliqué que l'architecture du bâtiment est presque aussi impressionnante que les œuvres d'art qu'il renferme. Hélas, à 10 heures du matin, la queue serpente encore en zigzag devant le musée. Le soleil est déjà chaud, et elle a oublié de prendre un chapeau.

—Génial ! marmonne-t-elle en prenant place au bout de la queue.

Si ça se trouve, elle ne sera même pas arrivée à entrer avant la fin de la réunion de David.

—Ça ne devrait pas être trop long, ils font entrer les gens assez vite.

L'homme qui la précède se tourne vers elle et désigne l'avant de la file d'un geste du menton.

—Ils organisent parfois des journées portes ouvertes. Alors là, vous devriez voir la queue…

Il arbore une veste en lin parfaitement repassée et l'assurance que confère la richesse. Quand il lui sourit, elle se demande si le fait qu'elle soit anglaise est écrit en grosses lettres sur son front.

— Je ne sais même pas si tous ces gens vont tenir à l'intérieur.

— Oh si. C'est un peu le TARDIS[1], là-dedans. Tim Freeland, dit-il avec un sourire, la main tendue.

— Olivia Worth… Halston. Liv Halston.

Elle ne s'est toujours pas habituée à son changement de nom.

— Ah… L'affiche annonce une grande exposition Matisse. Je suppose que c'est pour ça que les visiteurs sont venus si nombreux. Tenez, laissez-moi ouvrir mon parapluie. Ça vous protégera un peu du soleil.

Il vient chaque année assister au tournoi de tennis, lui explique-t-il tandis qu'ils avancent à petits pas, tournant et retournant au gré de la file d'attente. Et entre deux matchs, il occupe son temps en se rendant dans ses endroits favoris. Il préfère largement le musée d'Orsay au Louvre, trop bondé de touristes pour que l'on puisse voir les tableaux. Saisissant l'ironie de son commentaire, elle lui adresse un sourire en coin.

Il est grand et bronzé, les cheveux blond cendré, rabattus en arrière sans doute depuis l'adolescence. La manière dont il parle de sa vie suggère une certaine liberté vis-à-vis des

1. Le TARDIS est une machine à voyager dans le temps et l'espace dans la série britannique de science-fiction *Doctor Who*. Son nom est l'acronyme de Time And Relative Dimension In Space (« Temps À Relativité Dimensionnelle Inter-Spatiale »).

contingences financières. Sa référence à des enfants et l'absence d'alliance laissent, quant à elles, imaginer un divorce lointain.

Il est attentif et charmant. Ils discutent des restaurants de Paris, de tennis, du caractère imprévisible des chauffeurs de taxi. C'est un soulagement de pouvoir échanger des paroles qui ne soient pas chargées de ressentiment sous-jacent. Quand ils parviennent à l'avant de la file, Liv éprouve une joie qu'elle ne s'explique pas.

— Merci, vous avez fait passer le temps merveilleusement vite.

Tim Freeland replie son parapluie et lui tend sa main.

— Ce fut un plaisir de vous rencontrer, Olivia Halston. Je vous recommande les impressionnistes au dernier étage. En y allant tout de suite, vous en aurez le meilleur aperçu, avant que la foule ne devienne trop insupportable.

Il lui sourit, les coins de ses yeux se plissent, puis il disparaît d'un pas décidé en direction de la caverne d'Ali Baba que constitue le musée, comme s'il savait avec exactitude où il se rend. Et Liv, qui se convainc que même pendant une lune de miel on est autorisée à se sentir requinquée par vingt minutes de conversation avec un bel homme attentionné, qu'il ait ou non flirté avec vous, se dirige d'un pas légèrement plus guilleret vers les ascenseurs.

Elle prend son temps, marchant lentement devant les toiles des impressionnistes, étudiant chacune avec attention. Après tout, elle a plusieurs heures à tuer. Avec une pointe de honte, elle se rend compte qu'elle n'avait plus remis les pieds dans un musée depuis la fin de son cursus universitaire, deux ans auparavant. À la réflexion, elle décide qu'elle aime les Monet et les Morisot, mais qu'elle n'apprécie pas les Renoir. Enfin, il se peut que la raison de son désintérêt tienne à leur utilisation massive sur les boîtes de chocolats, et qu'elle n'ait du mal à dissocier l'image galvaudée de la peinture originale.

Elle s'assied, puis se relève. Elle regrette que David ne soit pas là. C'est étrange, de se tenir devant les toiles sans avoir personne avec qui les commenter. Elle se surprend à chercher subrepticement d'autres personnes qui pourraient être seules, et à guetter chez elles d'éventuels signes de bizarrerie. Elle hésite à appeler Jasmine, rien que pour le plaisir de parler à quelqu'un, mais songe que ce geste reviendrait à reconnaître publiquement l'échec de sa lune de miel. Car qui passe un coup de fil pendant sa lune de miel ? De nouveau, une pointe de colère la traverse à l'encontre de David, dont elle doit se défaire par une dispute muette avec elle-même.

Autour d'elle, la galerie se remplit peu à peu. Un groupe d'écoliers passe, qui suit un guide aux gestes théâtraux. Ils s'immobilisent devant *Le Déjeuner sur l'herbe*, et il leur fait signe de s'asseoir pendant qu'il parle.

— Regardez ! s'exclame-t-il. Ils appliquaient de la peinture mouillée sur de la peinture mouillée. Ce furent les premiers artistes à le faire ! Afin de pouvoir bouger les couleurs comme ça…

Il agite les bras comme un fou. Les enfants sont captivés. Un groupe d'adultes s'arrête pour l'écouter aussi.

— Et cette toile a provoqué un énorme scandale quand elle a été montrée ! Énorme ! Pourquoi la dame ne portait-elle pas de vêtements alors que les messieurs étaient habillés ? Qu'en pensez-vous, jeune homme ?

Liv adore l'idée que de petits Français de huit ans soient incités à débattre de la nudité en public. Elle adore aussi le respect avec lequel le guide s'adresse à eux. Et, une nouvelle fois, elle se prend à regretter que David ne soit pas là, car elle sait qu'il éprouverait la même chose.

Il lui faut plusieurs minutes avant de se rendre compte de la foule qui se masse désormais dans les salles, rendant l'atmosphère étouffante. Elle continue à entendre des accents anglais et américains. Et, pour une raison qu'elle ne s'explique pas, cela l'ennuie. Tout à coup, elle est agacée par des petits riens.

Pressée de s'échapper, Liv traverse une, puis deux salles, passe devant une série de paysages, jusqu'à parvenir aux artistes moins populaires, devant lesquels les visiteurs se font plus rares. Elle ralentit, dans un désir d'accorder à ces peintres moins connus la même attention qu'aux grands maîtres, bien qu'il n'y ait pas grand-chose pour attirer l'œil. Elle s'apprête à chercher la sortie quand elle se retrouve devant une petite huile sur toile. Et là, presque malgré elle, Liv s'immobilise. Une femme rousse se tient près d'une table chargée des restes d'un repas, habillée d'une robe blanche qui pourrait être un sous-vêtement, Liv ne saurait le dire. Son corps est en partie détourné, on ne le voit pas en entier, mais le côté de son visage est dans la lumière. Elle regarde en direction de l'artiste, sans toutefois vouloir croiser son regard. Ses épaules sont courbées en avant sous l'effet du mécontentement ou de la tension.

Femme tourmentée, indique la légende.

Liv la contemple, absorbe l'exquise limpidité de l'œil de la femme, les touches de couleurs sur ses joues, la façon dont sa posture suggère une colère à peine contenue, et pourtant une forme de défaite aussi.

Mon Dieu, c'est moi, se dit soudain Liv.

Une fois que cette idée a germé dans sa tête, elle ne peut plus l'en chasser. Liv se sent incapable de se détourner de la toile. Elle a le souffle court, comme si l'on venait de lui donner un coup de poing. La peinture est si étrangement intime, si perturbante.

J'ai vingt-trois ans, songe-t-elle. *Et j'ai épousé un homme qui me place déjà en arrière-plan de sa vie. Je vais devenir cette femme triste et furieuse que personne ne remarque dans la cuisine, en quête de son attention, qui boude quand elle ne l'obtient pas. Une épouse délaissée qui a appris à s'occuper seule et essaie de se contenter de ça.*

Elle imagine de futurs voyages avec David : elle qui feuillette les guides des attractions locales, en tâchant de ne pas montrer sa déception quand, pour la énième fois, il lui annonce un important rendez-vous de travail qu'il ne peut pas rater.

Je vais finir comme ma mère.

Elle a laissé faire trop longtemps pour se rappeler la femme qu'elle était avant son mariage.

Bobonne.

Le musée d'Orsay est soudain trop bondé, trop bruyant. Elle se retrouve en train de se frayer un chemin vers le rez-de-chaussée, à contresens de la foule qui avance, marmonnant des excuses quand elle rencontre la résistance des épaules, des coudes, des sacs. Elle s'échappe par une volée de marches et se faufile dans un long couloir, mais au lieu de se diriger vers la sortie, elle atterrit près d'une impressionnante salle de restaurant, où une queue a commencé à se former : les places y sont chères.

Bon sang, mais elle est où, cette fichue porte ?

Elle joue des coudes dans une foule compacte en direction de la section Art déco – les immenses meubles végétaux, grotesques, volontairement extravagants – et se rend compte qu'elle est à l'opposé de la sortie. Un sanglot lui échappe, plein de quelque chose qu'elle ne parvient pas vraiment à exprimer.

— Vous ne vous sentez pas bien ?

Elle fait volte-face. Tim Freeland la dévisage, une brochure à la main. Elle s'empresse de se donner une contenance et tente d'afficher un sourire.

— Je… je ne retrouve plus la sortie.

Il sonde son regard – est-ce qu'elle pleure ou pas ? –, et elle est mortifiée.

— Je suis désolée. Il faut… il faut vraiment que je sorte d'ici.

— La foule, dit-il calmement. Elle peut devenir un peu étouffante, à cette période de l'année. Venez.

Il lui effleure le bras et la guide à travers le musée, préférant les salles sombres, à l'écart, où moins de gens semblent s'agglutiner. En quelques minutes, ils sont au pied d'un escalier et émergent dans le grand hall extérieur, où la file d'attente s'est encore allongée.

Ils s'arrêtent à quelques dizaines de mètres. Liv a recouvré la maîtrise de sa respiration.

— Je suis vraiment navrée, marmonne-t-elle avec un regard en arrière. Je ne pense pas que vous parviendrez à rentrer à nouveau.

Il secoue la tête.

— J'ai eu ma dose pour la journée. Quand vous en arrivez au stade où vous ne voyez plus que la nuque des autres visiteurs, c'est qu'il est temps de partir.

Ils restent un moment debout sur le trottoir ensoleillé. Les voitures avancent au pas sur les berges du fleuve, une mobylette se faufile bruyamment entre les véhicules à l'arrêt. Le soleil baigne les bâtiments d'une lumière bleutée qui paraît spécifique à cette ville.

— Vous aimeriez prendre un café ? Ça ne vous ferait pas de mal de vous asseoir quelques minutes.

— Euh… Je ne peux pas. Je suis censée retrouver…

Elle baisse le nez vers son téléphone. Pas de messages. Elle fixe l'écran des yeux, digère l'information, le fait qu'il est presque une heure plus tard que celle à laquelle il devait avoir terminé.

— Euh… Vous pouvez m'accorder une seconde ?

Elle se détourne, compose le numéro de David et plisse les paupières en observant la circulation sur le quai Voltaire.

Elle tombe directement sur sa messagerie. L'espace d'un instant, elle se demande quoi dire… et décide de se taire.

Elle referme son téléphone et reporte son attention sur Tim Freeland.

— Eh bien, oui, je prendrais volontiers un café. Merci.

— *Un café et un grand crème.**

Même quand elle se fend de son meilleur français, les serveurs lui répondent systématiquement en anglais. Cela dit, comparé aux diverses humiliations de la matinée, c'est le cadet de ses soucis. Elle boit un café, en commande un second, inhale l'air doux de la ville et s'arrange pour changer de sujet quand la conversation devient trop personnelle.

— Vous posez beaucoup de questions, lui fait remarquer Tim Freeland à un moment donné. Soit vous êtes journaliste, soit vous avez été élève dans une excellente école privée.

— Ou alors je suis une experte en espionnage industriel. Et je sais tout de votre nouveau gadget.

Il rit.

— Ah… hélas, je ne conçois plus aucun gadget. Je suis à la retraite.

— Vraiment ? Vous n'avez pas l'air assez vieux pour ça.

— Je ne le suis pas. J'ai vendu mon entreprise il y a neuf mois. Et je cherche encore comment occuper mon temps.

La manière dont il le dit suggère qu'il n'est pas spécialement inquiet. D'ailleurs, pourquoi le serait-il ?

Le serais-tu, toi, si tu pouvais passer tes journées à te promener dans tes villes préférées, à admirer des œuvres d'art ou à inviter de parfaits inconnus à prendre un café ?

— Et vous vivez où ?

— Oh, un peu partout ! Un mois ou deux ici au début de l'été. J'ai une résidence à Londres. Je passe du temps en Amérique du Sud aussi, car ma première femme habite à Buenos Aires avec mes deux aînés.

— Ça a l'air compliqué.

— Quand on a mon grand âge, la vie l'est forcément.

Il sourit d'un air fataliste.

— J'ai eu une période où je faisais partie de ces hommes idiots incapables de tomber amoureux sans se marier.

— Quel gentleman !

— Pas vraiment. Je ne sais plus qui a dit : « Chaque fois que je tombe amoureux, je perds une maison. » (Il remue son café.) En réalité, les choses se passent plutôt en bonne intelligence, de ce point de vue-là. J'ai deux ex-femmes, toutes les deux merveilleuses. C'est juste bien dommage que je ne m'en sois pas rendu compte à l'époque.

Il parle doucement, à un rythme mesuré, et emploie des mots soigneusement choisis. Comme un homme habitué à ce qu'on l'écoute. Liv l'observe, ses mains bronzées, ses manchettes immaculées, et s'imagine un meublé dans le Ier arrondissement, une femme de ménage, un restaurant chic où le propriétaire l'appelle par son nom. Tim Freeland n'est pas son type, et est d'au moins vingt-cinq ans son aîné, mais elle se demande, une fraction de seconde, à quoi ressemblerait son existence aux côtés d'un homme comme lui. Et si, aux yeux du passant lambda, ils peuvent passer pour mari et femme.

— Que faites-vous dans la vie, Olivia ?

Il l'appelle Olivia depuis qu'elle s'est présentée. Dans la bouche d'un autre, cela s'apparenterait à de l'affectation, mais venant de lui, ça sonne juste comme une courtoisie surannée.

Elle est tirée de sa rêverie, rougit légèrement en se rappelant à quoi elle pensait.

— Disons que je suis entre deux boulots, en ce moment. J'ai obtenu mon diplôme et travaillé un peu dans un bureau, un peu comme serveuse. Bref, les trucs habituels chez les filles de la classe moyenne. Sans doute que je n'ai pas encore trouvé ma voie, moi non plus.

Elle se tripote les cheveux.

— Vous avez tout le temps. Des enfants ?

Il jette un regard appuyé à son alliance.

— Oh non ! Pas avant longtemps.

Elle rit, mal à l'aise. Elle a déjà du mal à s'occuper d'elle, alors l'idée d'un bébé lui paraît inenvisageable. Elle sent son regard peser sur elle.

— Exact. Pour ça aussi, vous avez tout le temps. (Il ne la quitte pas des yeux.) Si je puis me permettre, vous êtes bien jeune pour être mariée. La plupart des femmes se marient plus tard aujourd'hui…

Ne sachant que répondre, elle boit une gorgée de son café.

— Je sais qu'on ne doit pas demander son âge à une femme, mais vous avez quoi… vingt-trois ? Vingt-quatre ans ?

— Bien vu. Vingt-trois.

Il hoche la tête.

— Vous avez de bons gènes. Je ne serais pas étonné que vous fassiez encore vingt-trois ans dans dix ans. Non, ne rougissez pas, je me contente d'énoncer un fait. Premier amour ?

— Non… plutôt un coup de foudre. (Elle relève les yeux de sa tasse.) En fait, on vient tout juste de se marier.

Il fronce les sourcils. Et la question est là, en suspens entre eux.

— Vous êtes en lune de miel ?

Il l'a posée sans détours, pourtant son expression est si médusée, sa soudaine pitié si mal cachée, qu'elle craque. Elle revoit le tableau intitulé *Femme tourmentée*, elle se voit abattue, délaissée, elle imagine une vie entière à supporter la gêne à peine masquée des gens. « Oh, tu es mariée ? Et ton mari, il est où ? »

Qu'est-ce qu'elle a fait ?

— Je suis navrée, lâche-t-elle, la tête basse, tout en ramassant ses affaires sur la table. Je dois y aller.

— Olivia, je vous en prie, ne partez pas si vite. Je suis…

Le sang lui bat dans les oreilles.

— Non. Vraiment. D'ailleurs, je ne devrais sans doute même pas être ici. Ce fut un plaisir de vous rencontrer. Merci beaucoup pour le café. Et… enfin, vous savez…

Elle ne le regarde pas. Elle esquisse un sourire, lance un « au revoir » dans sa direction, et puis elle s'enfuit, courant plus qu'elle ne marche, le long de la Seine, vers Notre-Dame.

Chapitre 4

1912

Le marché Monge était très fréquenté, malgré le vent froid et le vilain crachin. Je marchai un demi pas derrière Mimi Einsbacher, qui se promenait entre les étals avec un balancement déterminé des hanches et n'avait cessé de prodiguer ses commentaires depuis l'instant où nous avions pénétré dans l'enceinte du marché.

« Oh, vous devez acheter ceci. Édouard adore les pêches espagnoles. Regardez, elles sont parfaitement mûres. »

« Lui avez-vous déjà cuisiné des langoustines ? Il en raffole ! Il est capable d'en manger des tonnes. »

« Du chou ? Des oignons rouges ? Vous êtes sûre ? Ce sont des ingrédients assez… rustiques. Vous savez, je crois bien qu'il préférerait quelque chose d'un peu plus sophistiqué. C'est un grand gourmand, Édouard, figurez-vous. Une fois, nous sommes allés au *Petit Fils* et il a mangé les quatorze plats du menu dégustation. Imaginez-vous ! J'ai cru qu'il allait exploser quand les petits fours sont arrivés. Mais il était si heureux… »

Elle secoua la tête, comme perdue dans une rêverie.

« C'est un homme d'un grand appétit… »

J'attrapai une botte de carottes et les inspectai de près, en tâchant de donner l'impression que j'étais vraiment concentrée dessus. Quelque part dans un coin de ma tête, une pulsation distante avait commencé à cogner, et je détectais les prémices d'une migraine.

Mimi Einsbacher s'arrêta devant l'étal d'un boucher. Elle échangea quelques mots avec le vendeur, avant de se saisir d'un petit récipient, qu'elle leva en direction du soleil. Sous son chapeau, elle m'adressa un regard de biais.

— Hum… Ce sont des souvenirs que vous préférez ne pas entendre, Sophia, cependant je dois vous suggérer le foie gras. Un mets délicieux pour Édouard. Et si vous êtes un peu… à court d'argent, je serais ravie de lui en faire cadeau… de la part d'une vieille amie. Je sais comme il peut être inconstant dans ce domaine.

— Merci beaucoup, mais nous sommes encore capables de subvenir à nos besoins.

Je lui pris le bocal des mains, le mis dans mon panier et tendis un billet au marchand.

La moitié de notre budget nourriture, calculai-je, furieuse.

Elle avait ralenti le pas, si bien que je n'avais d'autre choix que de marcher à son côté.

— Alors, Gagnaire me dit qu'Édouard n'a rien peint depuis des semaines. Quel dommage !

Pourquoi tu vas discuter avec le vendeur d'Édouard? avais-je envie de lui demander, mais je laissai filer.

—Nous venons tout juste de nous marier. Il est... distrait.

—Il a un talent immense. Il ne doit pas perdre sa concentration.

—Édouard dit qu'il se remettra à la peinture quand il sera prêt.

À croire qu'elle ne m'avait pas entendue. Mimi s'était dirigée vers le stand pâtisserie, et admirait une *tarte aux framboises**.

—Des *framboises**! À cette époque de l'année! Vraiment, je ne sais pas où va le monde.

S'il te plaît, ne propose pas d'en acheter pour Édouard, l'enjoignis-je en silence. *Il me reste tout juste assez d'argent pour le pain.*

Mais Mimi avait autre chose en tête. Elle acheta une petite baguette, attendit que le marchand l'enveloppe dans un papier, puis se tourna à moitié vers moi en baissant la voix.

—Vous n'imaginez pas comme nous avons tous été surpris d'apprendre qu'il s'était marié. Un homme comme Édouard. (Elle passa délicatement la baguette à travers la poignée de son panier.) Et donc je me demandais... Les félicitations sont-elles de rigueur? s'enquit-elle avec un grand rictus.

Je la dévisageai. Et je me rendis compte qu'elle regardait mon ventre avec insistance.

— Non !

Il me fallut plusieurs minutes pour comprendre à quel point elle venait de m'insulter.

Je brûlais de lui rétorquer que c'était Édouard qui m'avait suppliée de l'épouser. Lui qui avait insisté, ne supportant pas l'idée qu'un autre homme puisse poser les yeux sur moi et voir ce que lui voyait.

Mais je ne tenais pas à lui révéler quoi que ce soit nous concernant. Confrontée à son inimitié souriante, je voulais garder chaque détail de notre mariage pour moi, qu'elle ne puisse pas y piocher de quoi me blesser, qu'elle ne puisse rien déformer. Je sentis mes joues s'empourprer.

Elle restait plantée là à me contempler.

— Oh, vous devez être sensible, Sophia.

— Sophie, rectifiai-je. Je m'appelle Sophie.

Elle me tourna le dos.

— Oui, bien sûr. Sophie. Cependant, ma question ne peut pas vous paraître entièrement inattendue. Il est naturel que ceux qui connaissent Édouard depuis très longtemps se montrent un peu possessifs vis-à-vis de lui. Après tout, nous savons si peu de choses à votre sujet… hormis… Vous êtes vendeuse, c'est ça ?

— Je l'étais. Jusqu'à ce que je l'épouse.

— Et, bien entendu, vous avez dû quitter votre… commerce. Quel dommage ! Comme vos amies vendeuses doivent vous manquer. Je suis bien placée pour connaître le réconfort que l'on trouve à évoluer au sein de son propre cercle, parmi les siens.

— Je me trouve très bien dans le cercle d'Édouard.

— Je n'en doute pas. Même s'il peut s'avérer terriblement difficile de s'y faire de véritables amis, quand tous les autres se connaissent déjà depuis des années. Il est parfois très dur d'entrer dans ces discussions privées, cette histoire qui s'est écrite avant vous. Mais je suis certaine que vous vous en sortez très bien, dit-elle avec un sourire cruel.

— Édouard et moi sommes les plus heureux du monde quand nous sommes seuls.

— Bien sûr. Néanmoins, vous ne pouvez imaginer qu'il puisse vouloir vivre éternellement comme ça, Sophia. Car il est d'un naturel très sociable. Un homme tel qu'Édouard a besoin qu'on lui accorde la plus grande liberté.

Je luttais pour garder mon sang-froid.

— Vous parlez comme si j'étais devenue sa geôlière. Je n'ai jamais souhaité qu'Édouard fasse autre chose que ce qui lui plaît.

— J'en suis sûre. Tout comme je suis sûre que vous vous rendez compte que vous avez de la chance d'avoir épousé un homme comme lui. J'ai simplement estimé judicieux de vous offrir quelques conseils.

Voyant que je ne répondais pas, elle ajouta :

— Vous me trouvez peut-être bien présomptueuse, de vous aviser sur votre propre mari. Mais vous savez qu'Édouard ne se plie pas aux règles de la bourgeoisie, c'est pourquoi je me suis sentie autorisée à discuter de ça librement avec vous.

— Vous m'en voyez très reconnaissante, *madame**.

Je me demandais s'il m'était possible de tourner les talons et de la planter là, en prétextant quelque rendez-vous, car il me semblait avoir enduré son petit numéro assez longtemps.

Elle baissa la voix de nouveau, s'écarta de l'étal et me fit signe de l'imiter.

— Eh bien, si nous nous parlons franchement, Édouard est un homme de grand… appétit. (Elle accompagna sa remarque d'un regard entendu.) Je ne doute pas qu'il soit ravi de son mariage pour le moment, mais dès qu'il se remettra à peindre d'autres femmes, vous devez vous préparer à… lui accorder certaines libertés.

— Je vous demande pardon ?

— Vous voulez vraiment que je dise le mot, Sophia ?

— Sophie, répétai-je, la mâchoire crispée. Et oui, je vous en prie, dites le mot, *madame**.

— Je suis vraiment navrée si c'est indélicat, mais vous devez savoir que vous n'êtes pas la première, parmi les modèles d'Édouard, avec qui… il a des relations.

— Je ne comprends pas.

Elle me regardait comme si j'étais idiote.

— Les femmes, sur ses toiles… ce n'est pas un hasard si Édouard parvient à les sublimer ainsi, si délicates et si puissantes ; ce n'est pas pour rien qu'il est capable de peindre une telle intimité.

Je crois que je savais en cet instant ce qu'elle s'apprêtait à dire, pourtant je restai là à attendre que les mots me tombent dessus, comme les lames d'une série de petites guillotines.

— Édouard est un homme de passions, brèves et enflammées. Quand il se lassera de la nouveauté que constitue votre mariage, Sophia, il retournera à ses vieilles habitudes. Alors, si vous êtes une fille sensible, et je suis sûre que c'est le cas, vu votre milieu… disons modeste, je vous conseille d'apprendre à fermer les yeux. Un homme pareil ne saurait être enfermé. Cela va à l'encontre de son tempérament artistique.

Je déglutis.

— Madame, j'ai déjà suffisamment abusé de votre temps. Je crains que nous ne devions nous séparer ici. Merci pour vos… bons conseils.

Sur quoi je m'éloignai, ses paroles résonnant encore à mes oreilles, les phalanges blanchies à force de serrer les poings. Il me fallut arriver à mi-chemin de la rue Soufflot pour me rendre compte que j'avais laissé le sac contenant les oignons, le chou et le fromage par terre près de l'étal.

Édouard était sorti quand je rentrai. Son marchand et lui avaient pour habitude de se retirer dans un bar du quartier pour y conduire leurs affaires devant des verres de pastis, voire, s'il se faisait tard, d'absinthe. Je lâchai le panier avec mon porte-monnaie et le bocal de foie gras sur la table de la cuisine et me dirigeai vers le cabinet de toilette, où je m'aspergeai le visage d'eau froide. La fille qui me regardait dans le miroir était une créature sombre, à la bouche déformée par la colère, aux pommettes teintées de rouge. Je tentai de sourire, de ressembler à la femme qu'Édouard voyait, mais elle refusait d'apparaître. Je ne voyais que cette femme menue et inquiète, qui avait construit son bonheur sur des sables mouvants.

Je me versai un verre de vin doux, que je bus rapidement. Et puis un autre. Jamais de ma vie je n'avais bu en journée. Ayant grandi auprès d'un père excessif, j'avais même peu d'appétit pour la boisson avant de rencontrer Édouard.

Assise dans le silence de la pièce, je continuais d'entendre ses mots.

« Il retournera à ses vieilles habitudes. Les femmes, sur ses toiles… ce n'est pas un hasard si Édouard parvient à les sublimer ainsi… »

Tout à coup, je jetai le verre contre le mur, et mon cri angoissé se joignit au fracas de verre brisé.

Je ne saurais dire combien de temps je restai allongée sur notre lit, perdue dans mon chagrin muet. Je ne voulais pas me lever. Mon foyer, l'atelier d'Édouard, n'était plus notre petit paradis. J'avais l'impression qu'il avait été envahi par les fantômes de ses liaisons passées, qu'il se colorait de leurs conversations, de leurs regards, de leurs baisers.

Ne pense pas comme ça.

Mais mon esprit tournait en rond comme un cheval fou, galopait dans de nouvelles et terribles directions, sans que je sois en mesure de le freiner.

La nuit avait commencé à tomber, et dehors j'entendais l'homme qui allumait les lampadaires fredonner tranquillement. Un son que je trouvais apaisant, en temps normal. Je me levai, avec la vague idée de ramasser le verre cassé avant le retour d'Édouard. Au lieu de quoi je me surpris à me diriger vers ses toiles, entreposées le long du mur du fond. Devant elles, je marquai une seconde d'hésitation, et puis je me mis à les soulever pour les observer. L'une après l'autre. Il y avait Laure Le Comte, la *fille de joie**, dans une robe de serge verte, un autre portrait d'elle nue, adossée à un pilier, façon statue grecque, avec ses petits seins dressés comme des moitiés de pêches espagnoles. Emmeline, l'Anglaise du *Bar Brun*, ses jambes découvertes croisées sous elle sur la chaise, un bras allongé sur le dossier. Il y avait aussi une inconnue aux cheveux noirs, dont les boucles en tire-bouchon tombaient en cascade sur son épaule nue tandis qu'elle reposait sur une chaise longue, les paupières baissées comme si elle dormait. Avait-il couché avec elle aussi ? Ses lèvres entrouvertes, peintes avec tant d'amour, l'attendaient-elles ? Comment avais-je pu me croire immunisée face à cette peau soyeuse dénudée, ces jupons froissés si artistiquement ?

Bon sang, quelle idiote j'avais été ! Quelle idiote de provinciale…

Et là, enfin, il y avait Mimi Einsbacher, penchée sur un miroir, la ligne de son dos nu parfaitement dessinée par l'impitoyable corset au-dessous, la courbe de sa nuque comme une pâle invitation. Le trait au fusain était tracé avec amour, fluidité et complaisance. Mais le dessin n'était pas terminé. Qu'avait-il fait après avoir commencé l'esquisse ? S'était-il approché derrière elle, pour placer ses mains sur les bras du modèle et poser les lèvres juste à l'endroit où l'épaule rencontre le cou ? L'endroit qui, à moi, me donnait des frissons de désir ? L'avait-il délicatement allongée sur ce lit – notre lit –, lui avait-il murmuré de douces paroles en remontant ses jupes jusqu'à ce qu'elle…

Je collai mes poings serrés contre mes yeux. Je me sentais comme dérangée, comme folle. Je n'avais jamais ne serait-ce que remarqué ces peintures avant. Et à présent, chacune me faisait l'effet d'une trahison, d'une menace pour mon bonheur futur. Avait-il couché avec toutes ces femmes ? Combien de temps s'écoulerait avant qu'il recommence ?

Je restais assise à les observer attentivement, les haïssant toutes, et pourtant incapable de m'en détourner, inventant des vies entières de secrets, de plaisirs, de mensonges et de petits riens susurrés pour chacune d'entre elles, jusqu'à ce que le ciel soit aussi sombre que mes pensées.

Je l'entendis avant de le voir, qui montait l'escalier en sifflotant.

— Femme ! cria-t-il en ouvrant la porte. Pourquoi es-tu dans le noir ?

Il jeta son grand manteau sur le lit et se promena dans l'atelier en allumant les lampes à acétylène, les bougies plantées dans des goulots, sa cigarette coincée au coin des lèvres tandis qu'il ajustait les rideaux. Et puis il se dirigea vers moi et m'enlaça, plissant les yeux dans la lumière faiblarde pour mieux distinguer mes traits.

— Il n'est que 17 heures. Je ne t'attendais pas si tôt.

J'avais l'impression de me réveiller d'un rêve.

— Si tôt après notre mariage ? Je suis incapable de te laisser bien longtemps. Et puis, tu m'as manqué. Jules Gagnaire n'est pas de taille à lutter contre tes charmes.

Avec délicatesse, il attira mon visage vers le sien et m'embrassa tendrement l'oreille. Il sentait le tabac et le pastis.

— Je ne supporte pas d'être séparé de toi, ma petite vendeuse.

— Ne m'appelle pas comme ça.

Je me levai et m'éloignai de lui, en direction de la cuisine ouverte. Je sentais son regard, un peu perplexe, posé sur moi. En vérité, je ne savais pas trop ce que je faisais. La bouteille de vin était vide depuis longtemps.

— Tu dois avoir faim.

« C'est un homme d'un grand appétit. »

— J'ai… oublié mon sac au marché.

— Peu importe. Moi aussi, j'ai eu du mal à émerger ce matin. La nuit dernière a été bien plaisante, pas vrai ?

Il gloussa, perdu dans ses souvenirs.

Je ne répondis pas. Je sortis assiettes et couteaux, et le reste du pain. Et puis, je contemplai le bocal de foie gras. Je n'avais pas grand-chose d'autre à lui proposer.

— Ma réunion avec Gagnaire a été excellente. Il dit que la galerie Berthoud, dans le XVIe, souhaite exposer mes paysages de jeunesse. Tu sais, les œuvres que j'ai peintes à Cazouls. Il jure qu'il a déjà un acheteur pour les deux plus grandes toiles.

J'entendis le bruit de la bouteille de vin qu'il débouchait, suivi du tintement de deux verres qu'il posait sur la table.

— Je lui ai raconté notre nouveau mode de recouvrement de mon argent. Il a été très impressionné quand je lui ai parlé de nos efforts d'hier soir. Maintenant que je vous ai tous les deux, lui et toi, pour travailler à mes côtés, *chérie**, je suis sûr que nous allons mener la grande vie.

— Je m'en réjouis sincèrement, répondis-je en plaçant la panière devant lui.

Je ne sais pas ce qui se passait. Je n'arrivais pas à le regarder. Je m'assis en face et lui tendis le foie gras et du beurre. Je coupai une orange en quartiers et en mis deux morceaux dans son assiette.

— Du foie gras ! s'exclama-t-il en dévissant le couvercle du bocal. Tu me gâtes, mon amour.

Il coupa un morceau de pain et y étala une tranche de pâté rose pâle. Je le regardai le manger, les yeux plongés dans les miens, et l'espace d'un instant je souhaitai désespérément qu'il n'ait jamais aimé le foie gras. Qu'il en ait horreur. Mais il m'envoya un baiser et claqua des lèvres avec délice.

— Quel festin, hein ?

— Ce n'est pas moi qui ai pensé au foie gras, Édouard. Mimi Einsbacher l'a choisi pour toi.

— Mimi, ah bon ?

Il me dévisagea quelques secondes.

— Eh bien… elle s'y connaît, en matière de nourriture.

— Et dans d'autres domaines ?

— Hum ?

— Dans quels autres domaines Mimi est-elle douée ?

Mon repas restait intact dans mon assiette. Je ne pouvais rien avaler. Je n'avais jamais aimé le foie gras, de toute façon ; l'idée du gavage me déplaisait, de ces oies forcées à manger jusqu'à ce que leurs organes enflent. La douleur que pouvait provoquer l'excès de ce que vous aimez.

Édouard reposa son couteau et me regarda.

— Que se passe-t-il, Sophie ?

J'étais incapable de lui répondre.

— Tu sembles tourmentée.

— Tourmentée ?

— Est-ce à cause de ce que je t'ai dit tout à l'heure ? J'ai bien précisé, mon amour, que c'était avant de te rencontrer. Je ne t'ai jamais menti.

— Et recoucheras-tu avec elle ?

— Quoi ?

— Quand tu seras lassé de notre mariage ? Retourneras-tu à tes anciennes habitudes ?

— Comment ça ?

— Oh, mange donc, Édouard. Dévore donc ton foie gras.

Il m'observa un long moment, puis reprit la parole d'un ton doux et apaisant.

— Qu'ai-je fait pour mériter ta colère ? T'ai-je jamais donné la moindre raison de douter de moi ? T'ai-je jamais montré autre chose que la plus totale dévotion ?

— Ce n'est pas le sujet.

— Et quel est le sujet, alors ?

— Comment obtenais-tu d'elles qu'elles te regardent comme ça ? le questionnai-je d'une voix forte.

— Qui ?

— Ces femmes. Les Mimi et les Laure. Les prostituées, et toutes ces fichues filles qui passent devant notre porte. Comment arrivais-tu à les convaincre de poser pour toi ?

Édouard était médusé. Quand il parla, sa bouche était crispée par un rictus inhabituel.

— De la même manière que je t'ai convaincue de poser pour moi : je leur ai demandé.

— Et ensuite ? Tu leur as fait ce que tu m'as fait, à moi ?

Il baissa les yeux sur son assiette avant de répondre :

— Si je me rappelle bien, Sophie, c'est toi qui m'as séduit, la première fois. Ou peut-être que les choses t'apparaissent sous un jour nouveau dans cette nouvelle version des faits ?

— C'est censé me rassurer ? Que j'aie été la seule parmi tes modèles à qui tu n'aies pas essayé de faire l'amour ?

Sa voix explosa dans l'atelier.

— Qu'est-ce qui ne va pas, Sophie ? Pourquoi essaies-tu de me torturer ainsi ? Nous sommes heureux, toi et moi. Tu sais que je n'ai pas ne serait-ce que regardé une autre femme depuis notre rencontre !

Je me mis à applaudir, et chaque claquement de mains déchira le silence.

— Bravo, Édouard ! Tu es resté fidèle tout le temps jusqu'à ta lune de miel ! Comme c'est admirable !

— Mais nom de Dieu ! (Il se leva de la table.) Où est passée mon épouse ? Mon épouse heureuse, rayonnante et aimante ? Et qui est cette femme qui l'a remplacée ? Triste et suspicieuse ? Cette accusatrice au visage pincé ?

—Ah, c'est donc ainsi que tu me vois ?

—Dis-moi, est-ce ainsi que tu es devenue, maintenant que nous sommes mariés ?

Nous nous toisâmes en chiens de faïence. Le silence s'intensifia, pesant sur la pièce. Dehors, un enfant éclata en sanglots, et l'on entendit la voix d'une mère, qui grondait et réconfortait.

Édouard se frotta le menton. Il prit une profonde inspiration et regarda par la fenêtre, avant de se retourner vers moi.

—Tu sais que je ne te vois pas comme ça. Tu sais que je... Oh, Sophie, je ne comprends pas d'où vient ta colère. Je ne comprends pas ce que j'ai fait pour mériter pareil...

—Eh bien, va donc leur demander ! l'interrompis-je en tendant la main en direction de ses toiles. (Ma voix était sortie dans un hoquet larmoyant.) Car, après tout, qu'est-ce qu'une provinciale comme moi peut espérer comprendre de ta vie, hein ?

—Oh, tu es impossible ! lâcha-t-il en jetant sa serviette de table.

—C'est être mariée avec toi, qui est impossible. Et je commence à me demander pourquoi tu t'es donné ce mal.

—Eh bien, Sophie, sur ce point au moins, tu n'es pas seule.

Mon mari me lança un regard perçant, ramassa son manteau d'un geste vif et franchit la porte.

Chapitre 5

2002

Quand il l'appelle enfin, elle est sur le pont des Arts. Incapable de dire depuis combien de temps elle est assise là. Les parties grillagées sont presque entièrement recouvertes de cadenas sur lesquels les gens ont inscrit leurs initiales – griffonnées à l'encre indélébile ou gravées par les plus prévoyants –, et les touristes se penchent tout du long pour lire les minuscules caractères sur les petits morceaux de métal. Certains prennent des photos d'eux, le doigt tendu vers des cadenas qu'ils trouvent particulièrement beaux ou vers celui qu'ils viennent d'accrocher eux-mêmes.

Elle se souvient que David lui a parlé de cet endroit avant leur venue à Paris, lui expliquant comment les amoureux verrouillaient les cadenas avant de jeter la clé dans la Seine en symbole de leur amour éternel. Comment, quand les cadenas ont été péniblement retirés par la ville, ils étaient réapparus au bout de quelques jours, gravés d'initiales d'amants qui, deux ans plus tard, seraient peut-être encore ensemble ou auraient préféré changer de continent plutôt que de respirer le même air que l'autre. Il lui a raconté comment le lit du fleuve sous le pont doit être dragué régulièrement pour qu'on y récupère les clés qui s'y accumulent par milliers.

Et voilà qu'elle est assise sur ce banc, s'efforçant de ne pas les regarder de trop près, de passer outre le spectacle de leur surface scintillante. Elle ne veut pas penser à ce qu'ils signifient.

— Retrouve-moi sur le pont des Arts, lui a-t-elle dit.

Rien de plus.

Peut-être a-t-il perçu quelque chose dans sa voix.

— J'en ai pour vingt minutes, a-t-il répondu.

Elle le voit qui arrive du musée du Louvre, le bleu de sa chemise devenant plus vif à mesure qu'il approche. Il porte un pantalon kaki, et elle songe avec un pincement au cœur qu'elle aime énormément le regarder. Que sa silhouette lui est déjà familière, même après si peu de temps. Elle observe ses cheveux courts ébouriffés, et l'impatience qu'on devine dans sa démarche, comme s'il était pressé de passer à la suite. Et puis elle voit, jeté sur son épaule, le sac dans lequel il transporte ses plans.

Qu'est-ce que j'ai fait ?

Il ne sourit pas en s'approchant, même s'il est clair qu'il l'a vue. Il marche jusqu'à elle, ralentit le pas, puis lâche son sac et s'assied à ses côtés.

Ils restent silencieux quelques minutes, à contempler les bateaux remplis de touristes qui passent sous eux.

Et enfin Liv articule :

— Je n'y arrive pas.

Elle baisse les yeux sur le cours de la Seine, louchant vers les gens qui, encore maintenant, se penchent pour examiner les cadenas.

— Je crois qu'on a commis une terrible erreur. J'ai commis une erreur.

— Une erreur ?

— Je sais que je suis impulsive. Je me rends compte à présent qu'on aurait dû y aller plus lentement. On aurait dû… apprendre à se connaître un peu mieux. Alors j'ai réfléchi. Ce n'est pas comme si on avait fait un grand mariage. Ni comme si tous nos amis étaient au courant. On pourrait juste… On pourrait juste faire comme si ça ne s'était pas produit. On est jeunes tous les deux.

— Mais de quoi tu parles, Liv ?

Elle le regarde.

— David… tout est devenu clair pendant que tu avançais vers moi. Tu as apporté tes plans avec toi.

Sa grimace est quasi imperceptible, mais elle ne lui échappe pas.

— Tu savais que tu allais rencontrer les Goldstein. Tu as mis ton sac à plans dans ta valise et tu l'as emporté pour notre lune de miel.

Il baisse les yeux vers ses pieds.

— Non, je ne savais pas. J'espérais juste avoir cette opportunité.

— Et c'est censé être mieux ?

Nouveau silence. David se penche en avant, les mains serrées sur ses genoux. Et puis il se tourne vers elle, l'air troublé.

— Je t'aime, Liv. Tu ne m'aimes plus ?

— Si. Énormément. Mais je ne… je n'y arrive pas. Je ne veux pas être la femme que ça fait de moi.

Il secoue la tête.

— Je ne comprends pas. C'est fou. Je ne me suis absenté qu'une heure ou deux.

— Ce n'est pas ton rendez-vous, le problème. C'était notre lune de miel. Un premier aperçu de la vie que nous mènerons ensemble.

— Depuis quand est-ce qu'une lune de miel serait à l'image d'un mariage ? La plupart des gens s'en vont passer deux semaines allongés sur une plage, nom de Dieu ! Tu penses que c'est représentatif de comment va se dérouler le reste de leur vie ?

— Arrête de jouer sur les mots ! Tu sais très bien ce que je veux dire. C'est censé être le moment où tu…

— Mais c'est ce bâtiment…

— Oh, ce bâtiment, ce bâtiment… Ce putain de bâtiment ! Il y aura toujours un bâtiment, pas vrai ?

— Non. Là, c'est une occasion unique en son genre. Ils…

— Ils veulent une autre réunion avec toi.

Il lâche un soupir, sa mâchoire se crispe.

— Ce n'est pas une réunion à proprement parler. C'est un déjeuner. Demain. Dans l'un des meilleurs restaurants de Paris. Et tu es invitée aussi.

Elle en rirait, si elle n'était pas au bord des larmes. Quand enfin elle reprend la parole, son ton est étrangement calme.

— Je suis désolée, David. Je ne te fais aucun reproche. Tout est ma faute. J'étais si entichée de toi que je n'ai pas vu plus loin que le bout de mon nez. Je n'ai pas imaginé qu'être mariée à quelqu'un qui serait à ce point investi dans son travail me rendrait…

Sa voix devient rauque.

— Te rendrait quoi ? Je t'aime quand même, Liv. Je ne comprends pas.

Elle se frotte les yeux.

— Je ne m'explique pas bien. Écoute… viens avec moi. Je veux te montrer quelque chose.

Le trajet à pied n'est pas long jusqu'au musée d'Orsay. La file d'attente a presque disparu, et ils avancent en silence pendant les dix minutes qu'il leur faut pour atteindre l'entrée. Elle ressent sa présence à côté d'elle avec acuité, ainsi que le malaise qui est apparu entre eux. Une petite partie d'elle n'arrive toujours pas à croire que sa lune de miel va se terminer ainsi.

Elle appelle l'ascenseur, pleine d'assurance, car sachant précisément où elle va cette fois, et David la suit. Ils traversent les salles des impressionnistes au dernier étage, évitent les attroupements de gens devant *Le Déjeuner sur l'herbe* et le même guide enthousiaste qui leur raconte le scandale de la femme nue. Elle songe à l'ironie qu'il y a à être ici avec son époux, à présent, alors qu'il lui a tant manqué ce matin, car c'est trop tard. Oui, c'est trop tard.

Enfin, ils y sont. Devant la petite peinture.

Elle la regarde, il s'en approche.

— *Femme tourmentée*, lit-il. Par Édouard Lefèvre.

Il l'observe attentivement, puis se tourne vers elle, dans l'attente d'une explication.

— Voilà, j'ai découvert cette œuvre ce matin… Cette femme malheureuse et délaissée. Et ça m'a frappée. Ce n'est pas ainsi que je veux être. J'ai soudain eu l'impression que notre mariage tout entier allait être à l'image de ce tableau : moi qui réclame ton attention, et toi qui n'es pas en mesure de me l'accorder. Et ça m'a fait peur.

— Notre mariage ne sera pas comme ça.

— Je ne veux pas être la femme qui se sent négligée, même pendant sa lune de miel.

— Je ne te négligeais pas, Liv…

— Mais tu m'as donné l'impression que je ne comptais pas, et ce, justement à un moment où j'aurais raisonnablement pu attendre de toi que ma présence à tes côtés suffise à ton bonheur.

Elle hausse le ton, s'emporte.

— Je voulais me promener de bar en bar dans Paris, m'asseoir et boire des verres de vin sans raison particulière, ma main dans la tienne. Je voulais t'entendre me raconter qui tu étais avant notre rencontre, et à quoi tu aspirais. Je voulais te dire toutes les choses que j'ai prévues pour notre vie ensemble. Je voulais qu'on fasse l'amour à tout bout de champ. Tout le temps. Je ne rêvais pas d'errer seule dans des musées ou de prendre un café avec un homme que je ne connais même pas, juste pour tuer le temps.

Elle ne peut s'empêcher de ressentir une pointe de satisfaction en voyant l'inquiétude qui traverse son regard.

— Et quand j'ai vu cette toile, tout s'est éclairé. C'est moi, David. C'est ainsi que je vais devenir. C'est ce qui va se passer. Parce que, même là, tu ne comprends pas où est le problème dans le fait de passer deux jours – trois jours – sur une lune de miel qui en compte cinq à essayer de vendre ton travail à quelques riches hommes d'affaires.

Elle déglutit. Et sa voix se brise.

— Je suis navrée. Je ne peux pas être cette femme. Je ne peux pas, c'est tout. Ma mère était comme ça, et ça me terrifie.

Elle s'essuie les joues et penche la tête pour éviter les regards curieux des autres visiteurs.

David a les yeux rivés sur la peinture. Pendant plusieurs minutes, il ne dit rien. Et puis, il se tourne vers elle, les traits tirés.

— OK, je comprends. (Il se passe une main dans les cheveux.) Et tu as raison. Sur toute la ligne. J'ai… j'ai été incroyablement bête. Et égoïste. Je te demande pardon.

Ils se taisent au moment où un couple d'Allemands s'immobilisent devant le tableau, échangent quelques mots et poursuivent leur chemin.

— En revanche, tu te trompes, au sujet de cette œuvre.

Elle lève les yeux vers lui.

— Elle n'est pas délaissée. Elle n'est pas l'emblème d'une relation en échec.

Il s'approche d'un pas, la prend doucement par le coude et lui montre la toile.

— Regarde comment il l'a peinte, Liv. Il ne veut pas qu'elle soit en colère. Il continue à la regarder. Vois la tendresse dans ses coups de pinceau, la manière dont il a coloré sa peau ici. Il l'adore. Il ne supporte pas l'idée qu'elle soit fâchée. Il ne peut s'empêcher de la vénérer alors même qu'elle est furieuse contre lui. (Il reprend son souffle.) Il est là, il ne va nulle part, quelle que soit la rage qu'il a fait naître en elle.

Elle a les yeux débordants de larmes.

— Qu'est-ce que tu veux dire ?

— Je ne crois pas que cette peinture signifie la fin de notre mariage.

Il tend la main et tient la sienne jusqu'à ce qu'elle décrispe les doigts.

— Parce que moi, quand je la regarde, j'y vois l'opposé de ce que tu vois. Oui, quelque chose s'est passé. Oui, elle est malheureuse à ce moment-là. Pourtant, quand je regarde la scène, Liv, je ne vois que l'image d'un amour plein et entier.

Chapitre 6

1912

Une petite pluie avait commencé à tomber quand je m'étais mise en route dans les rues autour du Quartier latin, peu après minuit. Des heures plus tard, elle avait trempé mon chapeau de feutre, si bien que les gouttes me dégoulinaient dans le cou. Pourtant, je les sentais à peine, tant j'étais plongée dans mon chagrin.

Une partie de moi avait voulu attendre le retour d'Édouard, seulement je ne supportais pas l'idée de rester assise à la maison, pas avec les portraits de ces femmes et la perspective des infidélités futures de mon mari suspendues au-dessus de moi comme autant d'épées de Damoclès. Je ne cessais de revoir la blessure dans ses yeux, et sa voix pleine de colère tournait en boucle dans ma tête.

« Qui est cette accusatrice au visage pincé ? »

Il ne voyait plus le meilleur en moi, et qui pouvait l'en blâmer ? Il m'avait enfin perçue telle que j'étais vraiment :

banale, provinciale. Une petite vendeuse invisible. Il s'était laissé enfermer dans le mariage par un accès de jalousie, parce que, l'espace d'un instant, il avait eu la conviction qu'il devait s'assurer mon amour. À présent, il regrettait sa précipitation. Et je lui en avais fait prendre conscience.

Pendant quelques secondes, j'avais songé à faire mes bagages et à partir. Mais chaque fois que pareille idée traversait mon esprit enfiévré, la réponse m'arrivait aussitôt : je l'aimais. Vivre sans lui m'était insupportable. Comment pourrais-je retourner à Saint-Péronne et mener l'existence d'une vieille fille, maintenant que je connaissais la sensation que procurait l'amour ? Comment pourrais-je accepter qu'il vive loin de moi ? Il suffisait qu'il quitte une pièce pour que je souffre physiquement de son absence. J'avais terriblement besoin de lui. Et puis, je ne pouvais tout de même pas rentrer à la maison quelques semaines après notre mariage.

Seulement voilà, le problème persistait : je resterais toujours une provinciale. Je refusais de partager mon époux, comme apparemment les Parisiennes acceptaient de le faire, en fermant les yeux sur ses écarts. Comment admettre la possibilité qu'il rentre à la maison en portant l'odeur d'une autre femme ? Même si je n'avais pas la certitude de son infidélité, comment pourrais-je rentrer chez nous et me retrouver nez à nez avec Mimi Einsbacher, ou n'importe laquelle de ses muses, nue sur notre lit, en train de poser pour lui ? Comment étais-je censée réagir ? Devais-je disparaître dans une pièce à l'écart ? Ressortir me promener ? M'installer et les surveiller ? Il me détesterait.

Il me considérerait comme la geôlière que Mimi Einsbacher avait décrite.

Je comprenais soudain que je n'avais réfléchi à rien de tout ce qu'impliquerait le mariage pour nous. Je n'avais pas vu plus loin que sa voix, ses mains, ses baisers. Je n'avais pas vu plus loin que ma propre vanité, aveuglée que j'étais par le reflet de moi entrevu dans ses toiles et dans ses yeux.

Et à présent qu'un courant d'air avait balayé sa poussière magique, il ne restait plus que l'épouse, cette « accusatrice au visage pincé ». Or, je n'aimais pas cette version-là de moi.

Je marchai dans Paris, longeai la rue de Rivoli, remontai l'avenue Foch et m'enfonçai dans les ruelles derrière les Invalides, sans prêter attention aux regards des hommes, aux sifflements des ivrognes, mes pieds endoloris martelant les pavés, mon visage détourné des passants afin qu'ils ne voient pas mes larmes. Je pleurais le mariage que j'avais déjà perdu. Je pleurais l'Édouard qui n'avait vu que le meilleur de moi. Notre bonheur immense me manquait, cette impression de plénitude quand nous étions ensemble, d'invulnérabilité à l'égard du reste du monde. Comment avions-nous pu en arriver là si vite ? Je marchais, tellement perdue dans mes pensées que je n'avais même pas remarqué que le jour avait commencé à poindre.

— Madame Lefèvre ?

Je me retournai vers une femme qui sortait de l'ombre. Quand elle passa sous la lumière diffuse du lampadaire, je reconnus la fille de joie qu'Édouard m'avait présentée la nuit de la bagarre au *Bar Tripoli*. Je fouillai ma mémoire pour me rappeler son prénom : Lisette ? Laure ?

— Ce n'est pas une heure pour se promener quand on est une dame, dit-elle en jetant un coup d'œil dans la rue.

Je n'avais pas d'argument à lui opposer, ne sachant pas trop si je pouvais me confier à elle. Je me souvenais du coup de coude d'une des vendeuses, un jour qu'il arrivait vers nous : « Ce type-là fraie avec les putains de Pigalle. »

Je levai les yeux vers l'horloge : 4 h 45. J'avais marché toute la nuit.

— Je n'ai pas vu le temps passer.

Son visage était plongé dans la pénombre, pourtant je sentais son regard posé sur moi, scrutateur.

— Vous vous sentez bien ?

— Ça va. Merci.

Elle continuait à me dévisager. Et puis elle avança d'un pas et m'effleura le bras.

— Je ne suis pas sûre que cet endroit soit approprié pour une femme mariée. Allons prendre un verre toutes les deux, voulez-vous ? Je connais un bar non loin d'ici où il fait bien chaud.

Me voyant hésiter, elle me lâcha et recula d'un tout petit pas.

— Mais naturellement, si vous avez autre chose à faire, je comprends.

— Non. C'est très gentil à vous de le proposer. Je rêve d'un bon prétexte pour échapper à ce froid. Je ne me suis même pas rendu compte à quel point je suis gelée.

Nous marchâmes en silence le long de deux ruelles, avant de tourner en direction d'une fenêtre éclairée de l'intérieur. Un Chinois s'écarta d'une lourde porte pour nous laisser entrer, et elle échangea quelques mots avec lui. Le bar était bien chauffé, en effet, et ses vitres embuées. Une poignée d'hommes buvaient encore. Des cochers, pour la plupart, m'expliqua-t-elle en me guidant vers le fond. Laure Le Comte commanda quelque chose au bar, et je m'assis à une table. J'ôtai ma cape mouillée de mes épaules. La petite salle était bruyante et gaie ; dans un coin, les clients s'étaient réunis autour d'une partie de cartes. Je voyais mon reflet dans la glace accrochée au mur, le teint pâle, les cheveux collés au crâne.

Pourquoi m'aimerait-il ? me demandai-je, avant de tenter de chasser cette pensée.

Un serveur d'un certain âge s'approcha avec un plateau, et Laure me tendit un petit verre de cognac. À présent que nous étions assises là, je ne trouvais rien à lui dire.

— Nous sommes arrivées au bon moment, constata-t-elle avec un coup d'œil en direction de la porte.

La pluie tombait à verse, déferlant sur les pavés en ruisselets étroits et dévalant dans les caniveaux.

— Oui, en effet.

— Votre mari est à la maison ?

Elle le connaissait depuis plus longtemps que moi, mais elle ne s'était pas permis de l'appeler par son prénom.

— Je n'en ai aucune idée.

Je bus une gorgée de cognac, qui glissa le long de ma gorge comme de la lave en fusion. Et tout à coup, je commençai à parler. Peut-être par désespoir. Peut-être parce que je savais qu'une femme comme Laure en avait vu d'autres, et qu'elle ne serait pas choquée par ce que je pourrais lui raconter. Ou alors, je voulais juste voir sa réaction. Car, après tout, j'ignorais si elle aussi était de ces femmes que je devais désormais considérer comme une menace.

— J'étais de mauvaise humeur. Alors j'ai préféré... marcher.

Elle hocha la tête et s'autorisa un petit sourire. Ses cheveux, je venais de le remarquer, étaient attachés en un joli chignon sur la nuque, plus à la façon d'une maîtresse d'école que d'une prostituée.

— Je n'ai jamais été mariée. Toutefois, je suppose que cela change la vie au-delà de ce que l'on peut imaginer.

— C'est difficile de s'adapter. Je m'étais crue prête. Et à présent, je ne suis plus certaine d'avoir le tempérament adéquat pour relever ces défis.

Je me surprenais à mesure que les mots sortaient de ma bouche. Je n'étais pas très versée dans les confidences. L'unique personne à qui je me sois jamais confiée, c'était ma sœur, et en son absence Édouard avait été le seul à qui j'aie eu envie de parler.

— C'est Édouard qui vous donne du fil à retordre ?

Je voyais qu'elle était plus âgée que je ne l'avais cru au premier abord : une utilisation intelligente de rouge aux joues et aux lèvres lui donnait l'éclat de la jeunesse, toutefois il émanait d'elle quelque chose de rassurant qui incitait à s'épancher. Je me demandai vaguement ce qu'elle avait fait ce soir, quels genres de secrets elle recueillait chaque jour.

— Oui. Enfin, non. Je veux dire, ce n'est pas seulement Édouard. (Je n'arrivais pas à m'expliquer.) Je ne sais pas. Je suis désolée. Je n'aurais pas dû vous accabler avec mes soucis.

Elle me commanda un second cognac, et puis se mit à siroter le sien, comme si elle réfléchissait à ce qu'elle pouvait me révéler. Enfin, elle se pencha en avant et me parla d'une voix douce.

— Figurez-vous, *madame**, que je me considère comme une sorte d'experte en matière de psychologie de l'homme marié.

Je me sentis rougir légèrement.

— J'ignore ce qui vous a amenée ici ce soir, et je crois que personne, de l'extérieur, ne peut parler avec certitude de ce qui se passe dans l'intimité d'un mariage. En revanche, je peux vous dire ceci : Édouard vous adore. Je l'affirme avec une certaine confiance, ayant fréquenté beaucoup d'hommes mariés, certains même pendant leur lune de miel.

Ses dernières paroles me firent relever les yeux, et elle haussa un sourcil désabusé.

— Oui, pendant leur lune de miel. Avant de vous connaître, je n'aurais jamais imaginé qu'Édouard se marierait un jour. Il semblait parfaitement satisfait de la vie qu'il menait. Et puis, il vous a rencontrée. Et sans coquetterie, sans ruse, vous avez gagné son cœur, et jusqu'à son imagination. Ne sous-estimez pas ce qu'il éprouve pour vous, *madame**.

— Et les autres femmes, je suis censée les ignorer ?

—Les autres femmes ?

—On m'a dit… Édouard n'est pas le genre d'homme à s'adonner avec bonheur à… l'exclusivité.

Laure m'observa sans ciller.

—Et quelle créature venimeuse vous a raconté ça ? (Mon visage avait dû me trahir.) Quelle que soit la graine qu'a semée ce funeste conseiller, *madame**, il semble que ça ait été l'œuvre d'un expert.

Elle reprit une gorgée de son cognac.

—Je vais vous avouer quelque chose, *madame**, et j'espère que vous ne vous en offusquerez pas, car c'est dit avec de bonnes intentions. (Elle se pencha par-dessus la table.) Non, je ne pensais pas qu'Édouard soit le genre d'homme à se marier. Mais quand je vous ai aperçus, tous les deux, devant le *Bar Tripoli*, quand j'ai vu la manière dont il vous regardait, sa fierté, la tendresse avec laquelle il posait sa main dans votre dos, la façon dont il cherchait votre approbation du regard, j'ai su que vous étiez faits l'un pour l'autre. Et j'ai surtout vu qu'il était heureux. Très heureux.

Immobile, je l'écoutais.

—Et je peux vous jurer qu'en vous voyant pour la première fois j'ai ressenti de la honte, chose rare chez moi. Car au cours des mois écoulés, quand je posais pour Édouard, ou quand je le croisais, sur le chemin de chez lui, dans un bar ou un restaurant, plusieurs fois je me suis offerte à lui gratuitement. J'ai toujours beaucoup aimé Édouard, voyez-vous. Et à chaque occasion depuis qu'il a posé les yeux sur vous, il a refusé… avec une délicatesse peu commune certes, mais sans la moindre hésitation.

Dehors, la pluie avait cessé brusquement. Un homme tendit la main par la porte et lança un objet à ses amis, ce qui provoqua l'hilarité générale.

La voix de Laure n'était plus qu'un murmure.

— Le plus grand danger que court votre mariage, si je puis me permettre cette franchise, ce n'est pas votre époux. Ce sont les paroles de ce soi-disant conseiller qui risquent de semer le doute dans votre esprit et de briser la confiance que vous accordez à Édouard.

Ayant fini son verre, elle resserra son châle autour de ses épaules et se leva. Elle vérifia son apparence dans le miroir, rajusta une mèche de cheveux et jeta un coup d'œil par la fenêtre.

— *Et voilà**, il ne pleut plus. Je pense que la journée va être belle. Rentrez chez vous retrouver votre mari. Réjouissez-vous de votre bonne fortune. Soyez la femme qu'il adore.

Elle ponctua sa phrase d'un bref sourire.

— Et, à l'avenir, choisissez vos conseillers avec plus de soin.

Sur un mot à l'intention du propriétaire, elle se dirigea vers la sortie, dans la lumière humide de l'aube. Je restai assise là, digérant ce qu'elle venait de me dire. L'épuisement commençait enfin à pénétrer mes os, en même temps qu'autre chose : un profond soulagement.

J'appelai le vieux serveur afin de payer l'addition. Il m'informa avec un haussement d'épaules que Mme Laure l'avait réglée, et s'en retourna essuyer ses verres.

Au silence qui régnait dans l'escalier alors que je gravissais les marches, je déduisis qu'Édouard devait dormir. Il constituait une source de bruit permanent, quand il était à la maison, toujours à chanter, ou à siffler, ou à mettre son gramophone si fort que les voisins, exaspérés, tapaient contre les murs pour manifester leur mécontentement. Les moineaux pépiaient sans relâche dans le lierre qui recouvrait nos murs, et le claquement distant des sabots des chevaux sur les pavés évoquait une ville qui s'éveille lentement, mais le petit appartement, au dernier étage du 21 de la rue Soufflot, était plongé dans le silence.

Je tâchai de ne pas penser aux lieux où il avait pu se rendre, ni dans quel état d'esprit. Je retirai mes chaussures et me hâtai de gravir les dernières marches à pas de loup. Je n'avais qu'une envie : me faufiler dans le lit à ses côtés et le serrer dans mes bras. Lui dire combien j'étais désolée, combien je l'aimais, quelle idiote j'avais été. Je serais la femme qu'il avait épousée.

Mon esprit bourdonnait de mon besoin de lui. J'ouvris discrètement la porte de l'appartement, l'imaginant déjà sur notre couche, les membres emmêlés avec les draps et le petit couvre-lit, les relevant dans son demi-sommeil pour que je me glisse dessous avec lui. Mais quand je regardai, tout en retirant ma cape, notre lit était vide.

J'hésitai, traversai la chambre pour gagner l'atelier. Je me sentais étrangement nerveuse, tout à coup, ignorant comment j'allais être accueillie.

— Édouard ? appelai-je.

Pas de réponse.

J'entrai. L'atelier était mal éclairé, les bougies brûlant encore leurs derniers centimètres, car je les avais laissées allumées quand je m'étais précipitée hors de l'appartement. Les hautes fenêtres baignaient la pièce de la lueur bleutée du petit matin. Le froid qui régnait dans la pièce suggérait que le feu était éteint depuis des heures. Au fond, près des toiles, Édouard se tenait en bras de chemise et pantalon ample, dos à moi. Il observait une peinture.

Je restai un moment dans l'encadrement de la porte à contempler mon mari, ses larges épaules, son épaisse chevelure brune, avant qu'il ne remarque ma présence. Il se tourna vers moi, et je perçus une méfiance dans son regard – « Bon, qu'est-ce qui m'attend encore ? » –, et ce constat me heurta.

Je m'approchai de lui, mes souliers à la main. Je m'étais imaginé lui sauter dans les bras tout le long de la rue de Babylone. J'avais cru que je ne réussirais pas à m'en empêcher. À présent, dans la pièce silencieuse, la pudeur me retenait. Je m'immobilisai à quelques centimètres de lui, sans le quitter des yeux, avant de porter mon attention sur le chevalet, malgré moi.

La femme de la toile était penchée vers l'avant, épaules rentrées, son visage muet exprimant la fureur, ses cheveux bruns attachés en un nœud lâche dans la nuque, comme les miens la veille au soir. Son corps dégageait une tension palpable, un mécontentement profond, et son refus de croiser le regard de l'artiste signifiait sa réprimande muette. Un sanglot me monta à la gorge.

— C'est… parfait, commentai-je, ébahie.

L'épuisement se lisait sur son visage, ses yeux étaient rougis par le manque de sommeil ou peut-être le chagrin. Je fus prise de l'envie irrépressible d'effacer cette tristesse de ses traits, de retirer mes paroles, de le rendre heureux à nouveau.

— Oh, j'ai été si bête…, commençai-je.

Mais il fut plus rapide que moi et s'approcha pour me prendre dans ses bras.

— Ne me quitte plus comme ça, Sophie, chuchota-t-il à mon oreille, d'un ton rendu rauque par l'émotion.

Nous ne parlâmes pas plus. Nous nous agrippions l'un à l'autre, très fort, comme si nous avions été séparés pendant des années.

Sa voix, vibrant contre ma peau, était saccadée et brisée.

— J'ai dû te peindre parce que je ne supportais pas que tu sois partie, c'était le seul moyen de te ramener.

— Je suis là, murmurai-je.

J'enfonçai les doigts dans ses cheveux et attirai son visage vers le mien, pour respirer l'air qu'il respirait.

— Je ne te quitterai plus. Jamais.

— Je voulais te peindre telle que tu es. Mais tout ce qui me venait, c'était cette Sophie furieuse et malheureuse. Et moi, tout ce que je pensais, c'était que j'étais la cause de cette peine.

Je secouai la tête.

— Ce n'est pas toi, Édouard. Oublions cette nuit. S'il te plaît.

Il tendit la main et détourna le chevalet.

— Dans ce cas, je ne terminerai pas cette toile. Je ne veux même pas que tu la regardes. Oh, Sophie, je suis désolé. Tellement désolé…

Alors je l'embrassai. Je l'embrassai et m'assurai que mon baiser lui communique tout l'amour qu'il m'inspirait, combien ma vie avant lui n'avait été que grisaille, et qu'un avenir d'où il serait absent ne serait que noirceur. Je lui dis par le biais de ce baiser que je l'aimais plus que je me serais crue capable d'aimer quiconque. Mon mari. Mon bel époux brillant et tourmenté. Mes sentiments étaient trop puissants pour être exprimés par des mots.

— Viens, lui dis-je enfin.

Et mes doigts mêlés aux siens, je l'entraînai par la main jusqu'à notre lit.

Un peu plus tard, tandis que la rue en contrebas était animée par les bruits de la fin de matinée et que les marchands de primeurs faisaient leurs rondes, l'odeur du café montant par notre fenêtre ouverte, je me détachai d'Édouard et quittai notre lit, le dos encore humide de sueur, son goût encore sur mes lèvres. Je traversai l'appartement, allumai le feu et, une fois la tâche accomplie, je retournai la toile. Je la regardai attentivement : la tendresse des traits, l'intimité, la représentation parfaite de moi, l'espace d'un instant.

Ensuite, je me tournai face à lui.

— Tu sais, il faut que tu la termines.

Il se dressa sur un coude et loucha dans ma direction.

— Mais… tu as l'air si mécontente.

— Peut-être, mais c'est la vérité, Édouard. Tu montres toujours la vérité. C'est ton grand talent.

Je m'étirai de tout mon long, ravie de sentir ses yeux sur moi. Je haussai les épaules.

— Après tout, il fallait bien qu'on se dispute un jour. La *lune de miel** ne peut pas durer éternellement.

— Mais si !

Il attendit que je traverse le parquet pour revenir à lui. Alors il m'attira dans le lit et me contempla fixement, la tête sur l'oreiller, un sourire contrit aux lèvres.

— Elle peut durer aussi longtemps que nous le décidons. Et, en tant que maître de céans, je décrète que chaque jour de notre mariage doit être une lune de miel.

— Je ne peux que me plier à la volonté de mon époux. (Avec un soupir, je me lovai contre lui.) Nous avons tout essayé, mais nous avons vraiment du mal à être désagréables l'un envers l'autre. Alors moi aussi, je déclare que le reste de notre mariage doit être une longue lune de miel.

Nous restâmes allongés dans un silence plaisant, ma jambe reposant sur lui, la peau tiède de son ventre contre la mienne, son bras noué autour de ma taille. Je ne pensais pas avoir jamais été aussi bien. Je humais l'odeur de mon mari, sentais son torse monter et redescendre au rythme de ses respirations, et enfin la fatigue me submergea. Je commençais à m'endormir, à dériver vers un lieu chaud et accueillant, que peut-être j'appréciais d'autant plus que j'étais passée par ailleurs. Alors il prit la parole.

—Sophie, murmura-t-il. Puisqu'on se dit tout, je te dois un aveu.

J'ouvris un œil.

—Quoi donc ?

Ma voix n'était qu'un souffle, mon cœur se préparait à cesser de battre. Il hésita quelques secondes, puis il me serra la main.

—Je sais que tu l'as acheté pour moi, pour me faire plaisir, mais je n'aime vraiment pas le *foie gras**. Je n'ai jamais aimé ça. J'essayais juste d'être gent…

Mais il n'eut pas le temps de terminer sa phrase, car j'avais déjà couvert sa bouche de la mienne.

Chapitre 7

2002

— Je n'arrive pas à croire que tu m'appelles pendant ta lune de miel !

— Oui, ben David règle un truc à la réception. Du coup, je me suis dit que la journée serait encore plus parfaite si je parvenais à y caler une petite discussion de deux minutes.

Jasmine place sa main sur le combiné.

— Attends, je vais me transporter aux toilettes, histoire que Besley ne me voie pas.

S'ensuivent le bruit d'une porte qui se ferme, puis des pas pressés. Je visualise presque le bureau étroit au-dessus du vendeur de journaux, la circulation dense en direction de Finchley Road, je sens le mélange d'essence et de plomb qui empoisse l'air estival.

— Vas-y, raconte-moi tout. On a vingt secondes maxi. Tu passes un séjour de la mort et tu marches comme John Wayne ?

Liv balaie des yeux la chambre d'hôtel, les draps froissés que David vient de quitter, la valise qu'elle avait entrepris de remplir à contrecœur posée au sol.

— C'est… un peu bizarre de s'habituer à être mariée. Mais je suis très heureuse.

— Pff ! Je suis jalouse. Je suis sortie avec Shaun Jeffries hier soir. Tu te souviens de lui ? Le frère de Fi ? Celui qui a des ongles crades ? Honnêtement, je ne sais toujours pas pourquoi j'ai accepté. Il n'a fait que parler de lui. Apparemment, j'étais censée être impressionnée par le fait qu'il a une baraque à Friern Barnet.

— C'est un quartier très sympa. En plein essor.

— Et la baraque elle-même est pleine de potentiel.

Elle pouffe.

— C'est important, de s'élever sur l'échelle sociale.

— Surtout à nos âges. La pierre, y a que ça de vrai.

— Il a un livret d'épargne. Vas-y. Dis-moi qu'il a un livret.

— Absolument ! Et indexé, de surcroît. En plus, il portait des chaussures grises et il a insisté pour qu'on partage l'addition et il a commandé la bouteille la moins chère de toute la carte parce que – selon lui – « après un verre, ils ont tous le même goût ». Putain, j'ai hâte que tu rentres ! J'ai tellement besoin de boire un coup. Les rancards, ça craint. Je te jure, c'est toi qui as eu raison.

Liv s'allonge sur le lit, les yeux levés vers le plafond à moulures, aussi ouvragé qu'un gâteau de mariage.

— Quoi ? Même si je suis d'une impulsivité ridicule et qu'il ne faut pas se fier à mon instinct ?

—Oui ! J'aimerais être plus impulsive. Si je m'étais mariée avec Andrew quand il me l'a proposé, je vivrais sans doute en Espagne à l'heure qu'il est, au lieu d'être coincée ici dans ce bureau, à me demander si je vais pouvoir filer à 16 h 40 pour aller régler mon souci de vignette auto. Bref… il faut que j'y retourne. Besley vient d'entrer dans les toilettes des femmes. (Elle hausse la voix, change de ton.) Bien sûr, madame Halston, merci pour votre appel. Rappelons-nous très bientôt.

Liv raccroche pile au moment où David revient. Il porte une boîte de chocolats Patrick Roger.

—C'est quoi, ça ?

—Notre dîner. Ils nous apportent du champagne en guise d'accompagnement.

Elle glousse de plaisir et ôte l'emballage de la jolie boîte turquoise, jette un chocolat dans sa bouche et ferme les yeux.

—Oh là là, c'est délicieux ! Entre ça et le déjeuner de demain, j'aurai pris une tonne à notre retour.

—J'ai annulé le déjeuner.

Elle lève les yeux vers lui.

—Mais puisque je t'ai dit que je…

David hausse les épaules.

—Non, j'ai bien réfléchi. Tu avais raison. Plus de boulot. Il y a des choses sacrées.

Elle porte un autre chocolat à sa bouche et lui tend la boîte.

—Oh, David… Je commence à penser que j'ai réagi de manière excessive.

L'après-midi, avec son lot d'émotions exacerbées, lui paraît bien loin. Elle a l'impression qu'ils ont vécu une vie de mariage, depuis.

Il passe son tee-shirt par-dessus sa tête.

— Pas du tout. Tu as pleinement le droit d'attendre que je t'accorde toute mon attention pendant notre lune de miel. Je te demande pardon. Il faut croire que je dois apprendre à me rappeler que nous sommes deux, désormais !

Mon mari.

Et soudain, elle est embrasée par le désir.

Il s'assied à côté d'elle, et elle se hisse sur lui alors même qu'il continue à parler.

— Et tu veux savoir ce qu'il y a d'ironique ? J'ai téléphoné aux Goldstein d'en bas. J'ai pris une profonde inspiration et je leur ai expliqué que j'étais désolé, mais que je ne pouvais plus prendre de temps supplémentaire sur ma semaine, car il se trouvait que j'étais en lune de miel.

— Et ?

— Et ils se sont mis très en colère.

Le chocolat suivant s'immobilise à mi-chemin de ses lèvres. Son cœur se serre.

— Oh, non… je suis navrée.

— Ouais, vraiment furax. Ils m'ont demandé pour qui je me prenais, de laisser ma femme seule pour discuter d'affaires. « Ce ne sont pas des façons d'entamer un mariage, merde », je cite.

Il lui adresse un sourire en coin.

— Ils m'ont toujours bien plu, ces Goldstein, commente-t-elle tandis que le chocolat termine sa course dans sa bouche.

— Ils ont dit que je n'aurais pas de seconde chance, que c'est quelque chose qui n'arrive qu'une fois dans la vie, et que je ne pourrais pas revenir en arrière.

— Je pense que je les aime, en fait.

— Et tu vas les aimer encore plus d'ici une minute.

Il se lève et se dirige vers la porte-fenêtre qui donne sur le balcon, qu'il ouvre. Le soleil du soir entre dans la petite chambre, en même temps que les sons de la rue des Francs-Bourgeois en contrebas, bourdonnante de touristes et de lécheurs de vitrines. Il retire ses chaussures, ses chaussettes et son pantalon, et se rassied sur le lit, face à elle.

— Ils ont dit qu'ils se considéraient en partie coupables de m'avoir retenu. Alors ils nous offrent leur suite au *Royal Monceau* à compter de demain, histoire de se faire pardonner. Service en chambre, baignoire de la taille d'un paquebot, champagne à volonté. Bref, plus aucune raison de quitter la chambre. Pendant deux nuits. Et la raison pour laquelle je suis resté si longtemps en bas, c'est qu'en tant que mari, je me suis permis une liberté : j'ai changé nos billets de retour. Qu'est-ce que tu en dis ?

Il l'observe, et même là, elle perçoit une touche d'incertitude dans son regard.

— Évidemment, ça impliquerait de passer quarante-huit heures supplémentaires en compagnie d'un homme qui, selon nos aimables milliardaires locaux, est « un crétin de première ».

Elle soutient son regard.

— Les crétins de première, c'est tout à fait mon genre.

— Si tu savais comme j'espérais que tu répondrais ça !

Ils retombent sur les oreillers et restent allongés côte à côte, les doigts entrelacés.

Par la fenêtre, elle admire la Ville Lumière encore éclairée et se surprend à sourire. Elle est mariée. Elle est à Paris. Demain, elle va disparaître dans un lit immense avec l'homme qu'elle aime et n'en ressortira probablement pas pendant deux jours. On ne peut sans doute rêver mieux.

Enfin, elle espère que si.

— Je vais m'améliorer, madame Halston, murmure-t-il en se tournant vers elle. (Il lui prend la main et porte la paume à ses lèvres.) Je risque de mettre un certain temps avant de bien l'assimiler, ce truc du mariage, mais j'y arriverai au bout du compte.

Il a deux taches de rousseur sur le nez. Elle ne les avait pas remarquées. Ce sont les taches de rousseur les plus adorables qu'elle ait jamais vues.

— Ça ira, monsieur Halston, répond-elle en reposant délicatement les chocolats sur la table de chevet, hors de portée. On a tout notre temps.

Le manteau de ses rêves

La doublure du manteau est complètement fichue. Evie l'observe en passant le doigt le long de la couture déchirée, se demandant s'il y a un moyen de raccommoder les bordures fragiles du tissu effiloché. Elle tourne et retourne son manteau, constate à quel point il est usé : les coudes ont même commencé à briller. Bref, il n'y a plus grand-chose à faire.

Elle sait exactement ce qu'elle achèterait à la place. Elle le voit dans la vitrine du magasin deux fois par jour, tandis qu'elle ralentit le pas, juste un tout petit peu, pour mieux l'admirer. Bleu nuit, avec un col en laine de mouton argentée, assez classique pour durer plusieurs années, mais suffisamment original pour ne pas ressembler à n'importe quel manteau que l'on trouve dans les grandes chaînes de prêt-à-porter. Il est magnifique.

Et il coûte 185 livres.

Evie baisse la tête et poursuit sa route.

Il n'y a pas si longtemps, elle l'aurait acheté, ce manteau. Elle l'aurait sorti pendant l'heure du déjeuner, essayé devant les filles du marketing et rapporté à la maison dans son sac luxueux, qui aurait agréablement rebondi contre ses jambes sur le chemin de la maison.

Sauf que depuis quelque temps, sans avoir rien demandé, il semble qu'ils soient officiellement devenus membres de la « classe moyenne pauvre ». Son employeur a brutalement diminué les heures de Pete de trente pour cent tandis que la facture hebdomadaire des courses a augmenté de quinze. L'essence est si chère qu'ils ont dû vendre leur voiture, et désormais elle parcourt à pied les trois kilomètres qui la séparent de son lieu de travail. Le chauffage – un luxe ! – n'est allumé qu'une heure le matin et deux la nuit. Les traites du prêt immobilier, qui leur paraissaient supportables, sont désormais suspendues au-dessus de leur tête comme une épée de Damoclès. Elle passe ses soirées assise à la table de la cuisine, à suer devant des colonnes de chiffres, elle met ses filles en garde contre toute dépense inutile, exactement comme sa propre mère la mettait en garde contre les messieurs pas bien.

— Allez, chérie, viens au lit.

Les mains de Pete se posent sur ses épaules avec douceur.

— Je fais les comptes.

— Justement, on va se faire un câlin pour se réchauffer. Moi, je dis ça, c'est pour le bien de notre facture de chauffage, ajoute-t-il avec solennité. Je te le jure. Ne va pas croire que ça me fasse plaisir.

Elle lui répond par un sourire faiblard, une sorte de réflexe. Il lui passe un bras autour de la taille.

— Viens, ma beauté. Tout ira bien. On a traversé pire que ça.

Elle sait qu'il a raison. Au moins, ils ont tous les deux un travail. Ils ont des amis qui affichent des sourires éclatants et balaient d'un revers de main toute question sur leur recherche de boulot avec un vague : « Oh… j'ai deux ou trois trucs dans les tuyaux. » Deux d'entre eux ont vendu leur maison pour s'installer dans plus petit, pour « raisons familiales ». En tout cas, parmi les amis qui déménagent, nombreux sont ceux qu'ils perdent de vue, comme si la honte du déclassement était trop forte.

— Comment va ton père ?

— Pas mal.

Tous les soirs, après le travail, Pete fait le court trajet jusqu'à chez son père afin de lui apporter un repas chaud.

— La voiture, en revanche, c'est pas ça.

— Oh non ! Ne me dis pas ça ! gémit-elle.

— Je sais. À mon avis, le démarreur va lâcher. Attends, reprend-il en voyant son expression. Pas de panique. Je la déposerai chez Mike, histoire de voir s'il peut nous faire un prix.

Elle ne parle pas du manteau.

Les filles du marketing ne se tracassent pas pour des démarreurs ni des factures de chauffage. Elles continuent de disparaître à l'heure du déjeuner, avant de revenir pour parader avec leurs achats, les exhibant avec la même fierté que s'il s'agissait de trophées. Elles arrivent les lundis matin en racontant leurs week-ends à Paris ou à Lisbonne, mangent une fois par semaine à la pizzeria. Evie, elle, prétend que non, vraiment, son sandwich au fromage lui convient très bien. Elle s'efforce de ne pas les jalouser. Deux d'entre elles n'ont pas d'enfants, Felicity a un mari qui gagne trois fois son salaire à elle.

Moi, j'ai Pete et les enfants, se rappelle Evie avec fermeté, *et on est tous en bonne santé, et on a un toit au-dessus de la tête, ce qui est déjà largement plus que la plupart des gens.*

Mais parfois, quand elle les entend discuter de Barcelone ou qu'elles arborent une énième paire de chaussures, ses mâchoires se serrent si fort qu'elle craint le pire pour l'émail de ses dents.

— J'ai besoin d'un nouveau manteau, avoue-t-elle enfin à Pete.

C'est sorti comme ça, malgré elle, sur un ton angoissé, comme on avouerait une infidélité.

— Des manteaux, tu en as des tas, non ?

— Non. Je porte le même depuis quatre ans. Après, j'ai juste mon imperméable et le noir que j'ai acheté sur eBay, dont les manches sont trop larges.

Pete hausse les épaules.

— Bon, et alors ? Tu as besoin d'un manteau, tu n'as qu'à en acheter un.

— Mais celui que j'ai repéré est trop cher.

— Cher comment ?

Pete blêmit quand elle lui annonce le prix du manteau. Il est de ceux qui considèrent que dépenser plus de 6 livres dans une coupe de cheveux relève du délire. Le problème, vu que c'est elle qui se charge des comptes de la famille depuis les débuts de leur mariage, c'est que l'indice des prix, chez Pete, est resté coincé quelque part au milieu des années 1980.

— C'est un… manteau de créateur ?

— Non, juste un bon manteau en laine.

Il se tait, puis :

— Il y a le voyage scolaire de Kate. Et mon démarreur.

— Je sais. Pas de problème. Je ne l'achèterai pas.

Le lendemain matin, elle traverse la rue sur le chemin du travail, histoire de ne pas le voir. Mais le manteau s'est bien incrusté dans son esprit. Elle y pense chaque fois qu'elle se prend les doigts dans sa doublure déchirée. Elle y pense aussi quand Felicity rentre du déjeuner avec un nouveau manteau (rouge, doublure en soie). Evie ressent ça comme une sorte de symbole de tout ce qui a échoué dans leur vie.

— On va t'acheter un manteau, annonce Pete le samedi, en la voyant dégager péniblement son bras de la manche avec une extrême précaution. On en trouvera bien un qui te plaise.

Ils s'arrêtent devant la vitrine, et elle lui jette un regard muet. Il lui serre le bras. Ils dépassent plusieurs autres boutiques avant d'arriver à *Get the Look*, un magasin qu'aiment bien ses filles. Il est rempli d'articles de mode « *fun* », les vendeuses semblent âgées de douze ans, mâchent du chewing-gum, et la musique est assourdissante. En temps normal, Pete déteste faire du shopping, mais il doit sentir sa femme si dépitée qu'il affiche un enthousiasme inhabituel. Il fouille parmi les rayonnages et soulève un manteau bleu au col en fausse fourrure.

— Regarde, le même que celui qui te plaît ! Et il ne coûte que... (il compulse l'étiquette) 29 livres !

Elle se laisse faire quand il le lui enfile, et se contemple dans le miroir.

Le manteau est légèrement trop étroit sous les bras. Le col est sympa, mais elle craint que, d'ici quelques semaines, la fourrure ne s'ébouriffe comme un vieux chat. La coupe donne l'impression que le tissu est étiré ici et pendouille là, pile aux mauvais endroits. Et puis celui-ci ne contient presque pas de laine, c'est du synthétique.

— Tu es superbe ! commente Pete en souriant.

Il la qualifierait de « superbe » même si elle portait une tenue de prisonnier. Elle le déteste, ce manteau. Elle sait déjà que chaque fois qu'elle l'enfilera, elle en éprouvera une certaine honte.

Quarante-trois ans, et tu portes un manteau au rabais acheté dans une boutique pour ados.

— Je vais réfléchir, déclare-t-elle en le replaçant sur son cintre.

Les pauses déjeuner sont devenues une vraie torture. Aujourd'hui, les filles du marketing réservent des billets pour une sortie de groupe, le concert d'un *boys band* ressuscité qui était célèbre quinze ans auparavant. Elles sont agglutinées devant un écran d'ordinateur, à vérifier où sont situées leurs places.

— Ça te dit, Evie ? Une soirée entre filles ? Allez, viens, on va bien rigoler.

Elle consulte le prix des billets : 75 livres, sans compter le transport.

— Non, merci, répond-elle avec un sourire. Je ne les aimais déjà pas beaucoup dans leur première partie de carrière.

C'est faux, évidemment. Elle les adorait. Elle rentre à la maison au pas de charge, en n'accordant au manteau qu'un bref regard. Elle se sent puérile, capricieuse. Et puis, quand elle remonte la petite allée, elle voit les jambes de Pete qui dépassent de sous la voiture.

— Qu'est-ce que tu fais dehors ? Il pleut.

— Je me suis dit que j'allais essayer de la réparer moi-même. Histoire d'économiser quelques sous.

— Mais tu n'y connais rien en mécanique !

— J'ai téléchargé des trucs sur le Net. Et Mike a promis d'y jeter un coup d'œil après, pour vérifier que je n'ai pas fait n'importe quoi.

Elle le contemple, et son cœur se gonfle d'amour. Pete a toujours été plein de ressources.

— Tu es passé chez ton père ?

— Ouais. J'ai pris le bus.

Evie observe le pantalon trempé et noirci de son mari, puis elle lâche un soupir.

— Tu es un génie !

Il lui envoie un baiser soufflé depuis ses doigts graisseux.

Peut-être perçoivent-elles son humeur chagrine, en tout cas les filles se montrent adorables pendant le dîner. Pete est concentré sur des schémas imprimés d'entrailles de moteurs. Evie mâche ses macaronis au fromage en songeant qu'il y a pire au monde que de n'avoir pas les moyens de s'offrir le manteau que l'on désire vraiment. Elle se remémore sa mère, l'exhortant à « penser aux enfants qui meurent de faim en Afrique » quand elle refusait de manger ses légumes.

— Je vais m'acheter le manteau à 29 livres demain. Si ça te convient.

— Il t'allait à ravir.

Pete lui dépose un baiser sur la tête. À en juger par son expression, il devine à quel point elle le déteste, ce manteau. Une fois les filles levées de table, il lui tend la main et lui dit d'une voix douce :

— Les choses changeront, tu sais.

Elle espère qu'elles changeront dans le bon sens.

Felicity a un nouveau sac à main. Evie s'efforce de ne pas prêter attention à l'agitation suscitée par l'ouverture de la boîte qui le contenait, son expulsion de l'enveloppe de coton qui le protégeait et son exposition aux regards admiratifs. C'est le genre de sac qui vaut un mois de salaire, le genre qui nécessite que l'on s'inscrive sur une liste d'attente pour avoir le privilège de l'acheter. Evie fait mine d'être absorbée par ses feuilles de calcul, afin de ne pas avoir à regarder. Elle est gênée par les vagues de jalousie qui déferlent sur elle en même temps que les « oooh » et les « aaah » de ses collègues.

Elle n'aime même pas les sacs à main. Elle envie juste à Felicity cette sécurité financière qui lui permet d'acheter un article aussi cher sans la moindre once d'anxiété.

Mais ça ne s'arrête pas là. Myra a commandé un nouveau canapé. Les filles discutent de leur sortie à venir. Felicity pose son sac sur son bureau et plaisante, comme quoi elle l'aime plus qu'un bébé.

Evie se rend à *Get the Look* à la pause déjeuner. Elle avance tel un automate, tête basse, en se répétant que ce n'est qu'un manteau.

Seules les créatures superficielles s'imaginent que ce que l'on porte révèle quoi que ce soit sur la personne que l'on est, non ?

Comme un mantra, elle énumère, comptant sur ses doigts, la liste de ses bonheurs. Et puis elle s'immobilise devant l'autre boutique, arrêtée par le panonceau rouge dans la vitrine : « SOLDES ». Son cœur s'emballe de manière inattendue.

Elle est à l'intérieur, le palpitant à cent à l'heure, refusant d'écouter la petite voix dans sa tête.

— Le manteau bleu en laine, indique-t-elle à la vendeuse. Il est soldé de combien ?

— Tout ce qui est exposé en vitrine est à cinquante pour cent, madame.

Quatre-vingt-dix livres. Certes, c'est encore cher, mais c'est à moitié prix. Ça compte, quand même, non ?

— Je vais le prendre en taille quarante, lâche-t-elle avant que sa raison n'ait le temps d'intervenir.

La vendeuse revient des rayonnages au moment où Evie sort sa carte bleue de son sac.

C'est un manteau magnifique, se dit-elle. *Il va me durer des années. Pete comprendra.*

— Je suis navrée, madame. La taille quarante a été vendue. Et c'était notre dernière.

— Comment ?

— Je suis vraiment désolée.

Evie est désappointée. Elle reporte le regard vers la vitrine et range son porte-monnaie dans son sac. Elle esquisse un petit sourire déçu.

— Tant pis. C'est sans doute aussi bien.

Elle ne se rend pas à *Get the Look*. En cet instant, elle préfère encore garder son vieux manteau élimé.

— Salut, toi.

Elle suspend son vêtement quand Pete passe la tête par la porte. Elle ferme les yeux alors qu'il l'embrasse.

— Tu es mouillée.

— Il pleut.

— Tu aurais dû me le dire, je serais venu te chercher.

— La voiture fonctionne ?

— Pour le moment. Mike a même dit que j'avais fait du bon boulot. Je ne suis pas formidable ?

— Si, absolument formidable !

Elle le tient serré contre elle une bonne minute, puis se dirige vers l'odeur réconfortante de sa cuisine. L'une des filles a préparé des cookies, et Evie inhale la senteur résiduelle de la cuisson.

C'est ça qui compte, se dit-elle.

— Oh, et il y a un cadeau pour toi sur la table.

Evie jette un coup d'œil par-dessus son épaule et voit le sac. Elle tourne vers Pete un regard sidéré.

— Qu'est-ce que c'est ?

— Ouvre-le.

Elle soulève le bord du sac et regarde à l'intérieur. Elle se fige.

— Pas de panique. C'est de la part de mon père. Pour tous les repas.

— Quoi ?

— Il dit qu'il ne peut pas continuer à accepter notre nourriture, à moins que tu n'acceptes quelque chose en retour. Tu le connais. Je lui ai parlé du manteau, et tu ne vas pas le croire : ils faisaient des soldes. On est passés le prendre à la pause déjeuner.

— Ton père m'a offert un manteau ?

— Ne te mets pas à pleurer. C'est moi qui suis passé l'acheter, et c'est lui qui a payé. Il a calculé que ça représentait l'équivalent de trente quiches à la viande et vingt crumbles. Il trouve même qu'il s'en tire bien, vu tout ce que tu fais pour lui.

Pete et les filles échangent des regards. Evie a brusquement cessé de rire, en même temps qu'elle a commencé à essuyer les larmes qui lui sont montées aux yeux.

— Oui, c'est bon, maman, intervient Letty. Pas besoin d'en faire un plat. Ce n'est qu'un manteau…

Evie va au travail. Elle est en avance, le bureau est presque vide. Felicity disparaît aux toilettes pour se maquiller, et Evie dépose les budgets marketing sur son bureau en fredonnant. Au passage, elle remarque un papier qui dépasse de sous le sac de créateur et recule pour vérifier s'il s'agit du bilan d'une entreprise. On leur a rebattu les oreilles, à la réunion de la semaine dernière, comme quoi aucune information financière ne devait traîner dehors pendant la nuit. Mais en y regardant de plus près, elle se rend compte que c'est en réalité un relevé de carte de crédit personnel. Evie aperçoit le total et cligne des yeux.

Mais elle a beau cligner, ça reste un solde à cinq chiffres.

— Tu sors ? lui demande Felicity à l'heure du déjeuner. On pensait essayer le nouveau restaurant thaï. Tu pourras étrenner ton nouveau manteau.

Evie réfléchit une seconde, avant de tirer son déjeuner de son sac.

— Pas aujourd'hui, répond-elle. Mais merci quand même.

Tandis que les filles se mettent en route, elle pivote et ajuste soigneusement son manteau sur le dossier de son siège, caressant le col en laine. Et, bien qu'elle ne soit pas suprêmement fan de sandwichs au fromage, elle mange les siens en entier. Et ils sont délicieux.

Treize jours sans John C

Elle avait failli passer sans le voir. Depuis une centaine de mètres, Miranda marchait avec une détermination quelque peu distraite, tout en se demandant ce qu'elle allait préparer pour le dîner. Elle était en panne de pommes de terre.

Ce n'était pas comme s'il y avait grand-chose pour attirer son attention, sur ce chemin. Chaque soir après être rentrée du travail, pendant que Frank restait scotché devant un énième match de foot « inratable » (Croatie contre un pays d'Afrique, ce jour-là), elle enfilait ses baskets et marchait un kilomètre aller et retour sur le sentier qui longeait le terrain communal. Cela lui évitait de pester contre Frank, tout en lui montrant qu'elle avait une vie sans lui. Enfin, quand il prenait la peine de lever les yeux de l'écran.

Absorbée dans ses pensées, elle avait donc failli ne pas entendre la sonnerie distante, qui se mêlait dans son esprit aux Klaxons des voitures, aux sirènes et autres bruits de fond de la ville. Mais quand celle-ci se fit stridente, plus proche,

Miranda jeta un coup d'œil en arrière et, voyant qu'il n'y avait personne dans les parages, elle avait ralenti pour suivre le son jusque dans les buissons. Il était là, à moitié dissimulé dans les hautes herbes : un téléphone portable.

Miranda Lewis se releva, examina le sentier vide devant elle, avant de le ramasser. C'était le même modèle que le sien. Durant la seconde qu'il lui fallut pour remarquer ce détail, la sonnerie cessa. Elle hésitait à le reposer à un endroit où il serait plus visible, quand un tintement annonça l'arrivée d'un SMS, envoyé par « John C ».

Elle jeta un coup d'œil à la ronde avec une sensation étrange, comme si elle se cachait. Ensuite, elle réfléchit : c'était peut-être le propriétaire, pour demander à qui le trouverait de le rapporter. Après une brève hésitation, elle cliqua sur le message et l'ouvrit.

T où chérie ? Ça fait 2 jours !!!

Après avoir longuement regardé l'écran, les sourcils froncés, elle fourra l'appareil dans sa poche et se remit en marche. À quoi bon le laisser là, dans l'herbe ? Elle déciderait quoi faire une fois rentrée à la maison.

Jadis, se plaisait à lui rappeler Sherry, Miranda était une vraie bombe atomique. Si quelqu'un d'autre à part sa meilleure amie avait osé insister autant sur le mot « jadis », Miranda en aurait peut-être été offensée, mais, comme l'ajoutait Sherry, vingt ans en arrière, elle avait tous les garçons à ses pieds. La fille de Miranda, Andrea, souriait d'un air ironique quand Sherry lui racontait ça, comme si l'idée que sa mère puisse être vaguement séduisante lui paraissait hilarante. Mais Sherry n'arrêtait pas d'en parler, parce qu'elle était outrée par le manque d'intérêt de Frank vis-à-vis de son épouse.

Chaque fois que Sherry se joignait à elle pour sa promenade vespérale, elle dressait la liste des défauts de Frank, en le comparant à son Richard : Richard devenait triste si Sherry quittait la pièce ; Richard organisait du temps pour « eux deux » tous les vendredis ; Richard lui laissait des mots d'amour sur son oreiller.

C'est parce que vous n'avez pas eu d'enfants, que tu gagnes plus que lui et que Richard a essayé de se faire poser des implants capillaires sans succès, pensait Miranda, même si elle ne le disait jamais tout haut.

Sauf qu'au cours des dix-huit mois écoulés, elle s'était mise à prêter une oreille un peu différente au point de vue de Sherry. Parce que, si elle s'autorisait à y réfléchir en toute franchise, le comportement de Frank commençait à l'exaspérer. La façon dont il ronflait. La façon dont il fallait lui rappeler de vider la poubelle de la cuisine, même quand elle débordait de toutes parts. La façon dont il geignait : « Il n'y a plus de lait ! », comme si la fée du logis n'avait pas fait son devoir, alors qu'elle travaillait autant d'heures que lui. La façon dont il glissait subrepticement sa main sur elle le samedi soir, dans un geste aussi routinier que le lavage de la voiture, empreint d'un peu moins d'affection.

Miranda s'estimait heureuse que son mariage ait duré vingt et un ans. Elle croyait qu'il existait peu de problèmes dans la vie qui ne puissent être résolus par une bonne marche et un bon bol d'air frais. Alors, depuis neuf mois, elle faisait deux kilomètres à pied tous les jours.

De retour dans sa cuisine, une tasse de thé posée à portée de main, elle avait rouvert le message, après un bref débat avec sa conscience.

T où chérie ? Ça fait 2 jours !!!

La ponctuation atroce et les abréviations semblaient un peu compensées par le désespoir que traduisaient ces mots. Elle songea à appeler John C et à lui expliquer ce qui s'était produit, comment elle était tombée sur le téléphone, mais quelque chose dans l'intimité du SMS lui donnait l'impression d'être une intruse.

Les numéros de ses contacts. Je vais les faire défiler, et je finirai bien par la trouver.

Mais il n'y avait rien dans la liste des noms. Aucun indice, si ce n'était John C. Bizarre.

Je ne veux pas l'appeler, pensa-t-elle soudain.

Elle se sentait perturbée dans son équilibre par cette émotion à vif, comme si quelqu'un s'était introduit dans sa petite maison bien protégée, son havre de paix. Elle allait apporter le téléphone au poste de police, décida-t-elle avant de remarquer un autre icone : « Agenda ». Et voilà, il était là : le rendez-vous du lendemain, au-dessus de « Appeler agence de voyages » : « Coiffeur, Alistair Devonshire, 14 heures ».

Elle n'avait eu aucune difficulté à trouver le salon. Le nom lui était familier, et en cherchant dans l'annuaire, elle s'était rendu compte qu'elle était souvent passée devant l'enseigne. Un endroit luxueux mais sans ostentation, un peu à l'écart de la rue principale. Elle prierait la personne à l'accueil de demander à leur rendez-vous de 14 heures si elle n'avait pas perdu son téléphone.

Deux événements se produisirent qui faillirent réduire les bonnes résolutions de Miranda à néant. Le premier était le fait que, assise dans le bus coincé dans les bouchons, elle n'avait pas eu grand-chose d'autre à faire que de regarder les photos enregistrées. Et voilà, il y était : l'homme aux cheveux bruns qui souriait derrière sa tasse, les yeux levés, dans un instant d'intimité. John C. Elle parcourut d'autres SMS, juste pour vérifier si le téléphone contenait d'autres indices. Presque tous les messages provenaient de lui.

Désolé pas pu appeler hier soir. F de mauvaise humeur, je crois qu'elle se doute. Pensé à toi toute la nuit.

Te revois ds ta robe, ma Scarlett. La façon dt elle bouge sur ta peau.

Tu peux te libérer jeudi ? Ai dit à F que j'allais à une conf. Rêve de mes lèvres sur ta peau.

S'ensuivaient quelques autres qui poussèrent Miranda Lewis, une femme qui se croyait revenue de tout, à fourrer le téléphone dans son sac en priant pour que personne ne remarque ses joues en feu.

Elle se tenait à l'entrée du salon, les oreilles emplies du bourdonnement d'une dizaine de séchoirs, regrettant déjà sa décision, quand la femme s'approcha.

— Vous avez rendez-vous ?

Ses cheveux aubergine rebiquaient en touffes improbables, et son regard exprimait une complète absence d'intérêt pour la réponse de Miranda.

— Non. Euh… vous avez quelqu'un de prévu à 14 heures, par hasard ?

— Vous avez de la chance. Elle a annulé. Kevin peut vous prendre. (Elle se détourna.) Je vais vous chercher un peignoir.

Et Miranda se retrouva assise devant un miroir, à contempler le reflet d'une femme à l'air un peu surpris, avec un début de double menton et des cheveux ternes qu'elle n'avait pas eu le temps de recoiffer en descendant du bus.

— Bonjour.

Elle leva les yeux sur un jeune homme apparu derrière elle.

— Qu'est-ce qu'on fait aujourd'hui ? Juste une coupe d'entretien ?

— Euh, en fait, il y a eu une légère erreur. Je ne voulais…

À cet instant, son téléphone tinta et, avec une excuse étouffée, elle farfouilla dans son sac. Elle appuya sur « Messages reçus » et sursauta. L'appareil qu'elle venait de sortir n'était pas le sien.

Je repense à la dernière fois. Tu me rends fou.

— Tout va bien ? Je vais être honnête avec vous, ma belle. Ce style n'est pas celui qu'il vous faut, annonça le coiffeur en saisissant une mèche de ses cheveux mous.

— Ah bon ?

Miranda gardait les yeux rivés sur le SMS destiné à la personne qui aurait dû se trouver assise dans ce même fauteuil.

Tu me rends fou.

— Vous avez envie de partir sur autre chose ? Et si on rafraîchissait un peu votre look ? Qu'en pensez-vous ?

Miranda hésitait.

— Bonne idée, répondit-elle en regardant la femme du miroir.

À sa connaissance, jamais elle n'avait fait bouillonner les sangs de Frank. Il lui faisait parfois un compliment, à l'occasion, mais c'était sans grande conviction, comme s'il se sentait obligé. Non, Frank, c'était l'avant-centre d'Arsenal, qui le rendait fou ; il lui arrivait assez souvent de se jeter à genoux devant la télévision, de frapper le tapis du poing sous l'effet de son enthousiasme débordant.

— On s'autorise une folie, alors ? suggéra Kevin, peigne à la main.

Miranda songea à sa fille, qui ne se gênait pas pour bâiller chaque fois que Sherry ressassait leurs rancards d'adolescentes. Elle songea à Frank, qui ne décollait même pas les yeux de son écran quand elle rentrait du travail. « Salut, bébé », lançait-il, une main levée. Pas un baiser. C'était d'un triste !

— Vous savez quoi ? répondit-elle à Kevin. Je vais faire ce qu'aurait fait votre rendez-vous de 14 heures.

Il haussa un sourcil.

— Oooh, excellent choix ! commenta-t-il, en la considérant d'un œil nouveau. On va bien s'amuser.

Elle n'alla pas se promener sur le sentier, ce soir-là. Elle resta assise dans la cuisine, à relire les SMS, sursautant de manière coupable et jetant des coups d'œil en direction du salon quand le message suivant arriva. Son cœur effectua un petit bond au moment où elle découvrit le nom de l'expéditeur. Elle hésita, puis l'ouvrit.

M'inquiète pour toi. Donne des nouvelles ! Je comprendrai (presque !) si tu ne veux plus me voir, ms besoin de savoir que ça va bien. Bizzzzz

Elle lut et relut le texte, percevant son inquiétude aimante, sa tentative d'humour. Ensuite, elle contempla son reflet, sa nouvelle coupe, plus courte, avec une touche de roux, que Kevin avait déclaré sa plus belle réussite de la semaine.

Peut-être était-ce le fait qu'elle ne se ressemblait plus. Peut-être était-ce parce qu'elle détestait voir souffrir les gens… or, John C souffrait de façon évidente. Peut-être était-ce à cause des verres de vin qu'elle avait bus. En tout cas, les doigts légèrement tremblants, elle tapa une réponse.

Ça va. Ms difficile de parler en ce moment.

Et puis, elle ajouta :

Bizz

Elle appuya sur « Envoi » et se cala contre son dossier, le cœur battant la chamade, retenant son souffle jusqu'à l'arrivée de la réponse.

Ouf ! Rejoins-moi bientôt, ma Scarlett. J'ai le blues de toi. Bizzz

Un peu nunuche, mais ça la fit rire.

Après ce premier soir, il devint plus facile de répondre. John C lui écrivait plusieurs fois par jour, et elle répondait. Parfois, au travail, elle se surprenait à réfléchir à ce qu'elle allait écrire, et ses collègues lui demandaient pourquoi elle était toute rouge, ou bien sa distraction suscitait des commentaires entendus. Elle répondait par un sourire de sphinx, sans les détromper. Pourquoi le ferait-elle, quand le prochain message enflammé de John C arriverait une demi-heure plus tard, lui disant à quel point il avait hâte de la revoir ?

Une fois, elle en avait délibérément laissé un bien en vue sur son bureau, sachant que Clare Trevelyan ne pourrait pas s'empêcher de le lire, ni d'en révéler le contenu dans la salle fumeurs. Qu'ils pensent qu'elle était un objet de passion, la Scarlett de quelqu'un. Elle acquit une lueur nouvelle dans le regard, un pas plus léger, et elle aurait juré que le gars du courrier s'attardait autour de son bureau bien plus longtemps qu'auparavant.

Si, à l'occasion, elle songeait à remettre en cause sa façon d'agir, elle enterrait cette idée. Tout ça n'était qu'une illusion. John C était heureux. Frank était heureux. L'autre femme finirait sans doute par le contacter un jour, et alors ça mettrait un point final à cette agréable parenthèse. Elle tâchait de ne pas penser au vide que cela créerait en elle quand elle ne pourrait plus s'imaginer en train de faire les choses qu'il se rappelait avoir faites avec elle.

Il fallut presque deux semaines avant qu'elle se rende compte qu'elle ne pouvait plus reculer. Elle avait prétendu avoir eu un problème de téléphone, devoir en recevoir un nouveau, et suggéré qu'en attendant ils ne communiquent que par SMS. Mais ses messages étaient devenus insistants.

Pkoi pas mardi ? N'aurai p-ê pas d'autre occasion avant la sem proch.

À l'*English Gentlemen*. Un verre à la pause-dèj. Stp !

Keske t'essaies de me faire ?

Et ça n'était pas tout. John C avait commencé à empiéter sur sa vie. Sherry l'observait avec une mimique soupçonneuse et remarquait sa bonne mine, en concluant que Frank devait enfin se conduire de façon convenable, mais, ce faisant, elle prenait l'air de qui trouvait ça peu probable. Les messages de John C créaient une intimité que Miranda n'avait jamais ressentie avec aucun autre homme. Ils partageaient le même sens de l'humour, pouvaient exprimer, jusqu'à travers les abréviations, les émotions les plus complexes et les plus ouvertes. Incapable de lui avouer la vérité, elle lui dévoilait ses espoirs et ses souhaits les plus secrets, ses rêves de voyage en Amérique du Sud.

Je t'y emmènerai. Ta voix me manque !!!, lui disait-il.

J'entends la tienne ds mes rêves, répondait-elle, rougissant de sa propre audace.

Enfin, elle lui envoya LE message crucial.

L'*English Gentlemen*. Jeudi 20 h.

Elle ne savait pas trop pourquoi elle s'y était résolue. Une partie d'elle, l'ancienne Miranda, savait que ça ne pouvait pas durer. Que c'était une folie passagère. Et puis, il y avait la nouvelle Miranda qui, même si elle n'était jamais en mesure de l'admettre, avait commencé à considérer John C comme son John. Même si elle n'était pas la propriétaire du téléphone, il y avait eu une connexion entre eux. John C devrait reconnaître que la femme avec qui il venait de discuter pendant treize jours éveillait quelque chose en lui, le faisait rire, embrouillait son esprit. Au minimum, il admettrait ça. Car ses messages l'avaient changée, elle. Ils lui avaient donné l'impression de revivre.

Le jeudi soir, elle se retrouva à s'affairer sur son maquillage, telle une adolescente avant son premier rendez-vous.

— Tu t'en vas où ? demanda Frank en levant les yeux de la télé.

Il semblait quelque peu médusé, même si elle portait un manteau long.

— Tu es toute jolie ! ajouta-t-il, avachi sur le canapé. Au fait, je voulais te dire : j'aime bien ta nouvelle coupe.

— Ah, ça, répondit-elle en rougissant un peu. Je vais boire un verre avec Sherry.

Mets ta robe bleue, avait indiqué John C.

Elle en avait acheté une exprès, décolletée et avec une fente au niveau de la jupe.

— Amuse-toi bien ! lança Frank avant de revenir à sa télé, se redressant légèrement pour attraper la télécommande.

La belle confiance de Miranda s'évapora un instant, une fois dans le pub. Elle avait failli rebrousser chemin à deux reprises sur le trajet et n'avait toujours pas décidé quoi dire si elle rencontrait quelqu'un de sa connaissance. Sans compter que le pub n'était pas le genre d'endroits où les gens venaient habillés sur leur trente-et-un. Mais ça, elle s'en était aperçue trop tard, alors elle avait gardé son manteau. Avant de changer d'avis au bout d'un demi-verre et de l'enlever. La maîtresse de John C n'aurait pas honte de boire seule dans une robe bleue.

À un moment donné, un homme s'approcha et lui offrit un verre. Elle sursauta puis, comprenant que ce n'était pas John C, refusa.

— J'attends quelqu'un, expliqua-t-elle, pas mécontente de son expression de regret tandis qu'il s'éloignait.

Il avait presque un quart d'heure de retard quand elle sortit son téléphone. Elle allait lui envoyer un message. Alors qu'elle commençait à le rédiger, elle leva les yeux sur une femme, plantée devant sa table.

— Bonjour, Scarlett.

Miranda cligna des paupières. Une blonde assez jeune, vêtue d'un manteau en laine. Elle avait l'air fatiguée, mais ses pupilles étincelaient de colère.

— Pardon ? répondit-elle.

— C'est vous, pas vrai ? Sa Scarlett ? Bon sang, je vous aurais crue plus jeune…, fit-elle remarquer avec une pointe de moquerie.

Miranda reposa le téléphone.

— Oh, désolée, j'aurais dû me présenter. Je suis Wendy. Wendy Christian. L'épouse de John.

Le cœur de Miranda cessa de battre.

— Vous étiez au courant qu'il était marié, n'est-ce pas ? poursuivit la femme, en lui agitant le même portable sous le nez. Je vois qu'il a souvent dû vous parler de moi. Oh, non… (Elle haussa le ton de manière théâtrale.) Bien sûr, vous n'aviez pas compris que ce n'était pas avec lui que vous échangiez ces deux derniers jours. J'ai pris son téléphone. C'est moi. C'était moi depuis le début.

—Oh là là ! ânonna doucement Miranda. Écoutez, il y a eu…

—… une erreur ? Tu parles. Cette nana couche avec mon mari, annonça-t-elle à tout le pub d'une voix forte, quoiqu'un peu tremblotante. Et voilà qu'elle prétend qu'il a dû y avoir une petite erreur.

Elle se pencha au-dessus de la table.

—En fait, Scarlett, ou quel que soit votre nom, c'est moi qui l'ai commise, l'erreur, en épousant un homme qui croit qu'avoir une femme et deux enfants ne l'empêche pas de continuer à baiser à droite à gauche.

Miranda ressentit le silence qui s'était soudain abattu sur le pub, les yeux braqués vers elle. Wendy Christian remarqua son expression médusée.

—Espèce d'idiote ! Vous croyiez être la première ? Eh bien, Scarlett, en réalité vous êtes la quatrième de ses aventures. Et encore, je ne parle que de celles dont j'ai eu vent.

La vue de Miranda s'était brouillée. Elle attendait que les bruits habituels du pub reprennent leur cours autour d'elle, mais il régnait un calme oppressant. Elle finit par attraper son manteau, son sac, et passa près de la blonde en courant vers la sortie, les joues en feu, la tête baissée pour éviter les regards accusateurs.

La dernière chose qu'elle entendit tandis que la porte claquait derrière elle, ce fut la sonnerie d'un téléphone.

— C'est toi, bébé ?

Frank leva une main en l'entendant passer devant la porte du salon. Pour une fois, Miranda se félicita de sa fascination pour la télévision. Ses oreilles résonnaient encore des reproches de cette femme amère. Ses mains tremblaient.

— Tu rentres de bonne heure.

Elle prit une profonde inspiration, les yeux rivés sur la nuque de son mari au-dessus du dossier du canapé.

— J'ai décidé que finalement je n'avais pas très envie de sortir.

Il jeta un regard par-dessus son épaule.

— Richard va être ravi. Il n'aime pas trop que Sherry sorte, si ? Il croit toujours qu'il va se faire piquer sa femme.

Miranda restait parfaitement immobile.

— Et toi ?

— Moi quoi ?

— Tu t'inquiètes de savoir si je pourrais plaire à d'autres hommes ?

Elle se sentait électrisée, comme si ce qu'il allait répondre aurait des conséquences plus lourdes qu'il ne pouvait l'imaginer.

Il pivota face à elle, tout sourire.

— Évidemment. Tu étais une bombe atomique, je te rappelle.

— J'« étais » ?

— Viens par ici. Viens me faire un câlin. Ce sont les cinq dernières minutes du match Uruguay-Cameroun.

Il tendit la main et, au bout de quelques secondes, elle la saisit.

— Deux minutes, réclama-t-elle. J'ai un petit truc à faire d'abord.

Une fois dans la cuisine, elle récupéra le téléphone. Cette fois, ses doigts ne tremblaient pas quand elle écrivit.

Cher John C, une bague à l'annulaire en vaut deux au téléphone. Vous feriez bien de vous en souvenir.

Elle marqua une pause et signa :

La Bombe atomique

Elle appuya sur « Envoi », avant d'éteindre l'appareil, qu'elle enfonça tout au fond de la poubelle de la cuisine. Elle lâcha un soupir, ôta ses chaussures d'un coup de pied, puis prépara deux tasses de thé, qu'elle emporta au salon, où l'Uruguay venait de prendre un penalty qui propulserait Frank au sol, le poing contre le tapis pour une série de martèlements enthousiastes. Miranda s'assit devant la télévision et sourit à son mari, en s'efforçant de ne pas entendre le bruit lointain mais insistant, quelque part dans sa tête, d'une sonnerie de téléphone.

Margot

Ce n'était pas le fait que son avion soit retardé de sept heures qui allait l'achever, songea Em en empêchant pour la énième fois le barbu à côté d'elle de s'approprier une partie du dossier en plastique de son siège. Ce n'était même pas la pensée du réveillon à venir. Non, c'étaient les chants de Noël de la chorale rayonnante et suante, qui entonnait son medley festif et insipide depuis deux bonnes heures sans discontinuer.

— Vous attendez depuis combien de temps ?

La vieille main noueuse de l'Américaine atterrit sans gêne sur la cuisse d'Em, la faisant sursauter. Em sourit, le genre de sourire que l'on adresse à une inconnue en veste vert émeraude et turban assorti qui pouvait avoir n'importe quel âge entre soixante-cinq et cent cinq ans.

— Depuis 11 heures. Et vous ?

— Ça fait trois heures. Je m'ennuie déjà à mourir. Et si ces couillons ne la ferment pas, je vais jouer au base-ball avec leurs têtes en prenant ma bouteille de gin du duty-free en guise de batte.

Avec emphase, elle s'interrompit pour tousser dans un mouchoir violet, avant de poursuivre :

— Vous partez où, très chère ?

— En Angleterre. Je rentre chez mes parents.

— Un Noël en famille, quelle chance vous avez ! (Elle grimaça.) Pour moi, ce serait l'enfer. Allons prendre un verre.

Voilà qui ressemblait à un ordre. Mais bon, ce n'était pas comme si elle avait grand-chose d'autre à faire, si ? Em se retrouva à suivre la petite bonne femme dans ses vêtements colorés, qui écarta impérieusement les passagers qui se dressaient sur son chemin et commanda deux doubles scotchs.

— Avec glaçons. Et ne me donnez pas de cette merde irlandaise. Je m'appelle Margot, ajouta-t-elle d'une voix rauque, juste avant d'avaler son verre cul sec et de taper sur le comptoir pour en avoir un autre. Maintenant, vous allez me raconter pourquoi une jolie fille comme vous a l'air aussi triste. Hormis le fait que Noël est – nous sommes d'accord sur ce point – une période insupportable.

Em déglutit et s'efforça de ne pas grimacer. Oh, et puis après tout… Elle ne la reverrait jamais.

— Eh bien, je rentre chez moi pour annoncer à ma famille que mon mari m'a quittée. Il y aura mon frère et son épouse parfaite, leurs trois enfants modèles, ma sœur et son fiancé, et mes parents. Mariés depuis trente-quatre ans.

— C'était qui ?

— C'était qui… quoi ?

— Ne me dites pas : sa secrétaire. Tellement prévisible que c'en est affligeant.

Em se hérissa. C'était donc si évident ? Elle n'avait pas eu le courage de se maquiller, ces derniers temps. D'ailleurs, même les trucs de base lui paraissaient insurmontables, en ce moment.

— Très chère, ressaisissez-vous. Ce n'est pas la fin du monde. Vraiment. Quand on en arrive au quatrième, ça ne fait plus aucun effet. Et puis, qui a envie d'être parfait ? Beurk !

Elle gloussa et tapota le verre d'Em.

— Buvez. Ça a des vertus thérapeutiques !

Em hésita.

— Oh, nom d'une pipe en bois ! Vous n'allez pas finir clocharde si vous vous autorisez un petit écart. C'est Noël ! On est au purgatoire ! Tchin-tchin ! Ensuite, on y va.

— On va où ?

L'aéroport était une nasse étouffante, pleine de passagers en colère, surchargés de cadeaux aux cartons écrasés et de vendeurs harassés, le tout sur fond de chants de Noël. La main décharnée de Margot agrippa la manche d'Em jusqu'au duty-free, où elle l'immobilisa devant le stand Chanel.

— Ne bougez pas.

Et, sous l'œil incrédule de la vendeuse, Margot sortit un bâton d'un rouge profond de son emballage et en maquilla soigneusement les lèvres d'Em.

— « Quand tu broies du noir, peins-toi un sourire », cita-t-elle. C'est ce que me disait ma maman. Elle va le prendre, annonça-t-elle à la vendeuse. Où sont vos mascaras ?

Sortant de sa paralysie, l'employée ouvrit un tiroir et lui en tendit un.

— Voilà, commenta Margot quand elle eut terminé. Maintenant, le parfum.

Elle vaporisa un produit hors de prix sur Em, avant de tendre la boîte ouverte à la vendeuse, bouche bée.

— Ma jolie, si vous ne proposez pas plus de testeurs, comment voulez-vous que les clientes se débrouillent autrement ? Bon, allons-y, Emmy.

Em se retrouva cette fois propulsée dans le rayon des accessoires de luxe. Margot s'extasia devant des chaussures, des sacs à main, des colliers en diamant (« Plus utile qu'une pension alimentaire ! »). Em avait la tête qui lui tournait à cause du whisky, et elle ne pouvait s'empêcher de glousser aux expressions datées de Margot.

— Mais c'est quoi, leur problème, à ces gens, saperlipopette ? On dirait des zombies ! Oh, regardez, Hermès. J'adore, pas vous ?

— Je… je ne sais pas.

Sous les néons brûlants, Margot sortit foulard après foulard du rayon, les enroulant autour du cou d'Em.

— Là ! Vous êtes sublime ! Bien mieux qu'une pétasse de secrétaire du New Jersey, pas vrai ?

Le tissu bleu était divin. Même la vendeuse se fendit d'un bref sourire approbateur. Puis Em jeta un coup d'œil à l'étiquette du prix.

— Oh là là… En fait, j'ai un peu chaud. Je crois que j'ai besoin de…

Margot leva les yeux à l'intention de la vendeuse.

— Et dire que les Anglaises ont la réputation de bien tenir l'alcool. Allez vous passer de l'eau sur le visage, très chère. Attention au maquillage !

Dans les toilettes, Em observa son reflet. Un peu cramoisi à cause de l'alcool, certes, mais le mascara et le rouge à lèvres l'avaient transformée en une femme qu'elle ne reconnaissait pas. Elle se redressa, arrangea ses cheveux. Et elle sourit.

Bien mieux qu'une pétasse de secrétaire du New Jersey, en effet.

Quand elle réapparut, Margot louchait en direction de l'écran des départs.

— Heathrow, c'est ça ? Votre embarquement est annoncé, ma chère. Ah, vous êtes beaucoup mieux ainsi. Vous vous sentez comment ? On s'est bien amusées, hein ?

— Oui… mais… je n'ai même pas…

— Comme des inconnues dans un avion. C'est là qu'on s'amuse le plus. Maintenant, filez et oubliez ce crétin de mari qui vous a trompée. Vous expliquerez à votre famille que tout ira bien pour vous. Parce que ce sera le cas. Tchin-tchin !

Margot s'accrocha à son bras, toussa et, sur un signe joyeux de la main, elle disparut dans la foule.

À Heathrow, Margot s'offrit un taxi, avec dans l'idée que c'était le genre de choses que Margot suggérerait. Assise sur la banquette arrière, elle contempla les rues grises et floues de l'ouest de Londres en se demandant si elle avait vraiment envie de quitter New York, tout compte fait. C'était la ville des nouveaux départs, non ?

Mais autant commencer par le commencement. Elle plongea la main dans son sac en quête de son nouveau rouge à lèvres, et ce fut à ce moment qu'elle le vit : un petit sac estampillé Hermès. Elle défit l'emballage de tissu et en sortit le foulard bleu. Niché contre lui se trouvait un mot, griffonné à la hâte au dos d'une lettre imprimée :

Joyeux Noël, et mettez-leur la pâtée à tous, mon petit.

Tchin-tchin ! Margot.

La lettre portait l'adresse d'une clinique oncologique de Floride.

Em noua soigneusement le foulard autour de son cou. Elle ferma les yeux et porta un toast silencieux à la petite bonne femme au turban vert.

— Tchin-tchin, Margot, chuchota-t-elle. Joyeux Noël à vous aussi.

La liste de Noël

Nouvelle traduite de l'anglais (Grande-Bretagne) par Alix Paupy

CROCUS VERNUS.

Il n'y a que la mère de David pour réclamer un parfum dont personne n'a jamais entendu parler. Chrissie a arpenté tout le West End, mais dans chaque boutique on lui a répondu : « Non, on ne connaît pas. Essayez plutôt... »

Elle se fraie un chemin à travers la foule, slalomant entre des passants harassés, chargés de commissions en tous genres, et commence à se demander si Diana ne l'a pas fait exprès. Rien que pour le plaisir de soupirer, le jour de Noël : « Oh... David m'avait pourtant dit que vous m'offririez un parfum. Enfin, c'est l'intention qui compte... » Mais non. Chrissie refuse de lui faire ce plaisir. Au bord de l'épuisement, elle parcourt toutes les boutiques d'Oxford Street jusqu'à en avoir des ampoules aux pieds. Un jour, songe-t-elle, elle saura se souvenir que le 23 décembre n'est pas le moment propice pour effectuer ses derniers achats de Noël.

Un énième vendeur de *Selfridges* hausse les épaules. Elle a envie de pleurer. Dehors, il s'est mis à pleuvoir. Elle se permet alors une chose qu'elle n'a jamais osé faire : elle entre dans un bar et commande un grand verre de vin blanc. Elle le vide d'un trait, l'esprit rebelle, et laisse en partant un pourboire excessivement généreux. Comme si elle était du genre à faire ça tous les jours.

— Bien, murmure-t-elle en sortant. Encore un petit effort.

C'est alors qu'elle l'aperçoit. Une vision rare dans les rues pluvieuses de Londres : un taxi libre. Elle se rue sur le bord du trottoir, et le véhicule se gare sur le côté.

— Euh… Je vais à *Liberty*. Je crois.

Elle jette ses sacs sur la banquette arrière et s'y laisse choir avec bonheur. Comme chaque fois qu'elle grimpe dans un taxi londonien, elle a le sentiment d'échapper de justesse à une situation catastrophique.

— Comment ça, vous croyez ?

— C'est-à-dire que je cherche un parfum bien précis. Pour ma belle-mère. *Liberty* est mon dernier espoir.

— Votre mari ne peut pas vous aider ?

— Faire les boutiques, ce n'est pas vraiment son truc.

En réponse, le chauffeur se contente de hausser un sourcil, une mimique lourde de sens. À cet instant, Chrissie reçoit un texto :

Tu es allée récupérer des dollars pour mon voyage à NY ?

Si elle y est allée ? Elle a même dû refaire tout le chemin vers la maison pour chercher son passeport, sans quoi la banque lui refusait l'échange.

Elle tape aussitôt la réponse.

Oui.

Elle attend un moment, mais il ne répond pas.

— Et vous ? demande-t-elle alors. C'est vous qui vous occupez des cadeaux ?

— Bien sûr ! J'adore ça. Cela dit, cette année, ma fille est revenue vivre chez nous parce qu'elle a eu un bébé, donc… on va devoir faire un peu plus attention.

— Elle a eu un bébé toute seule ?

Le vin la rend agressive. C'est pour ça que David n'aime pas qu'elle boive.

— Ouais. Elle était en couple avec un homme un peu plus vieux qu'elle. Il lui a dit qu'il ne voulait pas d'enfants, et quand elle est tombée enceinte, elle a compris qu'il ne plaisantait pas. On est un peu à l'étroit et on ne roule pas sur l'or, mais on passe de bons moments ensemble.

« Je ne veux pas d'enfants, lui avait déclaré David au début de leur relation. Je n'en ai jamais voulu. » Elle l'avait entendu, mais comme en sourdine. Une partie d'elle-même avait toujours espéré qu'il finirait par changer d'avis.

— Votre fille a de la chance de vous avoir, dit-elle.

— Vous n'avez pas d'enfants ?

— Non.

Le taxi attend patiemment que la circulation reprenne. À côté, les haut-parleurs d'une boutique diffusent des chants de Noël à un volume assourdissant. Au bout d'un moment, le chauffeur relève la tête.

— Vous attendez Noël avec impatience ? demande-t-il.

— Pas vraiment. Ma belle-mère ne me porte pas dans son cœur. Elle reste chez nous une semaine et elle vient avec son autre fils, qui grogne à longueur de journée et garde la télécommande dans la poche de son pantalon. Je crois que je vais passer les fêtes planquée dans la cuisine…

— Un bon moment en perspective…

— Désolée, je suis une rabat-joie. C'est parce que je viens de boire un verre de vin. Quand j'ai bu, j'ai tendance à dire ce que je pense.

— Et d'habitude, ce n'est pas ce que vous faites ? Dire ce que vous pensez ?

— Jamais. Ça vaut mieux, croyez-moi.

Elle se force à sourire afin d'atténuer l'effet de sa remarque, mais un silence gêné s'installe.

Reprends-toi ! se sermonne-t-elle.

— Vous savez quoi ? dit finalement le chauffeur. Avant, ma femme travaillait à *Liberty.* Je vais l'appeler. C'est quoi, le nom de ce parfum ?

Au téléphone, le chauffeur parle d'une voix basse, intime. Chrissie ne peut s'empêcher de tendre l'oreille. Avant de raccrocher, il rit à une plaisanterie. David, lui, ne plaisante jamais avec elle. Elle ne sait pas pourquoi, mais ce constat l'attriste profondément.

— Elle m'a parlé d'une petite parfumerie au coin de Covent Garden, dit le chauffeur. Vous voulez que j'essaie ?

— Oh oui, s'il vous plaît ! s'écrie-t-elle en se penchant entre les sièges.

— Elle connaît ce parfum et dit qu'il sent très bon. Et qu'il est super cher, ajoute-t-il avec un sourire entendu.

— Ouais. Ça ressemble bien à Diana.

— Au moins, après ça, vous allez remonter dans son estime. Accrochez-vous, je fais demi-tour !

Il fait une brusque embardée pour passer de l'autre côté de la route. Chrissie éclate de rire, projetée contre la portière.

Il sourit.

— J'adore faire ça. Même si je sais qu'un jour je vais finir par me faire prendre.

— Vous aimez votre travail ?

— Je l'adore ! La plupart du temps, mes clients sont sympas… Je ne m'arrête pas pour tout le monde, vous savez. Juste pour les gens qui ont l'air propres sur eux.

— Alors moi, j'avais l'air « propre sur moi » ? demande-t-elle en souriant.

— Vous aviez l'air inquiète. Je n'aime pas voir une femme inquiète.

Elle comprend tout de suite ce qu'il veut dire. Depuis quelque temps, cette expression semble gravée sur son visage : les sourcils froncés, les lèvres serrées.

Quand suis-je devenue cette femme ? se demande-t-elle. *Quand mon patron a pris sa retraite et que Ming l'Implacable l'a remplacé. Quand mon mari a commencé à passer toutes ses soirées derrière l'ordinateur pour parler à des gens que je ne connais pas. Quand j'ai arrêté de regarder mon reflet dans les vitrines des boutiques.*

—Je vous ai blessée?

—Non… Je regrette seulement d'avoir l'air si tendue. Je n'étais pas comme ça, avant.

—Vous avez peut-être besoin de vacances.

—Je ne peux pas. J'ai ma belle-mère à la maison.

—Mais vous iriez où si vous pouviez partir?

Elle réfléchit un instant.

—Ma meilleure amie vit à Barcelone. J'irais là-bas. Ça fait des années que je ne l'ai pas vue. Bien sûr, on se donne des nouvelles par mail, mais ce n'est pas pareil. Oh, excusez-moi! J'ai reçu un message.

N'oublie pas le stilton de maman à la fromagerie.

Son cœur est au bord du naufrage. Cela lui était complètement sorti de l'esprit.

—Tout va bien?

—J'ai oublié le fromage. Je devais aller dans une fromagerie de Marylebone.

—Si loin? Pour du fromage?

—Sa mère n'aime qu'une variété particulière de stilton.

—Ah, mince! Une cliente difficile, hein? Vous voulez que je fasse demi-tour? Il y a pas mal de bouchons, mais…

—Je ferais mieux de prendre le métro. J'ai déjà largement dépassé mon budget taxi. Vous pouvez vous arrêter là?

Il croise son regard dans le rétroviseur.

— Non. Vous savez quoi ? Je vais couper le compteur.

— Mais… Vous ne pouvez pas !

— Trop tard, c'est fait ! Je fais ça une fois par an. Tous les ans. Et cette année, c'est vous l'heureuse gagnante. Je vais vous dire… On va trouver ce parfum, puis on revient en passant par la fromagerie, et je vous dépose à votre arrêt. Un petit cadeau de Noël… Oh, non ! Ne pleurez pas ! Et moi qui essayais de vous redonner le sourire…

Quelque chose d'étrange s'est produit. Les yeux de Chrissie sont pleins de larmes.

— Je suis désolée, soupire-t-elle. Je ne sais pas ce qui m'arrive.

Il lui adresse un sourire rassurant, mais cela ne fait qu'ajouter à son malaise.

— On va s'occuper du parfum, dit-il. Après ça, vous vous sentirez mieux.

Il ne s'est pas trompé pour la circulation : coincés dans un embouteillage dont on ne voit pas le bout, ils avancent de manière sporadique en empruntant des rues transversales. Tout Londres paraît humide, gris et morose. Chrissie se détend, au chaud dans son taxi. Le chauffeur lui parle de sa femme et du plaisir qu'il prend à s'occuper du bébé tous les matins pour laisser sa fille dormir. Quand il s'arrête au bord du trottoir, elle a presque oublié ce qu'elle fait là.

— Je vous attends ici. Laissez vos sacs dans la voiture, dit-il.

La parfumerie est un havre de paix aux senteurs enivrantes.

— Avez-vous Crocus vernus ? demande-t-elle à la vendeuse.

Un parfum si délicat pour une femme si grossière, si déplaisante…, songe-t-elle.

— Malheureusement, nous n'en faisons plus en 50 ml, lui répond la vendeuse. Nous n'avons que des flacons de 100 ml. Et c'est le parfum, pas l'eau de toilette. Ça ira ?

C'est deux fois plus cher que prévu.

— Très bien, acquiesce-t-elle.

Elle aura tout le temps de s'inquiéter de ses dépenses au mois de janvier.

— Je l'ai ! s'écrie-t-elle en grimpant dans le taxi. J'ai trouvé ce fichu parfum !

— Et voilà ! Maintenant, en route pour Marylebone !

En chemin, ils poursuivent leur discussion. Elle lui parle de son passeport et des dollars qu'elle est allée chercher, et il secoue la tête. Elle lui explique à quel point elle adorait son travail avant l'arrivée de son nouveau superviseur. Elle parle peu de David, de peur de se montrer déloyale, mais elle voudrait bien. Elle voudrait bien dire à quelqu'un combien elle se sent seule. Parler des fois où il rentre tard du bureau, de ses voyages d'affaires… Dire à quel point elle se sent conne, vieille et fatiguée.

En un rien de temps, ils arrivent à la fromagerie. Il y a une longue file d'attente, mais le chauffeur ne semble pas s'en soucier. Il pousse un cri de joie lorsqu'elle émerge enfin, chargée d'une lourde boîte à l'odeur pestilentielle.

— Vous avez réussi ! s'exclame-t-il, comme si elle venait d'accomplir un miracle.

À son tour, Chrissie ne peut s'empêcher de crier de joie.

C'est alors que son téléphone sonne, un nouveau message s'affiche.

Je t'avais bien précisé de prendre le pudding de chez *Waitrose*. Tu as acheté celui de *Marks & Spencer*. Comme tu n'es toujours pas rentrée, j'ai dû faire le déplacement moi-même, et ils n'en ont plus.

C'est comme si elle avait reçu un coup de poing dans l'estomac. Elle se voit à table en leur compagnie, entend déjà les excuses acerbes de David auprès de sa famille pour son « mauvais » pudding de Noël. Et soudain, elle sent quelque chose céder au plus profond d'elle-même.

— Je ne peux pas faire ça, dit-elle.

— Faire quoi ?

— Noël. Je ne peux pas m'asseoir à table avec ce fromage, le mauvais pudding et... eux.

Il gare son véhicule le long du trottoir.

— Qu'est-ce que je dois faire ? soupire-t-elle, les yeux rivés sur ses sacs de courses. Vous dites que vous n'avez rien, mais vous avez une famille que vous adorez. Moi, j'ai un stilton hors de prix et trois personnes qui me détestent.

— Alors qu'est-ce qui vous retient ?

— Je suis mariée !

— Aux dernières nouvelles, c'était un contrat, pas une peine de prison. Pourquoi ne pas aller chez votre amie ? Elle serait sans doute ravie de vous revoir !

— Elle serait ravie. Même son mari le serait. Ce sont des gens… très sympathiques.

Il hausse les sourcils et plisse les yeux d'un air rieur.

— Mais je ne peux pas… partir comme ça.

— Vous avez votre passeport dans votre sac à main…

Elle tente de l'ignorer, mais une flamme dévorante s'est allumée en elle.

— Je peux vous déposer au métro de King's Cross. Prenez la ligne de Piccadilly vers l'aéroport de Heathrow et sautez dans le premier avion. Je suis sérieux. La vie est courte. Trop courte pour s'infliger ça.

Elle s'imagine passer Noël loin de Diana et de sa désapprobation. Loin de la froideur de son mari, de ses ronflements avinés.

— Il ne me le pardonnerait jamais. Ça signerait la fin de mon mariage.

Le chauffeur sourit.

— Et alors ? Ce serait une tragédie ?

Ils échangent un long regard dans le rétroviseur.

— Allez-y ! s'écrie-t-elle soudain.

— Accrochez-vous !

Sur les routes secondaires qui les conduisent à King's Cross, son cœur ne cesse de faire des bonds dans sa poitrine. Prise d'un fou rire, elle imagine son superviseur jeter un regard furieux à sa montre en ne la voyant pas arriver. Elle pense à l'incrédulité outragée de Diana. Elle songe à Barcelone, aux embrassades et à la joie de son amie. Puis ils sont arrivés, et le taxi s'arrête dans un crissement de pneus.

— Vous allez vraiment le faire ? demande le chauffeur.

— Je vais le faire. Merci…

— Jim, dit-il en lui serrant la main entre les sièges.

— Chrissie, répond-elle en s'emparant des sacs posés sur la banquette. Oh… Tous ces trucs…

Elle lève les yeux vers lui.

— Tenez… Offrez donc le parfum à votre femme. Et les bons d'achat à votre fille.

— Non, ne…

— Je vous en prie. Ça me fait plaisir.

Il hésite, puis accepte d'un signe de tête.

— Merci. Elle va être ravie.

— J'imagine que vous ne voulez pas du stilton ?

— Je ne supporte pas l'odeur, répond-il avec une grimace.

— Moi non plus.

Ils éclatent de rire en chœur.

— Je me sens… un peu folle, Jim.

— Je crois que c'est ce qu'on appelle l'esprit de Noël. À votre place, je ferais avec.

Chrissie se met à courir à toutes jambes vers la station de métro. Puis elle s'immobilise, dépose solennellement le fromage dans une poubelle et se retourne, juste à temps pour le voir une dernière fois. Il est debout devant son taxi, la main tendue pour la saluer.

Et tandis qu'elle galope à travers la foule en direction du guichet et que lui se remet à slalomer dans les artères engorgées, ils rient toujours à gorge déployée.

À DÉCOUVRIR ÉGALEMENT
DANS LA COLLECTION

Milady
FEEL GOOD BOOKS

Jamais deux sans toi

de Jojo Moyes

« Moyes a l'art de vous faire passer du rire aux larmes – un roman incontournable. »
Closer

Depuis que son mari a disparu de la circulation, Jess se bat pour élever seule ses deux enfants. Alors qu'elle ne s'y attendait plus, la chance lui sourit enfin. La chance, ou plutôt le millionnaire dont Jess entretient la résidence. Accusé de délit d'initié, Ed risque la prison. Soucieux de s'acheter une conduite et d'oublier ses ennuis, il se propose de venir en aide à la jeune femme. Que va donner l'addition de leurs petits et grands désastres individuels ?
Une histoire d'amour aussi bouleversante qu'inattendue mettant en scène la rencontre improbable de deux êtres en perdition.

Disponible en format poche dans toutes les bonnes librairies et au format numérique.

Milady
FEEL GOOD BOOKS

Aubin
IMPRIMEUR

Achevé d'imprimer en juin 2018
N° d'impression 1803.0327
Dépôt légal, juillet 2018
Imprimé en France
81122801-1